# 晶子とシャネル

*A*
*C*

山田登世子

勁草書房

晶子とシャネル　目次

# 序章　二つの名

## シャネルと晶子

もしもシャネルがいなかったら、いったいわたしたちはどんな服装をしているだろうか。ちゃんと手の入る表ポケット、金ボタン、セーターにカーディガン、そして肩にかけるショルダーバッグ——普段は意識していないけれど、こうした「実用的」なファッション・アイテムはすべてシャネルがなしとげたモード革命の成果である。シャネルは言ったものだ。「活動的な女には着心地の良い楽な服が必要なのよ。袖をまくりあげられるようでなきゃ駄目」。彼女は飾りものの人形のようなファッションを一掃し、「はたらく女」のためのスタイルを創りあげた。シャネルとともに、女たちの二〇世紀が幕をあげる。

シャネル・モードがパリを席巻し、アメリカを熱狂させたのは一九二〇年代。ドルが未曾有の高値を記録し、消費の祭典に沸いて「狂騒の時代《レ・ザネ・フォール》」とも呼ばれた二〇年代、名声の絶頂にいたシャネルの肖像を作家のモーリス・サックスが生き生きと描いている。狂騒の時代の申し子として、ダンスと社交に明け暮れたこの蕩児は、晴れてパリ社交界の女王の取り巻きの一人になれたのをどれほど誇らしく思ったことだろう。はるか年下の若手作家の眼に、シャネルは眩いオーラを放っていた。

——シャネルは、いまだかつてパリに前例がなかったような女性像を創りだした。その影響力はデザイナーという仕事の領域をはるかに超えていた。彼女の名は、政界や文学界で名士の名が記憶に刻まれるのと同じ仕方で人びとの心に刻みこまれた。シャネルはそれまで弱きものとされてきた女性の神話を打ち破り、全能の力をもった新しい女を表現していたのだ。……幸運にも私は、シャネルの名声が絶頂期にあった時期に彼女と知りあえた。シャネルの望むところ、行く手を阻むものは何一つなく、彼女の気性のすべてが、視える力と視えない力のきらめきを放っているようだった。全パリが彼女に従うかに見えた。(1)

――パリのありとあらゆる家で、全ヨーロッパで、全アメリカで、シャネルの名が口にのぼった。彼女の名声は世界に馳せていた。(2)

このように「弱きものとされてきた女性の神話を打ち破り」、新世紀をきり拓いて輝きたった新しい才能を、もしも日本に求めるとしたら、ただ一人だけ、シャネルに匹敵する女性がいる。与謝野晶子である。

シャネルに先立つこと五年あまり、一八七八年に生まれた晶子はほとんど彼女と同時代人である。与謝野晶子もまた、その天才を讃える賛美者に事欠かなかった。サックスと同じくはるか年下の身で晶子を敬慕した堀口大学が、これもサックスに劣らず絶大な賛辞を捧げている。

これは、かつて日本が持った、男性女性を通じて、最大の天才者の一人であった。女詩人としては、いまだ人類に類例のない第一人者であった。……万葉古今以来の、日の本の歌のしらべの伝統は、晶子にいたって初めて完大成されたのであって短歌十数世紀の歴史は、一人の晶子を生むための歴史であったとも言ひ得るのである。(3)

シャネルのデビューに先立つことおよそ二〇年、まさに新しい世紀の始まる一九〇一年に現れた『みだれ髪』は、未聞の恋歌で一世を風靡した。

その才能の華やぎを、晶子の作品じしんがうたっている。

髪に挿《さ》せばかくやくと射る夏の日や王者《わうしや》の花のこがねひぐるま(4)　『戀衣』

この黄金の花の煌きは、晶子の歌を生み出した「新詩社」そのものの煌きであった。齋藤茂吉は当時をふりかえって語っている。「この期間に入ると、与謝野鉄幹の新詩社風の歌風、即ち明星調が著しく勢力を占め、終に天下の新派歌壇を風靡してしまった。そして、この期間にあって最も活動したものは与謝野晶子であり、晶子は明治三十七年頃以来、頓にその特色を発揮し、灯火《ともしび》をかざして進むの概があった(5)」。

新詩社の「灯火をかざし」て春をうたい、恋をうたい、恋する身体をうたった晶子の歌は、まさにシャネルがそうであったと同じく、短歌という専門領域を超えて広く世に輝きわたった。その才がいかに明治の青年たちの胸をときめかせたか、田山花袋の風俗小説『田舎教師』がよく伝えている。

地方の小学校で教師を務める主人公は、みずからも新体詩を綴る文学青年だが、『明星』の新風に心惹かれてやまない。

石川の持って来た雑誌の中に「明星」の四月号があった。清三はそれを手に取って、初めは藤島《ふじしま》武二《たけじ》や中沢弘光《ひろみつ》の木版画の鮮《あざや》かなのを見ていたが、やがて、晶子《あきこ》の歌に熱心に見入った。新しい「明星派」の傾向が清三の渇いた胸にはさながら泉のように感じられた。(6)

就眠前のいっとき、青年は独り「明星」の世界にひたり、晶子の恋歌を繰り返しては、「新しい泉が滾々《こんこん》と湧《わ》」きいずるのを感じ、遠く東京新詩社に想像の翼をはばたかせる。「渋谷《しぶや》の淋《さび》しい奥に住んでいる詩人夫妻の侘住居《わびずまい》のことなどをも想像して見た。何だか悲しいようにもあれば、羨《うらやま》しいようにもある。かれは歌を読むのをやめて、体裁から、組み方から、表紙の絵から総《すべ》て新しい匂いに満《み》されたその雑誌に憧《あこが》れ渡った(7)」。ボヴァリー夫人が購読しているモード雑誌を読んでは首都パリの最新流行に恋い焦がれたように、ハイブロウな文化の香りに満《み》された雑誌は地方の文学青年たちの憧れをかきたててやまない。『明星』の女王晶子の名は、夢のオーラにつつまれていたのだ。

## 《私》の様式《スタイル》

晶子とシャネル——ほぼ同時代に生きながら、ひとりは日本で、もうひとりはフランスでその名を轟かせた二つの才能は、たがいに相識ることもないまま、交わることなく終わったが、まるで魂の姉妹のように似通っている。

晶子は短歌に新風をふきこんで二〇世紀の恋歌を創造し、シャネルは旧来のファッションを一掃して現代モードをうちたてた。ともども前例のない二人の力業に共通していること、それはいずれも《私》一個の表現に徹していることである。シャネルはオートクチュールの伝統に一切とらわれず、ひたすら自分が着たい服を作り続けた。彼女のファッションはどこまでも「シャネル自身としてのモード」だった。そして、晶子の歌もまた。「芸術は自己の群像である。一にも自己、二にも自己、三にも自己。絶対に自己」(8) とは、晶子の創造の精神そのものである。

そして、彼女たちが表現にもたらしたその《私》は、天才的な鋭さで来るべき世紀の風をとらえ、広く大衆の感性を先取りしていた。この意味で晶子とシャネルはそろって「《私》の表現者」であり、まさにそのことによって大衆の表現者となった。

その経緯を、シャネルは次のようにふりかえっている。「いったいこのわたしに、モードの革命をやってのけようだなんて意識があったかしら？　全然なかったわ。一つの世界が終わって、もう一つの世界がやって来ようとしていた。わたしはちょうどその変わり目にいたのよ。チャンスがあたえられて、わたしはそれをつかんだ。わたしはこの新しい世紀に属していた、だからこそ、それを服装に表現する仕事にあずかったのね[9]」。言葉にたがわず、彼女は二〇世紀の大衆《マス》の装いを形にした。

そして、シャネルと晶子がそれをなしとげたのは、一人は歌壇で、もうひとりはオートクチュールの世界で、あえて「しろうと」であり続けたからである。「ストリートはサロンなんかよりずっと面白い」。シャネルはそう言ってはばからなかった。晶子も生涯歌の「しろうと」であり続け、それが晶子の「創作の方法」そのものであった。「私の歌はもとより素人の歌で……私は今日まで假の一度も専門歌人の列に加らうと考へたことが無く、私の歌は私自身の表現に終始していればそれでよいと思っています[10]」。

私が感じる恋を歌にし、私の着たい服をモードにして、「私自身の表現に終始」すること——これこそ晶子とシャネルに共通する方法態度である。まさにそれによって、二人は女の近代を切り拓いたのだ。

## はたらく女

しかも、二人の共通点はそこにとどまっていない。シャネルが八七歳の生涯の最後まで働きとおしたことはよく知られた事実だが、与謝野晶子もまた近代史に前例のない「はたらく女」であった。本論で詳しくみるように、晶子にとって「労働」は女の解放に無くてはならないものだった。晶子とシャネルは、二人ながら「はたらく女」の偉大な先駆者である。

けれど、そのことによって彼女たちの人生はより幸福になっただろうか。正直なところ、この問いはわたしたちを困惑させる。というのも、男性にたいして経済的に依存することのなかった二人は、いわば偉大すぎてつりあう男性がなかったとも言えるからだ。ピカソやストラビンスキーなど綺羅星のような芸術家たちと親交を結び、幾多の賛美者に囲まれながら、ココ・シャネルは結局一生「マドモワゼル」であり続けた。

といってココが独身主義だったわけでは決してない。シャネルは男を愛し、「男に愛される女」を理想とした。それゆえにこそ、シャネルは晶子の姉妹なのである。晶子と同じく、シャネルもまた「恋する女」なのだ。

その二人を、アンチ・フェミニストと呼ぶのはまちがっていないと思う。与謝野晶子が青鞜の女たちと論戦を交わしたのはよく知られているが、シャネルの方はフェミニストを相手にもしなかった。インタビューで「青鞜《ブルーストッキング》の女たちをどうお思いですか」と聞かれて彼女が返した辛辣きわまりない科白は、本論に詳しくみたいと思う。

男に依存することなく働き続け、しかもそれでいて恋する女であり続けた二人の女は、二一世紀を生きるわたしたちに絶えることなくその血を伝えている。わたしたちは、今もどこかでシャネルの娘であり、晶子の娘たちなのだ。

晶子とシャネル。その二人の視えざるコレスポンダンスのありさまを、日仏の近代史の流れのなかに追ってゆくこと、それが本書の目的である。

# 第一章　恋する女

# 1　『明星』というメディア

短歌に新しい風をふきこんだ与謝野晶子の力業は、彼女が時代のターニングポイントに生まれあわせた幸運と切り離しては考えられない。まさにシャネルが二つの時代の「変わり目にいあわせた」のと同じように。

## 宮廷から《私》へ

そして、晶子の場合、その幸運は『明星』という雑誌にめぐりあった幸運と一つのことだ。『明星』こそ、明治に立ち起こった詩歌の革命の立役者なのだから。

「体裁から、組み方から、表紙の絵」にいたるまで、すべてが「新しい匂いに満《み》たされた」文芸誌『明星』は、西暦一九〇〇年四月、新詩社の同人誌として誕生をみた。わたしたちが注目したいのは、何よりまず「同人誌」というメディアそれじたいの革新性である。創刊号に掲げられた新詩社清規は冒頭から謳っている。「本社は専門詩人以外に和歌及び新体詩を研究する団体なり(1)」。新詩社は広く野に「専門詩人以外」の人材を求める「しろうと集団」なのである。与謝野晶子が終生歌の「しろうと」に徹した、そのスタイルの始まりはまさにここに、新詩社という結社の精神そのものに在る。

このアマチュア精神は、旧来の「門」という専門家集団への反逆精神と表裏一体である。改定なった六号の清規をみるとそれが明らかだ。創刊から半年後、それまでの新聞版を一新して表紙からレイアウトまで美的な創意を凝らし、名実ともに雑誌の装いを整えた『明星』は、まさにエポックメイキングな事挙げの辞を掲げている。「われらは詩美を楽むべき天稟ありと信ず。さればわれわれの詩は道徳なり。虚名のために詩を作るは、われわれの恥ずるところなり」。冒頭からこう言い放った清規は後を次のように続ける。以下、全一三条のうちからランダムに。

――われらは互いに自我の詩を発揮せんとす。われらの詩は古人の詩を模倣するにあらず、われらの詩なり。否、われら一人一人の発明したる詩なり。

――われらは詩の内容たる趣味に於て、詩の外形たる諧調に於て、ともに自我独創の詩を楽むなり。

――かかる我儘者の集りて、我儘を通さんとする結合を新詩社と名づけぬ。

こうして「しろうと集団」たることを小気味よく宣言した条文は、最後の項を「去る者は追わず、来るものは拒まず」の一文で結んだので名高い。派閥や権威といった封建的なくびきからの自由をめざす精神のいかにもダンディな表現だ。次の条項はこの精神を一句に要約している。

――新詩社には社友の交情ありて師弟の関係なし。

師弟という「門」組織のタテ型人間関係を打破しようとする意思。詩歌の革命を志した鉄幹は、歌を門の「外」に解き放った。やがて、そこから晶子や登美子が生まれ、啄木や白秋たち、数々の新しい歌びとたちが生まれでてくる外の領野に。新詩社は、「お歌所」という閉ざされた権威の場に背を向け、言語表現の場を野に求めたのである。佐佐木幸綱『作歌の現場』は、こうしてできた「同人」という新しい組織を「短歌大衆化のために考案されたシステムだった」と指摘している。「自由に参加でき、自由に才能を発揮できる場、そんな場を理想的な原型として考案された組織」が「結社」であって、「東京新詩社」の場合を見れば、それが明らかである、と。(2)

そして、この自由は、たんに組織のそればかりではなかった。『明星』という新しい革袋は、それまでにない新しい酒を容れる器であった。三号の「歌壇小観」で鉄幹は語っている。「今は歌人と新体詩人とを区別する要を認めぬ。我々は清新なる長歌すなわち新体詩を作ると共に、また一方には短形なる新体詩すなわち短歌を作るのである」。ここで問いに付されているのは、歌という表現様式の形式《スタイル》そのものである。このことは新詩社という結社の名称にも明らかであろう。鉄幹にとって「歌人」と「新体詩人」は別のものではなく、「新派歌人」の集う結社は「新詩社」なのだ。

鉄幹はジャンルの混交から生まれるカオスの豊かさに期待したのにちがいない。その狙いは編集にもよく表れていて、「和歌」という呼称と「短歌」という呼称の使い方一つをみてもそれがわかる。六号までは「和歌」と「新体詩」がさしたる区別なく使われていて、たとえば鉄幹自身の短歌欄も「小生の詩（和歌）」と題されているとおり、詩《うた》すなわち和歌だが、翌七号からは和歌という呼称が消え、「小生の詩（短歌）」という風に、すべてが「短歌」に統一されてゆく(3)。このように歌の呼称にゆらぎがあることじたい、時代がいかにスタイルの過渡期にあったかを証している。「門」の外の領野には、豊かなカオスの世界が広がっていたのだ。

興味深いのは、こうして鉄幹が明治の日本に巻き起こした詩歌の刷新が、海のむこう、シャネルがパリで起こしたモード革命と響きあっていることである。

シャネルが従来にないモダンなスタイルを打ち出してデビューしたのは一九二〇年代、『明星』創刊から二〇年ほど後のこと。シャネルの場合も新詩社の場合とまったく同じく、既存の旧き革袋は「宮廷」のスタイルであった。シャネルはデビュー以前の時代をふりかえって語っている。

一九一四年、それは依然として一九〇〇年と同じだった。そして一九〇〇年は依然として第二帝政のままだった。イージーに金を浪費して、定見もなくいろんな国や時代から好き勝手にヒントをもらっては、あれこれとスタイルを変えていたわ。自分にふさわしい装いがどんなものか、見いだせなかったのね。装いというのは、自分らしさの外的表現以外の何ものでもないのだから(4)。

一九一四年、大戦勃発とともに避暑地ドーヴィルに疎開してきた富裕階級の女たちは裾まで届くロングドレスに身をつつんでいた。第二帝政期、ナポレオン三世の宮廷に花開いたオートクチュールの貴婦人スタイルである。新詩社の場合と同じく、シャネルがこれを刷新してモード革命を起こすまで、「自分らしさ」の表現様式は旧態依然とした宮廷スタイルのままだった。というより、シャネル以前はおよそ「個性」の表現という発想そのものが存在していなかった。宮廷の「儀礼」の衣裳が個性を覆いつくしていたのである。あたかも、宮廷で詠まれる和歌が自己表現とほど遠いものであったのと同じように。

鉄幹は、新詩社結成の三年前に歌集『東西南北』を上梓しているが、その自序に「小生の詩は、即ち小生の詩に御座候ふ」と記したので有名である。鉄幹が求めていたのは、お歌所の「公の衣」の仕着せを着て自己表現を封じられた《私》を解放し、「自分らしい」歌の衣を見出すことであった。佐佐木幸綱は、こうした鉄幹の動きをめぐって、「生ま身の私の現在を歌に登場させる力技」と述べ、それが明治の短歌革新運動の核心だったと語っている(5)。

鉄幹が志した詩歌の革命も、シャネルがやってのけたモード革命も、《宮廷》から《私》へと、同じプロセスをたどっている。おそらく革命とはいかなるジャンルにあってもこうした劇的不連続のかたちをとるのであろう。シャネルとともに「衣冠装束」がまったき終わりを告げて「洋服」となったのと同じように、『明星』とともに「和歌」は「短歌」となったのだ。

いや、そう言うのはまだ早すぎる。「生ま身の私の現在」のまったき表出は、与謝野晶子の登場を待たねばならない。

## フランスの香り

だがそのまえに、『明星』というメディアの斬新さをいま少し仔細に見ておこう。そこにもまたシャネルとのコレスポンダンスの予兆が在るからである。「混交」は短歌と新体詩だけでなく、広く芸術の諸ジャンルにわたり、さらに洋の東西にわたっているからだ。

さきに引いた三号「歌壇小観」はこう続いていた。「新派歌人は古今東西に渉って、どのような思潮も芸術をも研究して、あたうだけ多方面の趣味を修養するつもりである」。実際、『明星』は毎号美術に大きく誌面を割いている。文学も、短歌のほかに海外の詩や散文の翻訳から、文芸評論、長短の創作にいたるまでジャンルは多岐にわたる。今風に言えばメディアミックス的な誌面づくりで、行間を渡る風は確かに「和歌」より「詩」という語が似つかわしい。

新詩社同人のメンバーをみてもそれは明らかで、藤島武二、石井柏亭、和田英作など「白馬会」系の画家たちから高村光太郎にいたるまで、明治にあって美術家がこれほど多い文芸誌もないだろう。なかでも圧倒的なインパクトを放つのは表紙とカットを飾るアール・ヌーヴォーの装飾画だが、後章でふれるように、これは一九〇〇年のパリを席巻した美的趣味と同じもので、パリ－東京の同時性がここに実現しているのである。

このような世界性は他誌に例がない。いかにも『明星』の放つハイカラな異邦の香りは他誌を圧していた。その独特な香気をかもしだしたのは、創刊当初にあっては島崎藤村、薄田泣菫、蒲原有明などいわゆる新体詩の詩人たちだったが、この潮流を決定的なものにしたのは、周知のとおり上田敏である。『海潮音』にまとめられた訳詩のおよそ半数が『明星』初出であることからしても、その影響の大きさがおしはかられよう。ダヌンツィオからロセッティにいたる世紀末デカダンス派、あるいはボードレール、ヴェルレーヌ、アンドレ・レニエといったフランス象徴派の訳詩は、雑誌に高踏的な光芒《オーラ》をあたえた。上田敏は『海潮音』に先立って『みおつくし』を上梓しているが、日夏耿之介によるその批評はそのまま『明星』の文芸思潮に通じている。

「みおつくし」は美文であるが、詩心あるこの散文は、晩翠よりも詩的であり、藤村よりも高級であった。……上田敏のまとうた衣装にはロゼッティの夢見た中世主義の思慕と、スインバアンのあくがれた希臘的風光と、十九世紀の芸術至上主義思想を抱く者一切が感じた趣味とが満ちあふれていた。

そこには、かつてない感情の新領土があった。愉悦の新対象があった。思想の新分野があった。スタイルの新意匠があった。最も夙く進んだ青年のみがあくがれた夢を、かれは訳文や評論紹介や訳詩や美文やで紹介した。(6)

日夏はまた訳詩『海潮音』の調べを「世界性の甘美の旋律」と讃えているが、上田敏の存在は『明星』を世界にむけて開き、ハイブロウな香気で次代の青年たちを新詩社に惹きつけた。それらの青年たちのなかには北原白秋がおり、吉井勇、木下杢太郎、平野萬里たちがいた。やがて白秋たちはボヘミアン芸術家の溜まり場たる「フランスの喫茶《カフェ》」を真似て「パンの会」を結成してゆくが、そんなフランスかぶれが流行るほどに『明星』には西欧の風が吹き渡っていた。

事実、実際に『明星』を手にすればそれはすぐにわかることで、版型を一新した七号（明治三三年一〇月）を例にとると、全七六頁中、短歌は二五頁程度にすぎず、あとは斎藤緑雨などの文芸評論、新体詩、河合酔名の美文のほか、ゲーテの訳と紹介が目立つ。この号初登場の上田敏は仏世紀末作家ピエール・ロチの散文詩を訳し、かと思えば土井晩翠がユゴーの詩を訳している。ゲーテの詩は独語もそのまま載せられていて、この横文字のレイアウトがみるからに新詩社風のハイカラさを感じさせる。ちなみに明治三九年の一時期には、MICHI-ZURE. Kitahara Hakushu といったローマ字詩の試作があり、誌面に和洋折衷のエキゾチックな風貌をあたえている。

それにしても七号は短歌が比較的多い方で、他の号をみると翻訳に多くの頁を割いているものが少なくない。あまり紹介される機会がないので、ここで翻訳ものの記事を挙げておこう。明治三五年から四〇年にかけてランダムに――トルストイ、ダンテ、ゾラ（馬場胡蝶訳解説）、メーテルリンク（平野萬里訳）、ミュッセ（上田敏訳）、アリストテレス詩学（生田長江訳）、モーパッサン（田山花袋、戸川秋骨、平野萬里、馬場胡蝶訳）、ダヌンツィオ（平田禿木訳）、ドストエフスキー（茅野蕭々訳）。文字通り多士済々だが、モーパッサンやゾラなど小説の訳は頁数も多く、変わりどころでは高村光太郎が連載で彫刻家ベンヴェヌート・チェリーニの自伝を訳している。こうして瞥見しただけでも、『明星』という雑誌が短歌という酒を容れるにはあまりに多様な器であり、洋の東西に橋をかける先端的なメディアだったさまがうかがわれよう。

もはや和歌ではなくて短歌。しかも西欧にむかって開かれたメディア。日夏耿之介はこの時期の鉄幹の歌風をさして「東方の文人が閑遊して玩ぶ西洋的感情」と評しているが、これがそのまま「当時の『明星』の基調でもあった(7)」。ちなみに、少し時を下って、『明星』終刊後に上梓された鉄幹の歌集『相聞』に次のような一首がある。


さかしまにもゆる火中《ほなか》を落ちながら互《かたみ》に抱《だ》きてくちづけぞする(8)

くゆりたつ背徳のエロスはあちらの世紀末詩かと見紛うばかり。フランス詩が鉄幹にあたえた影響の大きさをまざまざと感じさせる。確かに彼が渡るべき異邦の地はフランス以外になかったであろう。日仏の架け橋はすでにここに始まっている。

## 詩歌のマーケット

けれども、こうして応え交わす日仏二つの動きは、ある一点で正反対の方向をたどってゆく。それというのも、わたしたちの関心はマーケットにあるからである。

先に述べたように、シャネルは宮廷ファッションを解体してモードの大衆化をめざした。シャネルのマーケット戦略については後述するが、大きく言って「モードの大衆化」とはすなわち衣服市場の拡大を意味している。一部の貴族特権階級が占有していた贅沢が広くストリートに普及してゆくこと、それがモードの大衆化であり、事実、第二帝政からシャネルまでの半世紀あまりのパリは、デパートなど大衆消費市場の誕生をみた時代だった。

ところが、短歌は逆の道をたどってゆく。短歌の大衆化は、歌の作り手の大衆化ではあっても短歌の消費市場の拡大を意味しはしないからだ。いや、拡大どころではない。宮廷の「雅び」の具であって商品ではなかった和歌は、宮廷の権威から解放されてもほとんど商品にはならなかった。むろん、売れた短歌がなかったわけではない。与謝野晶子の歌が当代きってのベストセラーになったのは周知のとおり。

しかしそれは話を狭く短歌の世界に限定してのことであって、近代の「文学のマーケット」の主力商品は詩歌ではなく「小説」なのである。王侯貴族が芸術のパトロンとなって芸術の規範をも司った王朝文化は詩歌を重んじたが、王朝の衰退とともに詩歌は衰え、小説という新興ジャンルが不特定多数相手のマーケットで飛躍的発展を遂げてゆく。この趨勢は洋の東西のいずれにあっても変わらない。

明治の日本は翻訳の急激な増大を含めて小説というジャンルが急成長を遂げた時代である。『明星』創刊三年前の一八九七（明治三〇）年は、『読売新聞』に連載された尾崎紅葉の『金色夜叉』がベストセラーになった。翌年には徳冨蘆花の『不如帰』の『国民新聞』連載が爆発的人気を誇る。本になった『不如帰』は一〇年間で一〇〇刷近い売上げを記録したというから、その人気のほどがうかがえよう。海のむこうのフランスでも、アレクサンドル・デュマをはじめ、すでに半世紀前から新聞連載小説がベストセラーになって久しい(9)。日本の近代文学は、新聞連載という形式そのものをも輸入しつつ、小説というメイン・ジャンルを産みだしていったのである。

こうした状況にあって、およそ詩歌はマイナーなジャンルにならざるをえない。そう、それは、「売れない文学」なのである。

大正六（一九一七）年、わずか五〇〇部という部数で自費出版された萩原朔太郎の詩集『月に吠える』がここで好例を提供してくれる。五年後に出た再版の自序で、朔太郎はこの間の文壇の変容をふりかえり、「当時の文壇に於て『詩』は文芸の仲間に入れられなかった。稿料を払って詩を掲載するような雑誌はどこにもなかった」と語っている。ところが数年のうちに「詩壇は急調の変化を見せて、『月に吠える』は再版されることになった。詩人はこの変貌を詩壇の潮流の変容ととらえ、「さしも暴威を振った自然主義の美学は、新しい浪漫主義の美学によって論駁《ろんばく》されてしまった。……二度《ふたたび》我が抒情詩の時代が来た」と回顧している(10)。

確かに自序が言うとおり、異端として出発した朔太郎の詩風は「詩壇の『時代的流行』」となって、近代詩のエポックをつくりだした。けれども、現在までの歴史を知るわたしたちからすれば、ここでの問題は、詩人が言うように、自然主義か浪漫主義かといった文芸思潮の対立ではむしろない。朔太郎的なモダニズムの隆盛は、だからといって詩が売れるジャンルになったことを意味しないからである。抒情的であるか否かを問わず、およそ詩歌はマス・マーケットを形成しない。つまるところ「文芸の大衆化」とは「小説の大衆化」と同義にほかならないのである。

こうしてみてくると、同人誌『明星』はまた別の顔をみせてくる。なるほどそれは詩歌を「門」から解放して大衆の手に近づけた。けれども、それは同時にまた、いわゆる商業誌ではないという意味でもまさに「同人誌」なのである。

いや、『明星』が非売品であったわけではむろんない。それどころか鉄幹は広く野に販路を求め、部数を伸ばすための企画を次々と編み出した比類ない編集者であった。その卓越した才能はやがて与謝野晶子というベストセラー歌人をうみだしてゆく。それでも、小説のマーケットにくらべれば『明星』のそれは桁ちがいに小さい。『啄木日記』によれば、『明星』の販売数は明治四一年で一二〇〇部、四四年には九〇〇部にすぎない[11]。鉄幹が雑誌発行のためにいかに資金繰りに苦労をしたか、妻滝野の実家の援助を頼んだりもした事実は他の伝記に詳しいのでここで繰り返すまでもないだろう。わたしたちの関心は、大きく近代の「文学のマーケット」のなかで短歌を考えることである。

時代を読むに聡い鉄幹は、事態を明敏にとらえていた。短歌誌ではなく芸術総合誌を企画した理由も、一つにはそのためだったかもしれない。この苦労人の才子は、近代とともに詩歌は売れないジャンルになることを良くわかっていたのである。めったに引用されない文章だが、『明星』四号の「読者諸君に告ぐ」はこの間の事情を語っていて興味深い。

「諸君は『明星』を発行する僕の微衷と現在の境遇とを知り給うか。恐くは知られまい」。こうしたざっくばらんな口調で鉄幹は自分の心境を読者に明かしている。「僕は詩が好きで詩を作る。詩は僕の道楽である。誤って虚名を喧伝されてはいるが、道楽で作る詩に何の野心があろう。……だから歌壇に対する僕の態度はもっとも自由でもっとも公平であると信じる」。こうして既成の歌壇勢力から自由なポジションはしかし、いかに台所が苦しいことか。詩歌のフリー・マーケットは最初から苦戦覚悟なのである。先の続き。

「詩で飯が食える世の中なら僕は詩を売ろう。徹夜しても百篇や二百篇の駄作を公にしよう。僕はそういう幸福な時代には生まれなかった。……一冊六銭の『明星』が鉄幹をドレ丈肥すであろうか」。六銭はタバコ「ヒーロー」二箱が買える金額である。鉄幹は、一流の新体詩人を集めた高級誌をあえて廉価にして読者層の拡大を狙ったのだ。「それに今の出版物は白紙を売って不当の高値を貪る。僕はその弊を矯めて出来るだけ内容を豊富にし、広く国民の購買力に考えてヒーロー二個の廉価をもって読者の手に致そうとした。僕が『明星』を発行した微衷は如此くである」。

詩歌がマイナーになった「文学の近代」を良くわきまえつつ、あえてその詩歌に賭けた与謝野鉄幹は、実にものの分かった果敢な挑戦者と言うべきであろう。

ところで、この間、新詩社社主の鉄幹はさておき、歌人の鉄幹はいったい『明星』にどんな歌を載せていたのだろうか。創刊当初、二号の「小生の詩」から一首を引く。

地におちて大学に入らず聖書読まず世ゆゑ戀ゆゑうらぶれし男

一五首ほどならんだ歌のなかで唯一自分を詠んだこの歌は肖像画のように読む者の目を引く。果たせるかな、この歌に惹かれた歌人が返しを送ってくる。与謝野晶子である。

## 2　花咲く乙女たち――シニフィアンの戯れ

### 女たちのメディア

鉄幹に返しを送ってきたのは晶子ばかりではなかった。

あたらしくひらきましたる歌の道に君が名よびて死なんとぞ思ふ

ひいた歌は山川登美子のもの。『明星』七号に掲載された一二首冒頭の一首である。詩歌の刷新を志す鉄幹に殉じようという意は鮮明だが、「君が名よびて」という語が可憐な乙女ごころを感じさせる。「清怨」と題されたこの七号の詠草欄は、中濱いと子、山川とみ子、林のぶ子、鳳あき子、女流四人の名がならぶ。晶子の歌は二八首。質量ともに盛んな詠みぶりで、あまりに有名な「やは肌のあつき血汐」の歌もこの号掲載のものだ。新しくひらかれた歌の道は、女流たちで華やかに賑わったのである。

事実、『明星』の他誌にない新しさは、前節に述べたそれにもまして、女性を登用したことにこそあった。女流の歌の掲載は早くも二号から始まり、晶子も登美子もこの号に初登場している。その後、号を追うにつれて女流歌人の詠草欄は充実してゆき、「雁来紅」「清怨」「素蛾」などの題を冠し、しゃれたカットやレイアウトでひきたてられて雑誌の華となってゆく。積極的に女性を抜擢した鉄幹の狙いは見事な成功をおさめたのだ。

むろんそれは晶子という稀有な才能がもたらしたものにちがいないが、わたしたちは、晶子の歌を論じる前に、晶子をはぐくんだ『明星』というメディア全体を見渡すことからはじめたいと思う。晶子の歌風はこの雑誌の特色と密接にきり結んでいるからである。

晶子は恋歌を詠んだ。晶子ばかりでなく、登美子ものぶ子も、『明星』に集う乙女たちはみな競って恋を詠んだ。『みだれ髪』刊行が『明星』創刊翌年の一九〇一年。その頃をピークに、明治三三年から三八年（一九〇〇年から一九〇五年）にかけての『明星』は一種独特な女性メディアの観を呈してゆく。

そうして『明星』に若い娘たちが集ったのは、時代の追い風をうけてのことだった。歌を詠むような才ある娘たちは当然ながら「読書する女」でもあり、文学に親しむほどの教養をつんだ娘たちだが、彼女たちが層をなして登場する背景には、まず女子教育の進展があった。女子の進学を推進した「高等女学校令」が発令されたのがちょうど『明星』創刊一年前の一八九九（明治三二）年。女学校を正式な高等教育機関として認定する法令で、日清戦争を経験した政府は国民教育の強化を図ったのである。これを機に日本全国で女学校が次々と新設され、女子の進学率は大幅な伸びを示してゆく。一九〇〇年代、明治三〇年から四〇年にかけての時代はいわば「女学生の時代」でもあった。制服の袴から「海老茶式部」の異名で呼ばれた彼女たちは時代の表層に色を添える新風俗だった。一九〇七（明治四〇）年に出てベストセラーになった田山花袋の小説『蒲団』は女学生をヒロインにした風俗小説である。

女学生の増加は当然ながら読書する女たちの数を増やした。事実この一九〇〇年代初めは女性雑誌の創刊が相ついだ時代である。『みだれ髪』刊行と同じ一九〇一年、大手出版の博文館が『女学世界』を創刊し、万単位の部数を誇った。ほかにも『婦人画報』『婦人世界』『婦人の友』など、文学から啓蒙記事から家事の実用記事までを一冊におさめた女性雑誌の創刊が相次ぐ。『明星』は、部数こそ桁ちがいに少ないものの、こうして女性が文学に親しんでゆく時代の波頭を切った。鉄幹の才は、時代の匂いを聡くかぎわけるのである。

若狭の名家の娘、山川登美子は梅花女学校卒。『明星』に投稿した時期には姉の嫁ぎ先の大阪に身を寄せ、研究生としてふたたび梅花女学校に通っている。彼女も当節はやりの「女学生」の一人なのである。その登美子に半年ほど遅れて『明星』に登場する増田雅子はやがて登美子とともに日本女子大学校に入学をはたすほどの才媛で、船場の商家の娘。おなじく堺の老舗の商家に生まれた晶子は堺女学校卒。幼い時から父の蔵書を読み耽って身につけた古典の教養は良く知られているとおり。『明星』に集ったのは、こうしていずれも学歴と教養をそなえた良家の娘たちだった。

その娘たちがしきりに歌を投稿する。明治三三年九月（六月号）頃から、晶子と登美子の歌につられるように投稿は数を増し、彼女らの詠草欄が熱をおびてくる。前月八月、晶子と登美子は新詩社関西支部訪問のために西下した鉄幹と忘れがたい邂逅を果たしていた。いきおい二人の歌には鉄幹への想いがにじむ。登美子の歌は冒頭に一首を引いた。晶子の歌を六号と七号から引こう。

病みませるうなじに繊《ほそ》きかひな捲《ま》きて熱にかわける御口《みくち》を吸はむ
星のよのむくのしらぎぬかばかりに染めしは誰のとがとおぼすぞ

鉄幹との邂逅で得た晶子の高揚がかくれもなく伝わってくるが、晶子の恋はさておき、ここで注目したいのは娘たちの詠草が誌面にかもしだす一種独特な雰囲気である。というのも、彼女たちはかたみに呼び交わすかのように歌を贈りあう。まず登美子と晶子。登美子が詞書きを添えて晶子に。

月かげに姉がをります萩のはな露のこぼれは我手に受けむ（この一首は晶子の君の訪ひ給ひける時）

晶子の返し。

人の世ぞ何をなげくとつよく云へど君も少女子われも少女子（登美子の君を訪ひて）

登美子が可憐な妹の情をうたえば、晶子は心弱い妹をはげます「姉」の想いを詠みこんでうるわしい。このような親密な交情が、乙女から乙女へと、輪舞のように『明星』の娘たちを結んでゆく。ひと月前の号には、中濱糸子と登美子とのあいだに同じような贈答があり、糸子が、「登美子の君へとて」との詞書きをそえて「病む君の心もとなき筆の跡をむねに抱きて泣く夕かな」と詠めば、「糸子の君へ返し」として、「世の風はうす肌さむしあはれ君み袖のかげをしばしかしませ」と登美子がこたえ交わす。

以後、『明星』詠草欄はこうした乙女たちの交情の場と化してゆく観があるが、それがいやがうえにも印象的なのは、彼女たちがたがいを花の名で呼びあうからだ。八号から中濱糸子の歌を引く。

やさし御名《みな》ただによばんはへだてありおなじ色なる白百合の君（とみ子の君よりわが上を白藤とよび玉へるに）

ほそ筆にうつしたまへなやさし御名《みな》身にしむ御名の白萩の君（晶子の君へ）

同じ八号に載った晶子の文《ふみ》にも、登美子を指して「リリーの君」とある。鉄幹が好んだ白い花が娘たちの雅号となって、詠草欄はさながら乱れ咲く花園の観を呈してゆく。重要なのは、そこにかもしだされる独特な情緒世界である。当節はやりの「海老茶式部」の嬌声を聞くようなある種の気恥ずかしさとでも言おうか。引用した二首とも、そのたわいなさ、無意味さはかくれようもない。

それは詠み手の力量とも無関係ではないだろうが、どの娘が詠んでも同じような「たわいなさ」を感じさせる。証拠に晶子の歌を引こう。翌年三四年一月の一〇号、すでに晶子は詠草欄に並ばず鳳あき子の名で独立した欄を持ち、三七首を載せている。「罪おほき男こらせと肌きよく黒髪ながくつくられし我れ」「むねの清水あふれてつひに濁りけり君も罪の子我も罪の子」など、『みだれ髪』秀歌もあるだけに、他の娘たちへの贈歌の凡庸さは際立っている。

岩にたふる梅はつめたし行く水に君はながるるしら桃の花（のぶ子の君に）
いく百千《ももち》よろこびの歌よまばよき其のぬしゐたるしら梅の花（まさ子の君に）

これらの歌が稚拙なのは、情感の表出より、相手の花の名を詠みこむことに目的がおかれているからである。ただ相手の名を呼ぶ、その親密性じたいが快楽なのだ。あたかも愛の電話で大事なのが話の内容ではなく、呼び交わす声であるのと同じように。こういう乙女たちのたわいない親密性が長きにわたって誌面に独特な情緒をかもしだし、それが『明星』の主旋律ともなってゆく。この意味で『明星』は女性誌ブームの波頭を切る女性メディアでもあった。佐藤春夫『晶子曼荼羅』はこれら『明星』の娘たちを「アプレゲール」と呼び、その「はしたなさ」を指摘している。

彼等は日清戦争の生んだ戦後派（アプレゲール）であった。さういふ言葉こそなかったが、さういふ事実はあったのである。……ともあれ、当時のアプレゲールたちが無遠慮千万に感情をさらけ出した手紙のなかに記された歌のやうなものは、人ごとながら気恥ずかしいやうなものであった(12)。

春夫の筆は、娘たちの「呼び交わし」に説き及ぶ。「いづれもアマリリスほどではないまでも、大小の雑多な紅い花を身のうちに咲かしていた少女たちであった。それが皆、それぞれに白百合《しらゆり》、白芙蓉、白萩《しらはぎ》、白藤、白梅《しらうめ》などと、さながらに源氏名のやうなものを、或は自ら名告り、或は他から「白梅の君」「白萩の君」などと呼び合って、同性愛にも似たやうな友情もしくは新詩歌の同志愛の歌を互に呼び交したものであった(13)」。

実際、娘たちの花の名は雅号と呼ぶにはあまりに気恥ずかしく、さらにいえば歌と無関係でさえある。たとえば三四年七月の一三号、同人たちの手紙を載せる巻末の消息欄。そこに載った彼女たちの手紙は女学生的な感傷性に満ちている。「しら萩様しら梅様いまだお逢ひ致さぬ姉達ながら、そのみなさけ嬉しく、つひつひ身の程も顧みず、打ちとけかこちまゐらせ居り候。みふみしばくたまひ候」など書かれた文の末尾には「しろ菫」の名。かと思えばその前後には、「白薔薇」「しら椿」の文がならぶ。ここまでくればもはや花々の名は雅号というより仲間の愛称と言うにふさわしく、当時でまわった他の女性誌の投書欄とほとんど変わるところはない。

センチメンタルな情愛の交換を誌面にさらす「アプレゲール」の少女たち。ここではもはや詠草ではなく親密性それじたいが目的となっている。けれども注意しなければならないのは、だからといって彼女たちが誌面の外での親交を求めているのではないことである。彼女たちの欲望はあくまで「誌面」でたがいの名を呼び交わすことなのだから。つまり彼女たちはメディアの快楽を愉しんでいるのである。だからその花の名も源氏名というより、むしろインターネットのハンドルネームにもっとも近い。生身の自分にいささか距離を取って、メディア空間に仮構した《私》、それが「白梅」であり、「白薔薇」であり、「白藤」なのだ。そして、その「名」と同じことが手紙や歌についても言える。彼女らの空疎な歌の群れは、情愛の吐露というよりむしろメディア空間にむけて遊戯的に仮構されたものにほかならない。それは、もしこう言ってよければ、シニフィアンの戯れなのである。

花咲く乙女たちの浮薄な戯れが『明星』の紙面に華やぎを添える――おそらくこれは鉄幹の企図せぬものであったにちがいない。女性の参加は新詩社を彼の予期せぬものに変容させていったのだ。先に見たとおり新詩社は詩歌の刷新をたかく掲げていた。門のタテ的師弟関係を排したとはいえ、その刷新の志を共にするかぎりで、なおそれは「結社」と呼ぶにふさわしい組織であったはずだ。にもかかわらず、誌面に広がる乙女たちの戯れは、鉄幹の思惑をこえて新詩社という結社の性格そのものを別の何かへと運んでゆく。

花咲く乙女たち――言うまでもなく、これはプルーストの小説タイトル中の言葉だが、フランスのリゾート風景を描いたこの小説はいま問題としている乙女たちの「少女性」を語り明かしてきわめて示唆的である。というのも、そこに描かれる海辺の娘たちはつねに「群れ」をなして登場するからだ。「海辺の薔薇」にたとえられる彼女たちは、「揃いも揃って美しい彼女たちだけが選ばれて友だちとしてグループをなし」「流れるように動く集団の美の絶え間ない移動をくり広げて」ゆく。花咲く乙女たちは、そうして群れてこそ自分たちの魅力がいかんなく発揮されることをよく心得ているのである。(14)

実際、少女たちは群れていてこそ輝き立つ。大切なことは「群れて在る」ことであって、意思を一つにすることではない。志を一つに重ねる、それは男たちの結社の身ぶりにほかならない。

八号の詠草欄の最後に、一首だけ鉄幹の歌が置かれている。

戀と名といづれおもきをまよひ初めぬわが年ここに二十八の秋

ここで鉄幹が恋と名と、二つのあいだを揺れているのが興味深い。この八号は、晶子と登美子と鉄幹の三人が運命の一夜を過ごした直後の号であるから、鉄幹の歌にその恋を読むのが常道だろうが、『明星』という雑誌の移りゆきをみてきたわたしたちには、「恋」と「名」の対立がそれ以上の意味価をおびているように思われる。というのも、結社とはまさに「名の論理」によって成立するものであるからだ。しかもこの論理ほど少女たちから遠いものはない。名は不朽のものをめざし、少女は時に移ろうつかの間のもの、たとえばファッションのように現在にときめくものに愛着する。

対するに「名の論理」は彼方にある達成価値をめざして盟約を結ぶ。このような「名」こそ結社にふさわしいものである。『明星』三四年三月号からふたたび鉄幹の一首。

われ男の子意気の子名の子つるぎの子詩の子戀の子あゝもだえの子

後に歌集『紫』の冒頭歌となって名高いこの歌は、「名の子」の論理と「恋の子」の論理の対立をわたしたちに教えてくれる。鉄幹の言葉を使うなら、つまるところ結社とは「名の子」たちによって成立する党派にほかならない。対するに乙女たちは「群れる」ことにしか興味がない。彼女たちは群れて戯れつつ、今のときめきを共有しようとする。これに対し達成価値に賭ける「名の子」は未来のために現在を耐え忍ぶ。だが「恋の子」にとっては現在がすべてである。「春みじかきに何の不滅のいのちぞと」とうたいあげた晶子はまことに恋の子そのものである。新詩社はいつの間にか恋の子たちの集団と化していったのだ。

それは、新詩社社監たる鉄幹の思惑を超えたなりゆきであったかもしれないが、『明星』の生誕をみてきたわたしたちからみれば、大いにありうべき変容であったというべきだろう。なぜなら、「しろうと集団」である新詩社の同人誌は、「ひらかれたメディア」であり、参加型メディアだからである。参加型メディアでは参加者が内容をつくりだす。花咲く乙女たちは嬉々としてこのメディアにうち興じたのである。

　ところで、このような新詩社の変容は他の結社に対しても大きな関わりをもっているのではないだろうか。わたしたちがここで想起するのは正岡子規ひきいる根岸短歌会である。『明星』六号に載った「子規子来書」は、鉄幹と袂を分かった子規の宣言書として短歌史上に名高い。以来、『明星』と根岸短歌会、そしてその後のアララギは新派短歌中の二大勢力として対立してゆくが、その対立は、二つの歌派の詠風に起因するのもさることながら、それに劣らずラディカルに対立しているのはむしろ結社の性格ではないのだろうか。党派性の強い子規の率いる根岸短歌会は「名の論理」に拠ってたつ政治性濃い党派であり、つまりは「名の子」たちの結社にほかならない。対するに新詩社は「恋の子」たちの群れなのである。恋と名と、いずれ重きか――花咲く乙女たちにとって、そんな問いははなから存在してない。彼女たちの名は白萩、白百合、白菫。それらの名はただ呼び交わす快楽のためにだけ在るのだから。

## 星の子たち

乙女たちはたがいに呼び交わす。彼女たちの愛の戯れはおのずとその歌風を特徴づけてゆく。晶子の歌風は実はこうした『明星』の歌風に根ざしているものが少なくない。その典型の一つが「な」という措辞である。

今の我に歌のありやを問ひますな柱《ぢ》なき繊糸《ほそいと》これ二十五絃《げん》

春を説くなその朝かぜにほころびし袂だく子に君こころなき
いさめますか道ときますかさとしますか宿世のよそに血を召しませな

二首の「な」は禁止の「な」、最後の一首は「呼びかけ」の「な」であるが、『みだれ髪』には実にこの「な」の措辞が多い。木下杢太郎は晶子の歌に現れるこの措辞を「なのシャルム」と呼んで次のように語っている。「また「なのシャルム」とも呼ぶべき使ひざまが頻々と現はれる。「夢やすかれな」、「神よ見ますな」、「魔にも鬼にも勝たんと云へな」、「聞きますな」、「難波江の後のひと夜は梅に借れな」。われわれは少年時、之しも晶子調であるかに思ひなした[15]」。杢太郎の言うとおり、いかにも晶子調の魅力《シャルム》をたたえたこの措辞はしかし、実は晶子の独創ではなく、娘たちの呼び交わしのなかから生まれてきた『明星』の詠風である。登美子の例を引こう。

我いきを芙蓉の風にたとへますな十三絃《げん》を一いきに切る
その濱のその松かぜをしのび泣く扇もつ子に秋問ひますな

登美子の歌にも「な」の多用が著しいが、この「な」をもちいた歌が娘たちの「呼び交わし」のなかから生まれているさまが良くわかる例を引いてみよう。

泣きますな君なぐさめんすべ知ると小百合《さゆり》折る君うつくしきかな（以上二首しろ百合の君に）
増田雅子

おもひ出でな忘れはてよと誨《をし》へますか一つふすまの戀にやはあらぬ（またしら萩の君に）
山川登美子

星となりてあはんそれまで思ひ出でな一つふすまに聴きし秋の聲（白百合の君に）
鳳晶子

そこに相手がいるから、あるときは呼びかけ、あるときは禁じる。仲間うちの話し言葉のような親密性がこうした「な」の用法を生み出しているのである。

そして、『明星』の娘たちが共有したのはこの用法一つだけではなかった。良く指摘されているように、彼女たちは同じ語彙を共有した。なかでも名高いそれが「星」である。いま引いた晶子の歌にも「星となりて」とあるが、もう一首あげれば、

星の子のあまりによわし袂あげて魔にも鬼にも勝《か》たむと云へな

確かに『明星』の同人は「星の子」たちを自認していた。まず鉄幹が彼女たちをそう呼んでいる。「星の子のふたり別れて千とせへてたまたま逢へる今日にやはあらぬ」。西下の折に晶子と登美子に会った後の号の詠草である。翌月の七号には、登美子の手紙に、「筆あらひ硯きよめて星の子のく

だりきますと人へ書くふみ」とある。ここに詠まれた「星の子」は明らかに鉄幹であろう。自分たちが「星の子」であるのは、師たる鉄幹がまず「星の子」として選ばれた存在であるからにほかならない。鉄幹こそ、『明星』に群れ集う乙女たちのシニフィアンの戯れの不在の中心ともいうべき存在である。その中心が、神と呼ばれるようになるのは事の趨勢なのかもしれない。六号に載る登美子の歌は、ストレートに詠みこんでいる。

かずかずの玉の小琴をたまはりぬいざ打よりて神をたたへむ

後にこの歌は晶子・雅子との合著『戀衣』に再録の折、「新詩社をむすび給へる初に」という詞書きがそえられていて、神たる鉄幹とそれに仕える乙女たちという新詩社のありようを絵のように描く歌になっている。といっても神はつねに鉄幹を指すとは限らず、神の意は曖昧な広がりをみせる。たとえば晶子の一首。

今はゆかむさらばと云ひし夜の神の御裾《みすそ》さはりてわが髪ぬれぬ

この「夜の神」は何者なのか。おそらく恋人であろうが、また別の歌には「春の神」、あるいは「秋の神」とあって明瞭な意を結ばない。こうした晶子の歌の「神」については、上田敏が三四年一〇月『明星』誌上に「なにがし」の名で載せた『みだれ髪』評のなかで次のように的確な批評を寄せている。「このあたり『神』といふ文字はなはだ多く、『春の神』『夜の神』は何れの国の神話にも見当たらぬ、作者の方便なるべけれど、かかる尊き名は意味なくして、漫に唱ふべきに非らず」。そのとおりといえばいえるが、神といった聖書的語彙は、たとえば秀歌「花にそむきダビデの歌を誦せむにはあまりに若き我身とぞ思ふ」のように、和歌ではありえないモダンな趣を歌にそえて、西欧に橋をかけた『明星』らしさをたたえている。

いずれにしろ大切なのは、それが仲間うちの合言葉、いわば「星の子のターム」として神という語が使われているということだ。そういう語彙はほかに幾つもあり、「春」「罪」、あるいは「星の子」「春の子」「恋の子」という言い方もそうである。こうしたタームの共有それじたい、シニフィアンの戯れ以外の何ものでもないが、その中心に位置する当の鉄幹は、十二分にこの現象に意識的であったにちがいない。端的にそれを示すのは『みだれ髪』の冒頭歌である。

夜の帳《ちやう》にささめき盡きし星の今を下界《げかい》の人の鬢のほつれよ

冒頭歌にわざわざ星を詠みこんでいるのは、『明星』の象徴的語彙を意識してのことだと考えるのは自然であろう。選者としてすべての投稿に目を通している鉄幹は当然ながら同人の短歌の傾向に最もよく精通している。どの語、どの語法、そしてどの歌人が最もときめいているかも……。

その鉄幹が同人たちのあいだの流行語を論じているのが面白い。三四年七月の一三号から始めた講評「鉄幹歌話」の初回の一節。「……幻影、神などを歌ふのが同人の中に流行している」と指摘したあと一〇首あまり例をあげ、次いで年を詠みこむ歌にふれて、「十七の春などと年を短歌に叙するのは、去年の秋からの流行である」と述べている。例にとっているのは自作「我年ここに二十八の秋」、そして晶子の「その子二十《はたち》櫛に流るる黒髪」の歌。さらに鉄幹は新詩社内での最新流行に説き及ぶ。

新詩社の同人が去年の夏までは「妹《いも》」と云ふ古語を棄てかねてゐたが、次には「君」と改って、今ではそれも陳腐に成って、専ら「人」と云ふことが行れている。ここでの「人」は即ちその情人のことである。

同人内部で語法のはやりすたりがあり、最新流行があったのである。「恋の子」たちがいかにたがいの歌に敏感であったかがわかる。なかには流行の語法だけをならべたような歌も少なくない。同じ号に載る増田雅子の一首。「花にそむき人にそむきて今宵またあひ見て泣きぬまぼろしの神」。「花にそむき」はあきらかに晶子の歌の踏襲であろう。「人」も「まぼろし」も「神」もすべての新詩社流行語を詠みこんでいて、おかしいほどだ。さすがに『戀衣』にこの歌は再録されていない。とまれ、こうして、それとわかる目配せのように語を共有することそれじたいが同人の悦びであったさまがよく伝わってくる。

けれども、そうしたタームの共有にもまして熱く胸ときめくもの、それは恋を共有することであった。恋の子たちが集う新詩社にあって、恋が最高のトピックスであるのはみやすい道理だが、その恋が同じ一人の相手、ほかでもない彼女たちの「神」たる人に向けられるとき、その高揚感は最高潮に達する。同じ一人の男に恋をする――この場合、ふつうの恋愛なら娘たちのあいだに競争と嫉妬が生まれる。事実、鉄幹をめぐる晶子と登美子の確執は数々の伝記に詳しい。けれども、「群れて」在る乙女たちのあいだでは、はなはだ微妙な感情の布置が発生してくるのを見落としてはならない。

始まりは三三年八月、大阪と堺での鉄幹と晶子、登美子との初の出会い。ついで一一月、粟田山の宿で三人が一夜を共にした後、さらに翌年一月、推測される鉄幹と晶子の粟田山再訪――これらの出来事に照応する九月から一二月にかけて発行された六号から九号までが恋の子たちの祝祭ともいうべき一つのピークをかたちづくる。初邂逅の直後の七号は、詠草の数にまずその高揚があらわれていて、登美子が一二首、晶子は二八首をも載せている。早くも鉄幹と晶子とのあいだの相聞が火蓋を切り、『みだれ髪』の代表作ともいうべき歌が登場するのはこの号である。

やは肌のあつき血汐にふれも見でさびしからずや道を説く君

また、登美子の「あたらしくひらきましたる詩の道」の歌もこの号である。同人たちは二人の歌に敏感に「何か」を感じとったことだろう。はたして誌面には歌だけでなく、鉄幹へ宛てた晶子の文が「わすれじ」と題されて掲載されている。「君、『髪さげしむかしの君よ十とせへて相見るゐにし浅しと思ふな』その夜の火かげはまぶしかりき、げにその夜は羞しかりき、八月四日なり」。こんな書き出しで始まる文は、まさに佐藤春夫が言うところの「気恥ずかしい」相聞そのものだ。けれども、誌面全体を見わたすとき、さらに際立って印象的なのは、二人の相聞よりむしろ晶子と登美子のあいだの交情である。消息欄には、晶子と登美子が筆を共にして鉄幹に宛てた長い手紙が掲載されている。一人の「神」をめぐる恋の子たちの微妙な情感を伝えているので、少し長くなるが引用しよう。

ひとにならひてつよき〳〵今のわが身、なに故にこのあたりへあくがれよりしかは書くまじく候。いとしき妹《いもうと》の筆にゆづりて。（晶子）

例の星の世に登りし如き只今のありさま、おしはからせ給へ。たのしき〳〵歌も詠み申し候。（登美子）

このあと五首ほど二人の歌がならび、少しおいて、「こは君がかたみにとて植ゑたる菫《すみれ》に候。ここに二人して摘みたるを封じまゐらせ候。（登）」とあり、菫を詠みこんだ二人の歌五首。文の終わりは、「大阪なる山川さまにて　晶子　夢のやうなるうつつにて　登美子」と結ばれている。「夢のやうなるうつつ」に酔う乙女ごころがストレートに伝わってくるが、晶子と登美子の二人が恋心を共有し、そのことが恋の陶酔を深めていることは確かである。それがもし「名の子」であれば、ただちに嫉妬の対象となりライバルになる相手の存在が、「群れる」快楽を知る恋の子にとってはむしろ恋の陶酔感をいやます分身になる。花咲く乙女たちは好んでほかの乙女が恋する男に恋をするのだ。仲間うちで何かの語法がはやるのと同じように、恋もまたひとりから別のひとりへと感染してゆく。花咲く乙女たちの群れる新詩社とはそういう恋の場であった。およそ半年後の三四年三月、一一号に載った二人の歌はそのように理解すべきではないだろうか。

こゑあげてよぶにまどひぬ星の世に小百合しら萩もつ神は一つ（登美子）
少女ふたりおもへば戀よ戀なりき戀とったへむ白百合の花（晶子）
おもひおもふ今のこころに分ち分かず君やしら萩われやしろ百合（晶子）

わかちがたいほどに想いがもつれている、そのもつれそれじたいに甘い情感がひそんでいるのである。

## メディアはメッセージである

おそらく鉄幹はその間の微妙な感情の機微をよくわきまえていた。そして鉄幹がわきまえていたのはそればかりではなかった。星の子たちの神の座を占めていたこの男のおそるべき才能を、いま少し詳しく見届けておかねばならない。

鉄幹は投稿の選者である。門というタテ関係組織を排したとはいえ、歌の選においては鉄幹の評価がすべてを支配している。同人のあいだにその選に不満を抱く者が出てくるのは当然だろう。いや選だけではない、選ばれた場合もどのような扱いで掲載されるかが問題なのであった。

三五年三月号の「鉄幹歌話」の一節に次のようなくだりがある。「近頃諸君の手紙の中に往々下の如き不平の言を寄せらるる人あり。曰く、人によりて多くの作を『明星』紙上に選抜せられざるは不公平なり。曰く、社友の短歌を六号活字にて印刷せらるるは冷遇なり」。

鉄幹はこれにたいして真っ向から反論を展開している。第一点の選歌にかんしては、「余は直ちに作物の真価を見て作者を見ず、批判の上に毫末の私情無し」と述べて選の公平を訴えている。私情がなかったかどうかはおくとして、晶子の才能をただちに見抜いた鉄幹であってみれば、その選定眼は非凡なものというよりほかないだろう。

興味深いのは、第二点の活字の大きさである。掲載される側になってみれば、大きさというのは気がかりな問題であるはずだ。ここでも鉄幹の答えは明快である。大きければよいというものではないと彼は答える。「如何に大字にて記るさるるも、詩的価値なきの作たらば何の用かを為さむ」。ここまでは正論である。だがわたしたちの興味をそそるのはその続きである。

「諸君の見識の卑き真に笑ふべし。しかもまた雑誌には紙数の制限あり、体裁の配合あり、六号活字も亦一の形式美なり、五号字を一斉に配列するの単調に比して美なり」――ここで口をきいている鉄幹は編集者である。誌面の割付をおそらく一手にひきうけているすこぶる有能な編集者が、誌面の形式美に説き及んでいるのだ。実際、編集者としての鉄幹はメディアの形式にたいする並外れたセンスをそなえている。いま「形式」といったが、メディア論のタームで言えば、この形式こそメディアのメッセージにほかならない。鉄幹はそれをよくわきまえて割付にあたっている。その非凡な才は驚くばかり。

詳述しよう。「メディアはメッセージである」とは、いうまでもなくマクルーハンの有名なテーゼである。その言わんとするところは、あるメディアのメッセージは情報の内容ではなく、むしろその形式であるということだ。同じ情報内容でも、それを誌面で言うか電話で言うか、あるいは手紙で言うか書物で言うか、その形式《メディア》の如何によってメッセージが変わってくる。同じ文字でもケータイ画面のそれと書物の頁でのそれではもはや同じメッセージではない。当面の問題でいえば、同じ短歌でも、それが六号活字か四号活字かで意味価が違いメッセージが違ってくるということなのである。『明星』発行にかかわる一切をとりしきった鉄幹にそれがわからないわけはなかった。そして、社友もまた。

具体的な例をあげよう。上田敏は新詩社顧問格の扱いをうけていた。彼の訳詩の活字組みの大きさが雄弁にそれを語っている。上田敏の『海潮音』が出版されたのは一九〇五（明治三八）年一〇月。同年九月号の『明星』巻末に「十月一日出版」として一頁広告が掲載されている。その前後の号の『明星』は、『海潮音』に収められることになる訳詩が一段組みの大きな四号活字で組まれ、絶大なインパクトを誌面にあたえている。『海潮音』がその独自な韻律や訳語の創出とともに、四号活字をもちいた斬新な形式美によって近代詩のエポックを画した詩集であったのはよく知られているが、ここで問題なのは、あくまで『明星』誌面にあたえるその影響力である。尋常でない活字の大きさは明らかに読者にむけて何かを語っている。活字の内容ではなくその形式が即メッセージなのだ。

それはまた別の例でも明らかである。別の例というのは、新詩社史上で名高い脱会事件のことだ。明治四一年一月、北原白秋、吉井勇、木下杢太郎ほか七名がそろって新詩社を退社した。誌面にハイブロウな魅惑をあたえていた白秋や吉井勇の詩歌がこれをもって終わりを告げ、その年の一一月に百号をもって第一次『明星』は終刊をむかえることになる。白秋たちが何を不満に退社の決意をかためたのかは諸説あるが、昭和八年、鉄幹の還暦記念にあたり、木下杢太郎が往年の『明星』を回顧しつつ事件の真相にふれた文章をのこしている。

明治四十一年から『明星』は「大刷新明星」といふ意装で、一層美々しく現れることになった。然るにここに予想外の事が突発した。即ちそれから間もなく、北原、長田兄弟、吉井、秋庭、それに僕がくっついて新詩社を出た事である。その原因の一は、「大刷新明星」（新年号）に、蒲原、上田、薄田の諸氏の新体詩が、四号活字で麗々しく組まれたのに反して、社中のものは常の如く五号二段組で片付けられた事であったろう。

　殊に気を負うていた北原は心甚だ不平であった(16)。


　確かにこの号では上田のメーテルリンク訳、薄田泣菫と蒲原有明の詩、さらに鉄幹の詩が四号活字で組まれ、白秋、吉井、太田正雄（木下杢太郎）たち新詩社社友は詩も短歌も五号二段組みで組まれている。その活字の大きさが「問題」だったのだ。まことに大きさはメッセージなのである。活字の大小は位階序列をあらわす。白秋がそれにこだわったのが真実だとすれば、彼はまさに位階序列に敏感な「名の子」であった。

　みずから「名の子」でもある鉄幹がそれをわからないわけはなく、よく心得ていたにちがいない。だがここまでなら、編集にたずさわる者だれしも知っていることであろう。鉄幹がただものでないのは、「名の子」だけでなく、「恋の子」のための組み方をも心得ていたことである。まさに彼が言うとおり「大きければよいというものではない」のだ。小さな活字は、麗々しい大活字とはまた別のメッセージを語る。私的な親密性の言葉、愛の言葉を。

　詳しくみよう。『明星』には詠草欄や消息欄などの余白に、いつもの五号活字より小さい六号活字で組まれた歌が載っている。鉄幹の歌も少なくなく、一見埋め草かとも思う印象をうける。今野寿美はこの組み方について次のように述べている。「……誌面におけるこの小活字の作品の扱いに本格的な印象は乏しい。想像してみるなら、寄稿された社友たちの歌に鉄幹が私信の中あるいは原稿の返送時に書き添えた歌、贈った歌なのではないか。それを誌面のいくらかの空きの部分に掲載したのではないか(17)」。大いに妥当な想定だと思う。

いつもの活字より小さく、片隅にひっそりとおかれたそれらの歌は、そのおかれ方によって、「私的」な何かを直感させる。たとえば先に引いた鉄幹の歌、「戀と名といづれおもきをまよひ初めぬわが年ここに二十八の秋」はこの小活字の歌で、女流たちの華やかな競詠の末尾の余白に一首だけおかれたものだ。いったい誰への相聞なのだろうか。晶子だろうか登美子だろうか。もしかしたらそのどちらでもなく、鉄幹ひとりの独語なのかもしれない……。とにかくそれは、密やかな囁きのように読者の心を惹く。秘密めかした親密性のシャルム。小ささがメッセージなのである。もう一つ、晶子の例をあげてみよう。

みだれ髪を京の島田にかへし朝ふしてゐませの君ゆりおこす

この歌もまた小活字のもの、埋め草のような余白に他の社友の詠草とならべられた六首のうちの一首。愛の一夜を過ごした朝のしどけなさが、『みだれ髪』の雅号とあいまってなまめかしい。活字の小ささが秘め事を強調している。小活字は大活字にはない「秘密のシャルム」をかもしだす。そうであってみれば、この小活字組みの歌には贈答歌、なかでも「返し」が多いのは当然だろう。

私信にはさまれるにふさわしい相聞歌がこうして小さく余白におかれるとき、誌面には秘密の香りが立ち匂う。たとえば七号、女流の詠草欄の最後に鉄幹は一一首ほど小活字の歌を詠んでいる。なかの一首、「おそろしき夜叉のすがたになるものかあざみくはえてふりかえる時」は同号掲載の晶子の歌、「おにあざみ摘みて前歯《まへば》にかみくだきにくき東《ひがし》の空ながめやる」の返しであろう。また、四首目の「たまくらに君ささやきて口紅のかをると見しか芙蓉吹く風」は登美子にあてたものにちがいない。八号に登美子の返し、「わが息を芙蓉の息にたとへますな」の歌があるからだ。さらに六首目、「君が上を疑ふとにはあらねどもたよりきかねばはたねたましき」はいったい誰に宛てた歌なのか。登美子だろうか、それとも晶子だろうか……。私的な歌は、こうして読者の好奇心をかきたてる。「恋の子」はそこに、大活字の美々しさとは別のひそかなときめきを感じとる。大活字にこんな思わせぶりな芸当はできはしない。

こうしてみてくると、巧みに活字の大きさを使いわけ、「名の子」の要求にも「恋の子」のそれにも応えつつ誌面の割付作業をなしおおせた与謝野鉄幹の才腕はおそるべきだと言わざるをえない。いつも資金繰りに追われて多忙な身の上、外部に原稿を依頼し、同人の投稿を読んで選別し、添削をほどこし、あるいは返しを添えて返送する、それらの作業に多くの時間を割きつつ、残る短い時間のなかでおこなわれた編集作業であっただろう。なかには一瞬のひらめきで詠んだ返しも、とっさに決めた割付もあったにちがいない。こういうことを見事にやりおおせる才能は稀有といわねばならない。

しかも鉄幹の編集の才はそこにとどまっていないのである。

**物語のたくらみ**

明治三四年一月の一〇号、晶子の歌に、次の一首がある。

いはず聴かずただうなづきて別れけりその日は六日二人《ふたり》と一人《ひとり》

数詞の用い方の巧みさは晶子の歌の特質としてよく指摘されるところだが、数詞は歌に物語性をあたえてドラマのような効果をあげる。「二人と一人」とはいったいどんな関係なのか。その日は六日と言う。その日にいったい何があったのか――すでにわたしたちは数々の晶子論をとおしてこの日起こった出来事を知っている。明治三三年の一一月五日、晶子は登美子とともに鉄幹と粟田山の宿で一夜を過ごした。翌六日、京都駅で鉄幹は一人東京に向かう。残る二人は晶子と登美子である。けれどもそれを知らない読者にとっても「その日は六日」という表現は小説的なストーリー・テリングと同じ効果をあげている。実際、ただならぬ別離のシーンが浮かんでくるではないか。まるでモーパッサンの短編でも読んでいるかのようだ。すべてを言わない「省略」が想像をかきたてるのである。

実際、晶子の歌は出来事を語るにまことに巧みである。

三たりをば世にうらぶれしはらからとわれ先づ云ひぬ西の京の宿

同じ日の情景だが、ここでは「西の京の宿」という場所の指示が小説的な効果をあげている。時・ところ・人物の巧みな挿入が歌に物語性をもりこんでゆく。ちなみにこの歌の「うらぶれ」は、先に引いた鉄幹の「世ゆえ恋ゆえうらぶれし男」の踏襲である。半年前の歌の句が晶子の記憶にあざやかに残っていたのだ。鉄幹も同じ号で返しを送っている。例の、ささやくような小活字で。「君によりてこの秋しりぬ菊さむく柳つめたきうらぶれ心」。余白におかれたそれらの歌は、ほかも入れて九首、雑誌の最後の頁に隠れるように控えめに組まれている。なかにこういう歌もある。「名はかなし戀はもろしと知り初めてねがへり多し粟田山の秋」。京の西、粟田山の宿で何かがあったのだ。三人のあいだに……。

出来事性は雑誌の花である。『明星』は書物ならぬ月間雑誌なのだ。同人たちはどんな思いでこれらの歌を読んだことだろう。この八号には登美子の詠草も多く、なかに有名な一首がある。「それとなく紅き花みな友にゆづりそむきて泣きて忘れ草つむ」。一方、晶子の歌にはこういう一首もある。

きのふをば千とせの前の世とも思ひ御手なほ肩に有りとも思ふ

ここでも「きのふ」という時の指示が出来事性を喚起している。いったいその日、西の京の宿で何があったのか。読者はいたく好奇心をそそられる。それもそのはず、そそるように鉄幹が編集の腕をふるっているからだ――そう言いたいほどに、『明星』という雑誌はスキャンダルの匂いに満ちている。これについて佐藤春夫は『晶子曼荼羅』で次のように述べている。「これ等の歌稿はたとえば愛人たちの見交わす眼のやうに当人たちには意味深長に、いつも韻文の艶書にも相当するものであったから、局外者には真意はわからないだけに、何となくさまざまな想像をたくましくさせるものが多い。――そこが詩として面白いのだが[18]」。何となく想像をたくましくさせる――まさにそこが、歌としてだけでなく、メディアとしても面白いのである。この八号にはあたかもその面白さをねらったかのような晶子の文が掲載されている。「韻文の艶書」を思わせるそれを引用しよう。

またの日のあした、かけひの水に褄櫛ぬらして、姉様のわれ、白百合の君のほつれ毛なづるかたはらに、二枚重ねし浴衣の上へ、我まゐらせし疋田のしごき、ゑんじ色なるを、君が毒ある血のやうなりと、にくきこと云ひたまひしそれしめて、きりの上にうかぶ吉田の山、紅葉にまかれし黒谷の塔に、紫派をとき居給ひし君、宿の子がほりこし、見しらぬ茸それとく調じこよと命じ給ふに、あな危ふとてわが眉ひそむるを、よしや毒にあたればとて三人なり、よからずやリリーの君、戀とは云はねど、昨夜《よべ》のかねごとわすれ給はじと、たはむれともなきひとみの色、さは云へど美しき君なり……

「その日」「西の京の宿」で起こった出来事が物語のように綴られている。つけられたタイトルは「朝寝髪」。タイトルからしてスキャンダラスである。このタイトルはもしかして編集者鉄幹の手になるものではないだろうか。実に彼はタイトルの名人だから。ちなみに「みだれ髪」は、晶子の第一歌集のタイトルになる以前に『明星』八号の消息欄に鉄幹がつけたタイトルである。同じく三四年三月号の晶子詠草欄のタイトルも意味深長だ。「おち椿」。その年の一月、晶子は鉄幹と粟田山再訪をはたして二夜を過ごした……。そのタイトルがすでに何かを語っている。実は先にひいた春夫の言葉はこの「おち椿」についてのものなのだが、必ずや読者は想像をたくましくしたことであろう。しかもそこには七九首というただならぬ量の歌がならんでいる。なかでも一際目を引く一首。

乳ぶさおさへ神秘《しんぴ》のとばりそとけりぬここなる花の紅《くれなゐ》ぞ濃き

そして、この七九首の最後は次の歌で結ばれている。

かくてなほあくがれますか眞善美わが手の花は紅《くれなゐ》よ君

これらの「韻文の艶書」の数々はどれほど恋の子たちの胸を騒がせたことだろう。情緒的な共同体をなす彼女たちにとって、恋こそ最大の出来事《ニュース》なのだから。七九首という「韻文の艶書」はその圧倒的な量がインパクト絶大である。この号には「朝寝髪」のようにスキャンダラスな文は掲載されていないが、鉄幹が登美子に配慮して「物語ること」をひかえたのかもしれない。鉄幹なら、女ごころの機微をみてとったそのような編集の妙をよくしたにちがいない。

いずれにしろ、晶子の歌の物語的な喚起力を鉄幹は逸早くみてとり、その才能を伸ばすように指導したと思われる。恋をうたうこと、しかもたんにそれを抒情歌ばかりでなく、物語としても喚起させること。これほど『明星』という雑誌のスターにふさわしい歌人はいない。類まれなプロデューサーである鉄幹は、このような雑誌のスターとして晶子を育てたのだ。

しかし急いで言い添えておかねばならないが、晶子の歌の物語的な喚起力はしかし「説明的」では決してない。『みだれ髪』は難解なので有名である。その難解さの一端はそれらの歌が『明星』初出であることに大いに起因している。というのも、これまでみたように参加型メディアである『明星』同人たちはたがいの歌をよく読み、消息欄もよく目をとおして「事情通」だった。語の広い意味での出来事《ニュース》を載せて毎月発行される『明星』という雑誌じたいが晶子の歌のコンテクストをなしているのである。そのコンテクストを失うとき、歌の意はわかりにくいものになる。

だがそのわかりにくさは歌の魅力のなさを意味しはしない。むしろ逆である。説明的なコンテクストを失ってもなお読む者に迫る力を晶子の歌はもっている。『みだれ髪』秀歌のなかでも名高い次の歌もその典型にあげられよう。

清水《きよみず》へ祇園《ぎをん》をよぎる櫻月夜《さくらづきよ》こよひ逢ふ人みなうつくしき

清水、祇園という場所の名が物語性のある風景を呼びおこす。固有名詞の巧みな挿入が小説的なのである。もうひとつ、ずっと後年のものだがきわめて物語性に富んだ一首をあげておきたい。

とこしへの別れと知らず會場のロオランサンの繪の方に来《こ》し

大正一二年、波多野秋子と心中をとげた有島武郎への挽歌中の一首で、「有島武郎氏を悲しみて」と詞書きがある。有島武郎と晶子とのあいだにどれほどの交情があったのか、真偽のほどは定かでない。だがたとえそのコンテクストがないとしても、いや詞書きさえなくても、この歌は映画のワンシーンを見るような喚起力をそなえている。展覧会で男の姿を見かけた女は、はずむ心で思わず小走りになって彼の方に歩み寄った。まさかそれが永久の別れとは夢知らず……。「展覧会場」「ロオランサンの絵」というディテールがまさに小説的な出来事性を喚起している。このように物語性のある歌を詠みうる歌人晶子は、確かに『明星』という雑誌メディアに育てられたのだ。

## 3　相聞のスタイル——愛の遊戯形式

### 愛の遊戯形式

恋は最大の出来事《ニュース》であると前節に述べた。だがそれは、はたして本当にあったことなのだろうか。晶子は本当に恋をしてそれを歌にしたのか。もしかしてそれは虚構《フィクション》ではなかったのか——この節で考えてみたいのはこのことである。

竹西寛子『山川登美子』はこの問題にふれて示唆に富む指摘をしている。「『明星』に展開されてゆく鉄幹、晶子、登美子の言葉の虚々実々を、そのまま事実として鵜呑みするのは早計といわざるを得ない。……注意を要するのは、程度の違う三様の遊びのうちにも、三人の本心を見失わないことであり、儀礼の衣と重なり合っている遊びの衣を通さないで、本心を見た、と錯覚しないことだと思う(19)」。

三人は——三人だけでなく新詩社同人はみな——程度の差こそあれ、それぞれに「儀礼の衣と重なり合っている遊びの衣」をまとい、それを心得たうえで、恋歌を交わしている。もともとそれが相聞というものの本来の姿なのだから。ふたたび『山川登美子』から。

明治三十三年（一九〇〇）夏の、浜寺、住の江で行なわれた新詩社同人の歌宴や、同年秋粟田山麓での鉄幹、晶子、登美子の独詠と贈答、それらは従来言い返された通り、鉄幹を中にした晶子、登美子の人生を二つに染め分ける運命的な事柄となった。そればかりは否定できない。ただ私がそれに加えたいのは、三人にとっての運命的な事柄は、古人、とりわけ王朝の宮廷貴族が好み栄えさせた歌の遊宴や、演技色豊かな贈答の復活でもあったということである。

天皇家や、親王家、王家の歌合に歌人として招かれる平安知識人の誇りは、同時に「家」の誇りであり、詩歌管弦の宴席で事無く興に連なり、興に遊び、興を添える詩人達は、一様にすぐれた演技者でもあった(20)。

「すぐれた演技者」による「演技色豊かな贈答の復活」。まさにそれが、「女たちのメディア」である『明星』の際立った特色であったといってよいだろう。もともと鉄幹が志した詩歌の革命はお歌所の権威に逆らうものではあっても、和歌という形式そのものを否定するものではなかった。晶子という才能を見出した鉄幹は、和歌という旧い革袋に新しい酒を注ごうとしたのである。鉄幹の期待にたがわず、『みだれ髪』は二〇世紀の相聞となって世に轟いた。

だが、結論を急ぐまえに、演技という問題にもう少し踏みこんでおきたい。晶子という歌人の本質にかかわってゆく問題だからである。すでにわたしたちは前節で花咲く乙女たちの「戯れ」について詳しくみてきた。そこでは晶子も登美子も、そしてもちろん鉄幹も、だれもが巧拙さまざまな「遊びの衣」をまとって遊戯的な《私》を仮構していた。白萩や白百合などの雅号も、稚拙な仮構ではあれ、その遊戯性はまぎれもない。

折口信夫は、『短歌研究』に寄せた論考で『明星』に特徴的なこの遊戯性を論じている。折口はまず、女歌の推移を論じた「女流短歌序説」で新詩社とアララギ派を比較し、「新詩社の時代は女の時代であった」と直截な指摘をおこなっている。さらに「女流の歌を閉塞したもの」と題した論では、山川登美子の一首、「髪ながき少女とうまれしろ百合に額《ぬか》は伏せつつ君をこそ思へ」を例にあげて『明星』の女歌の演技性に説き及んでゆく。

「髪ながき」の歌にもある様に、明星や新詩社の人々には語づかひに特別違ふところがあって、たとえばしら百合をしろ百合、しら梅をしろ梅と言ふ風に、特別変わった用語例を持っていることを人に知らせようとする意図があったので、いはば一つの技術でした。今からいへば、何も「額《ヌカ》を伏せ」なくても良さそうなものだと思ふのだけれど、今の女の人には却てぽうずがなさすぎ、現実的な歌、現実的な歌と追求して、とう〳〵男の歌に負けてしまふことになったので、まう少し女の人には、現実力を発散する想像があってもいいでせう。……まだしも男はいいのです。自分が始めたのですから。現実主義と討ち死にしたって一向さし支へはないのですが、女の方の歌は現実にかまけて、女性文学の特性をなくしてしまひ、本領を棄てたように見えるのは、事実でせう。アララギはいろいろ長所もあり短所もありますが、アララギ第一のしくじりは女の歌を殺してしまった――女歌の伝統を放逐してしまったように見えることです[21]。

折口の見解は明快である。女歌にかんする限り、『明星』の遊戯性はアララギの現実主義に優っている。「ポーズ」なき現実主義は相聞というスタイルそのものを殺す。相聞には様式性《ポーズ》が不可欠なのである。「遊びの衣」を脱ぎ棄てた現実——本当のこと——は、恋歌をだめにしてしまう。本心と歌のあいだには乖離がなければならないのである。宮廷に招かれた歌人が「すぐれた演技者」としてふるまったように。

このような演技性は王朝文化あるかぎり洋の東西を問わない。宮廷における詩歌や管弦は広く「社交性」の一つの様式である。全ヨーロッパの宮廷の範となったルイ王朝では衣裳から文芸まですべてに様式があり作法があった。ルイ十四世が、舞踏の席で踊ろうとしない貴婦人にむかい、「われわれはみな公人なのだから」とたしなめて踊るようにうながしたのは有名なエピソードである。宮廷にあって社交は同時に政治でもある。本心は「儀礼の衣」の下につつみ隠し、「装う」ことが嗜みであって、雅びは演技や遊戯と切り離すことができない。

## コケットリー

いささか唐突だが、ここで想起されるのは、二〇世紀初頭に活躍したベルリンの哲学者ジンメルである。くしくも晶子と同時代人であるこの哲学者は洗練された社交人士でもあったが、長きにわたって人妻との恋に悩んだ。『文化の哲学』に収められた「コケットリー論」は女性論でもあり恋愛論でもあるが、きくべきものが実に多い(22)。コケットリーを定義してジンメルは言う。「コケットリーは、社交が社会性の遊戯形式であるのと同じように、愛の遊戯形式である」。

ここに言われる「愛の遊戯形式」は「相聞」という遊戯にきわめて近しいものだといえよう。折口が女性のポーズを礼賛するように、ジンメルもまた女性のコケットリーを礼賛する。「本心」を直截にあらわさず、「遊びの衣」をとおして回り道をすること。直截にイエスと言わずに拒絶《ノー》を装い、その拒絶のポーズの下にイエスをほのめかすこと。ジンメル自身の言葉にしたがうなら、「イエスとノーを同時に言うこと」――このコケットリーが女の魅力をかたちづくり、それをとおした女と男の「愛の遊戯」が恋愛の悦楽をかきたてる。大切なのは現実ではなく演じること、真実を「装うこと《コケットリー》」なのだ。本心はイエスなのにノーを装って迂回するのである。そこでは「遠ざかる」ことと「近づく」こと、「拒絶すること」と「承諾すること」が虚実綾なす遊戯をかたちづくっている。王侯貴族の伝統あるヨーロッパにあって、社交人士はこうした「愛の遊戯」を愉しむことのできる人々であった。プルーストの『花咲く乙女たちのかげに』が社交界小説であるのは偶然ではないのである。

愛の遊戯形式。乙女たちが誌面に展開した恋歌の数々は、社交界で繰り広げられたこの「愛の遊戯」とよく通じあっている。ただし、彼女たちのポーズは新しい。『明星』における「相聞の復活」は伝統の刷新でもあったからである。ところが、折口信夫はどうやらこの新しいポーズには否定的なようである。ここでわたしたちが「新しい」ポーズというのはほかでもない晶子のそれなのだが、折口の見解を引用しよう。

「額を伏せつつ」、さうまでいはなくてもいい気がするけれども、これが、明治以後の女歌の開拓して行ってよい暗示の、ひらめきだったのです。さうした暗示は、生かし方によって、よくもなり、わるくも現れるものです。

乳房おさへ　神秘のとばりそとけりぬ。ここなる花の紅ぞ　濃き　晶子

これも又たいへん有名な、そして訣らない歌だったのです。今日になって見ると、実に何でもない歌です。ぽうずばかり盛んで、之を具体化する前に大きな誤算をしてかかっていたのです。女の人がある境地に向ふ前にさう言ふぽうずをもってかかると言ふこと――暫く見逃して置きたいと思ひます。でないと、歌はやはり男ばかりしかいない世界になるのです。これは、男にとっても、心慰まぬ次第になりますから(23)。

「乳房おさへ」――これがポーズであり修辞であることはたいそう見やすい。けれども、登美子の「額をふせつつ」に比して、晶子のそれは何と大胆なことか。「額をふせる」はむしろ明治以前にあってもおかしくない恥じらいと恭順の修辞であろう。だが、「乳房」という身体表現を女の恋歌に容れるのは明治以前にはありえない新風である。だからこそ『みだれ髪』はあれほどセンセーションをまきおこしたのだ。あたかも貴婦人のロングドレスをばっさりと断ち切ったシャネルの洋

服のように——折口信夫に逆らって反論を急ぎたい思いにかられるが、それは後論に待つとして、いまここで大切なのは晶子もまたポーズをこしらえているということである。賛否はともかく、晶子の相聞歌もコケットなしぐさを採っている。鉄幹を恋う歌の数々を、歌に詠みこまれた愛や嫉妬を、「本当にあったこと」と思いみなしてはならない。むしろ晶子が『明星』に学び、後にみずから先導してゆくのは、虚実のあわいを揺れるコケットリーなのである。

以上を念頭において、『みだれ髪』の一首を引く。

罪おほき男こらせと肌きよく黒髪ながくつくられし我れ

晶子の「ナルシシズム」とはよく指摘されることである。けれども、ナルシシズムという語が晶子の「本当の」心理を指して言われているとすれば、はたしてそれは事態を的確に言い当てた言葉だろうか。むしろそれは演技されたポーズであり、その意味で虚構であると言った方が似つかわしいのではないだろうか。ちなみに歌の初出はこれも『明星』である。『明星』が遊戯を誘発する場であったことは何度も述べてきたが、その理由として、それが「メディア」の特性であることを重ねて指摘しておきたいと思う。メディアはナルシシズムを誘発するからである。

事実、先にもふれたマクルーハンの『メディア論』がその序論でナルシシズムを論じているのは実に象徴的である。サブタイトルに「感覚麻痺をおこしたナルシス」とあるその序論は、メディアに向かいあう人間を水鏡に映る自分の姿に見惚れてしまうナルシスに喩えている。メディアとはすなわち私を映す「鏡」なのだ。ひとはメディアの装置を装着するとき、生身の自分ではありえない幼児的全能感にひたる。メディアは私の「無意識」を拡張し、誇張して増幅させるのである。今日インターネットを経験しているわたしたちは、それが容易に《私》を肥大化させる装置であることを知っている。メディアはまさにナルシスの装置なのだ。そしてこのメディアは、インターネットから活字まで多岐にわたる。事実『メディア論』は「話しことば」から「書きことば」、印刷、新聞、写真、映画にいたるまで、歴史上に現れた「人間の拡張」装置の数々をすべてメディアとして論じた書物である。

すべてのメディアは鏡となって《私》にポーズをとらせ、コケットリーへと誘う——もしも晶子の歌風をナルシシズムというなら、このような視点も入れて再考すべきではないだろうか。

とまれ、虚実のあわいを揺れる遊戯の快楽を晶子に教えたのは、いうまでもなく『明星』のプロデューサーであり師である鉄幹である。誰にもまして鉄幹こそコケットリーの達人にほかならない。実はそれを指摘しているのもまた折口信夫である。女のコケットリーの相手をつとめる男あればこそ成り立つ相聞であってみれば、折口が鉄幹にかたむくのは当然のことかもしれない。事実、よく知られているとおり、折口の鉄幹評価はきわめて熱い。少し長くなるが「与謝野寛を憶ふ」を冒頭から引く。

昔びと　名すら覚えず。残れるは、泣くことありし　その片頬のみ

古往今来と言ふと、歌の素質にあまり似合はぬ、おほげさなものになる。が――、ともかくかう謂つた歌をつくったのは、与謝野寛さんだけである。

歌がいかにも愉しく、たのしさのあまり悲しくなると言ふ風な、謂はば歌の青年期に立ち還っていながら、大きさを持つたと言ふ趣きのある歌は、この人以外に作れなかつたやうな気がする。そのうへ、この歌の内容に持つている深い悲傷が、われわれの心を誘惑《オコジ》る何とも言へぬ柔靡なものになつて絡みついて来る気がする。ひと口に言へば、王朝の色好み――それだけでは少しあらたまり過ぎる。何かかう人を唆る――室町小唄に完成せられ、江戸へ持ち越した清潔なうはきと言つたものが感じられる。……与謝野さんのを見ると、片々たる歌でありながら、その人をおびくものの深さが思はずに居られない。

　おもしろきゐそらごとをも書きまぜつつ。そことさだめぬ旅心より

かう言ふ調子があつたればこそ、かう言ふ生活も掘り出されて来たのである。これを見て心をどりを唆られぬものがあつたら、まづさう言ふ点で歌を楽しむ資格がないと言へる。相当に長い年月、かう言ふ歌といふより調子を却けて、禁欲主義のやうな顔をすることがよいとせられて来た。熊野旅行に随伴した若い歌人たちも、一人として、今思へばこれほど清いうはきを歌ひあげることが出来なかつた(24)。

与謝野鉄幹の「うはき」。コケットリーが女の領分であるとすれば、その女を「おびく」男の媚態を言い得て妙である。「ゑそらごと」を書きまぜること、それが大事なのだ。さらには「心を定めぬ」ことが。折口のみているとおり、鉄幹ほどに「愛の遊戯形式」にたけた男はいない。鉄幹の言葉がジンメルのそれに呼応するさまは驚くばかりである。ジンメルもまた心を定めてはならぬと言う。「コケットリーはあらゆる最終決定で終わる」。決定をひきのばしてプロセスを楽しむこと、それが重要なのである。ジンメルにこたえ交わすかのような鉄幹の歌。

かならずと戀をちぎるは興あさし花の紅きに蝶よりこずや

歌としては凡庸だが、ここで口をきいているのは紛れもない相聞のイデオローグとしての鉄幹である。花も蝶も「かならず」を退け、あやうきに遊ぶ。まことに鉄幹は「うはき」にかけてならぶ者のない器である。内容ばかりを言うのではない。あの『明星』誌面の余白の、ささやくような小活字、それこそ人をおびくものでなくて何であろう。しかも彼はそこに誰と相手を定めがたい恋歌を何首も詠むのである。鉄幹にかかっては「うらぶれ」さえもが憂いの魅惑をたたえ、ダンディな風姿に変わってしまう。うわきな蝶が花に「紅き」を教え、教えられた花が「そらごと」で蝶をおびきよせる——花と蝶のこの戯れが、愛の遊戯を織りなしてゆく。

「われ男の子意気の子名の子つるぎの子詩の子恋の子あゝもだえの子」——鉄幹にこたえて晶子

が返す。

かたちの子春の子血の子ほのほの子いまを自在の翅《はね》なからずや

自分を「かたちの子」とうたう晶子についてナルシシズムを云々する必要があるだろうか。相聞とは、かたみに相手が媒介《メディア》となり鏡となってポーズをとらせる演技的な文学形式なのである。

## イミテーションの幻惑

『明星』誌上で鉄幹と晶子がこれらの歌を詠み交わしてからおよそ一〇年後、晶子は『歌の作りよう』と題した歌論集をまとめている。第一章「私はどうして歌を作るか」に展開される晶子の「実感論」は実に興味深いものがある。冒頭の一行から作者は断言してはばからない。「私の歌はもっぱら私の実感の表現です」。だが、「実感とはどんなものか」と言えば、次のような言葉が続く。

私の「実感」の解釈は世間で言う実感の解釈と大分に異なっているかもしれませんが、私は歌を詠み初めて以来十三四年間の実証がこういうことを信じさせます。それは私がある刹那、それを直感して、それが私の生活の内容となった感覚、気分、情緒、想像、思想等はいずれもみな私の実感であるということです。

こう言っただけではまだ世間で言う実感の解釈と異なっている点が明瞭でないようですが、私の実感の範囲には、世間で「空想」または「妄想」と名づけて一概に排斥するものまでをも包容していると言えば明瞭になりましょう(25)。

晶子にとって「実感」と「空想」は対立概念ではないのである。うわきの羽に乗って言語の世界に飛翔するとき、虚構はそのまま実感となり、現実となる。晶子があげている自作のなかから一例を引く。

不覚なる君をば倒し、少女子《をとめご》の我れを逃がさぬ火の鎌きたる。

「火の鎌」は激しい恋の喩です。熱情にたいして冷かな理性の判断を加えることを等閑《なほざり》にしている君を薙《な》ぎ倒し、あわせて固より恋にたいして抵抗力の乏しい少女である私を逃すことなく薙ぎ倒す火の鎌――激しい恋――が二人の上に落ちて来ました(26)。

二人をとらえた恋の火は、晶子の内でたゆまぬ空想の油を注がれて、どこまでも燃えてやまない。この恋愛歌人は、夢さめやらぬ人なのである。水鏡に見惚れて感覚麻痺を起こしたあのナルシスのように。また別の例。

美くしく黄金を塗れる塔に居て十とせ目覚めぬ夢の人、われ。

私は美くしく黄金を塗った塔の上に、世の善悪から超越して穏やかに久しく眠っている人である。これも事実ではない。空想である。しかし私が恋愛に酔ひ耽って安んじている心證は確かにこの空想のごとくである。これが私の恋愛生活の実感である。(27)

この永遠の「恋の子」にとって、実感と空想、現実と虚構のあいだに対立など存在しない。恋の陶酔は虚実の戯れのうちにこそある。

シャネルのイミテーション・ジュエリーを思い出す。シャネルが登場するまで、ロングドレスをまとった貴婦人たちはダイヤモンドや真珠などすべて「本物」の宝石を身につけていた。それまではイミテーションという発想じたいが存在していなかったのである。シャネルはその「本物」の貴金属を愚弄するかのようにイミテーション・ジュエリーを創りだし、率先して身につけた。以来、上流階級の婦人たちが彼女を真似てわざわざイミテーションをつけるようになった。それまで宝石といえば本物しか知らなかった貴婦人にむかって、シャネルは言い放ったものだ。「大切なのはカラットじゃないわ、幻惑よ」。

「虚」のきらめきに比して、真実はつねにみすぼらしい。シャネルと同じく、晶子もまた幻惑の宝石を選んだのである。

## 詩の子／恋の子

虚の衣をまとって恋をすること。言いかえればそれは、いつも「歌とともに」恋をするということである。恋をしているから恋をうたう、のではなく、むしろ恋をうたうからこそ恋をするのだ。逆ではない。『明星』八号に載った晶子の詠草に次のような一首がある。「君により見ぬ戀うたふ若き子をゆるせゆるさせ道をよそにして」――「見ぬ恋」を、虚構をうたうと晶子は言う。そのとおり、歌にむかわせるのは「見た恋」の真実ではなく、「見ぬ恋」の幻惑なのである。はじめに在るのは言葉。晶子にあって、「恋の子」はそのまま「詩の子」につながってゆく。

恋愛と一つになった詩《うた》への意思――『みだれ髪』刊行に先立つこの時期、鉄幹と晶子のあいだに交わされた相聞は如実にそれをうかがわせる。例のささやくような小活字で、鉄幹がよせた歌。

あめつちに二人がくしき才もちて逢へるを何か戀を厭はむ

晶子の返し。

詩にうみぬ戀にうみぬと云ひし君われにあらずやあたらしき歌

二人にとって「才」と「恋」は分かちがたく結ばれあい、あたらしき恋はあたらしき歌と一つになっている。時まさに一九〇〇年から一九〇一年にかけて。ここに二〇世紀の新しい相聞が誕生しようとしている。『紫』に収められた鉄幹の歌は、歌人として、恋人として、この自覚をうたって間然するところがない。

戀といふも未だつくさず人と我とあたらしくしぬ日の本の歌

きらめく才で恋歌を詠む晶子を得て、鉄幹の「詩歌の革命」は道を定めたのである。このとき鉄幹、二九歳、晶子、二三歳。こうして生まれた『みだれ髪』は二〇世紀の相聞としてブリリアントに煌めき立った。それがどれほどのセンセーションを巻き起こしたか、改めてここに述べるまでもないだろう。

一九〇一年、二〇世紀の明けそめた年に花開いた恋歌が伝説となって世を騒がせたさまは、序に述べた田山花袋の小説にも見たとおり。その奔放な歌は明治の青年たちの心を燃やし、乙女たちの魂をとらえた。若いこころはおののいて、娘の恋歌に憧れた。若い娘の恋歌と言ったが、事実『みだれ髪』はすぐれて少女《おとめ》の歌であり、「春の子」の歌集である。そこでは「若さ」が誇りかに愛の遊戯を舞う。

その子二十《はたち》櫛にながるる黒髪のおごりの春のうつくしきかな

言葉の水鏡は我が身の若さ、その美しさを誇張する。「詩の子」は「春」をかざして歌の舞いを舞う。実際、『みだれ髪』は冒頭の「臙脂紫」から春の連祷の観がある。冒頭歌「夜の帳にささめき盡きし星の今を」に続く第二首。

歌にきけな誰れ野の花に紅き否《いな》むおもむきあるかな春罪《はるつみ》もつ子

歌、春、罪、花、紅。歌と恋（罪）は一つになって「春」をかざす。日夏耿之介はこの歌を『みだれ髪』代表歌の一つとして、二十歳の少女による「リリカル・クライ」と評した(28)。恋する少女からほとばしる叫びはたからかに春をうたう。引用歌に続く二首。

髪《かみ》五尺ときなば水にやはらかき少女《をとめ》ごころは秘めて放たじ
血ぞもゆるかさむひと夜の夢のやど春を行く人神おとしめな

少女《をとめ》、春を行く人――挑発的なまでに横溢する春の驕り。ここにあるのは、言葉の「鏡」のなせるあの誇張のレトリック、すなわち「ポーズ」である。「叫び」のようにほとばしりでて、たちまちのうちに形をなす言葉のポーズ。短歌というメディアに我が身を映す娘は、習いもせずにコケットリーの技を駆使する名手である。ふたたび春の歌。

いとせめてもゆるがままにもえしめよ斯くぞ覚ゆる暮れて行く春
春みじかし何に不滅《ふめつ》の命ぞとちからある乳を手にさぐらせぬ

「春の子」の大胆なポーズは、センセーショナルにきらめきたち、一世を風靡した。以来与謝野晶子の名は、ココ・シャネルのそれと同じく、二〇世紀の歴史の空に不朽の名を刻む。それは幾多の晶子論がすでに論じているところだが、わたしたちがここで注目したいのは晩年の晶子がみずからこの春の歌を振り返った言葉である。昭和一三（一九三八）年、晶子六〇歳の年に編んだ『与謝野晶子自選』の後書きで、晶子は『みだれ髪』を否定するかのような述懐をしている。「後年の私を「嘘から出た真実」と思って居るのであるから、この嘘の時代の作を今日も人からとやかくいわれがちなのは迷惑至極である」と[29]。言葉どおり、この自選集に晶子が『みだれ髪』から選んだ歌はわずかに一四首を数えるのみ。文庫版の解説にあたった馬場あき子は次のように述べている。

晶子はその作品が、華麗な評価に囲まれていた盛運の日の作風を、あえて「嘘の時代」とも言い、中期以降の歌を自負して「嘘から出た真実」と言っているが、晶子の歌に対する評価は、それでも、また、戦争をはさんだ戦後も今も、大方は『みだれ髪』を中心とした初期活動の衝撃的な新鮮さと、その革新力の及ぼした影響力の大きさに集まっている。……この昭和十三年という時点で自覚しつつ苦悩していた晶子の自作への危機感は、晶子の晩年の作風達成への前提として、読む者の心に深く受け止めねばならぬことである。

　それはしかし、晶子の言うように『みだれ髪』の評価を否定することではない。晶子の自評はその内面的潔白の証しであって、なんら歴史的評価をくつがえす力をもっていない(30)。

　『みだれ髪』の評価については、ここに言われるとおりであろう。作者の言葉にもかかわらず、『みだれ髪』の歴史的評価はとうてい覆されるものではない。その衝撃力に満ちた表現は二一世紀の今もなおわたしたちを撃つ。にもかかわらず『みだれ髪』にたいして晶子自身の自評がなぜこうも低いのか。わたしたちの関心は、その問いに答えるというより、むしろ「嘘から出た真実」と言う晶子の言葉にある。むろんそれは「作風」にかかわる言葉であるから、これを作者の人と表現、作品と人生にかかわらせるのは恣意的なことであろう。それを心得たうえで、なお晶子の言葉は深読みの誘惑をそそる。

　そう、嘘から出た真実——なんとそれはあざやかに、晶子とその歌の虚実綾なす関係性を言いあてていることだろう。わたしたちもまた晶子とともに頷きたい思いにかられる。『みだれ髪』は「嘘」なのだ、と。それは春の子の「ポーズ」の産物、愛の遊戯形式の生んだ傑作なのだ、と。だがそれだけではない。むしろわたしたちが強調したいのは、その言葉の後なのである。相聞という言語の「戯れ」についてはこれまでに何度も言葉を費やしてきたが、実のところその嘘はたんなる嘘に終わらず、そこから「真実」を生み出してゆくのである。はじめに在るのは言葉。だが、その言葉は本当に恋を生み、人生をつくりだす。歌の力によって恋に目覚めた「詩の子」はいつしか真実の恋に囚われて、「恋する女」になるのである。それも、一生の永きにわたって。

そう言いたいほどに、「嘘から出た真実」という晶子の言葉は見事に彼女の運命を言い得てはいないだろうか。春の驕りをかざした恋の子は、夏となり秋を迎えて成熟を重ねてもみずからの「春」を裏切ることなく、それに殉じてゆく。虚実のあわいを揺れていた恋はぬきさしならぬ恋情となって晶子をとらえ、魂のはるかな深みにまで達してゆく。言語表現にはそれほどの力がそなわっている。

いや、わたしたちはもってまわることなく、簡潔にこう言ってもいいのかもしれない。与謝野晶子は『みだれ髪』の恋歌の数々をうたった。だから鉄幹に恋したのだ、と。そしてその恋は生涯にわたった、と。二人を結びつけた相聞の戯れは真実と化してかれらの生涯の大事となったのである。それも、鉄幹より晶子にあってより深く、より痛切に……。大正三（一九一四）年、『みだれ髪』から一〇年あまり、三六歳になった晶子に次の歌がある。

わが戀のまことの力君知らずまして自ら見んすべもなし　　『さくら草』

恋はひとの意思を超える。晶子はその不条理の力をありありと我が身に感じている。春の子のリリカル・クライは彼女の一生を決したのだ。戯れに恋人のジャケットをはおってみたココがスーツを創造し、図らずもシャネル・スーツを歴史に遺した運命にも似て。

晶子は、春の子の自分の「嘘」をよく知っていたと思う。少なくとも『みだれ髪』刊行後はその反響の大きさが否応なく作風の自覚を迫ったことだろう。いや、作風云々以前に、ひとり家を出て東京の鉄幹のもとに走った時、その出帆を決意する懊悩の時に、歌のもつ力の大いさをひしと思い知ったことだろう。演技の衣をまとって交わしあった相聞はいつしか裸身におよび、魂を焼く衣となって彼女をつつんだ。もはや二度と脱げない皮膚の衣裳のように。言葉の装いの力は魂を覆うのである。虚構は真実の犯人なのだ。晶子はこの虚構の物すさまじい力を誰より切に感じた歌人ではなかっただろうか。不覚なる少女《をとめ》をとらえ火の鎌は迫る……。

とはいえ、言語と事実とどちらが先か、どこから嘘が真実に変わったのかなどという問いは、立てるまでもない問いなのかもしれない。歌人にとって歌はつねに自らの生の表現であるほかなく、表現の「外」に本当の人生があるわけではないからだ。シニフィアンとシニフィエ、表現形式と表現内容が同時に存在する現象でしかないのと同じく、歌人にとって生とその表現は一つことでしかない。とりわけ『明星』のような浪漫派、とりわけ晶子のように空想と現実が一つになった「実感」をうたう恋愛歌人の場合には。

先にもふれた「歌の作りよう」で、晶子は語っている。歌には「写生」とか「叙景」とかの区別はなく、歌は「すべて叙情詩」だと。大正四年、与謝野晶子全盛の風向きを変えるかのようにアララギ派の写生論が勢いを増してきた時期であるから、それを念頭においての発言だが、それをさしひいても晶子の歌が叙情歌であるのはまぎれもない。自選集の後書きに言うように、その作風に試行と成熟とがあったのはもちろんであろう。だがことテーマに関するかぎり、読者のこころを撃つ晶子の作品はすべて叙情歌であり、恋歌である。この意味で与謝野晶子は永遠の「春の子」なのだ。歌風は成熟する。恋も成熟する。だが、それはつねに恋歌なのである。

『みだれ髪』の次作の歌集『小扇』は、次の冒頭歌をかかげている。

われと歌をわれといのちを忌むに似たり戀の小車《をぐるま》絃《いと》さらに巻け

歌と命は等価である。歌のない自己は命なき生に等しい。そして、その歌＝命を在らしめているのは恋である。恋をなくすのは歌をなくすに等しく、それは生きることを否定するに等しい。だから恋に励み、歌に励めと、自分に命じたうたである。ここで恋と命と歌は糸車の動きのままに一つに絡み合って、いずれとも分かちがたい。歌でもあり恋でもあるその命の糸車を巻きつづけること。この歌が『みだれ髪』次作の冒頭歌を飾っている意味は決して小さくはないだろう。晶子は命のかぎりをこめて恋歌を詠み続ける決意をうたっている。それというのも、ここでは晶子のスタイルである「命令形」が自身にむけられているからだ。それは、自負心以上に強い何か、ほとんど信仰箇条にひとしい信条を思わせる。

『みだれ髪』にうたった春をまっとうして生きること。ココ・シャネルが八七歳の生涯の終わりまで自分のスタイルをまっとうしたのと同じように、自分の相聞のスタイルをまっとうして終わること。明治四四年、すでに四児の母となった晶子に次のような歌がある。

春《はる》と繼力《こひちから》づけよと若《わか》き日《ひ》のわがたましひに目《め》くばせぞする　『夏より秋へ』

ここでも晶子は自分に命じている。春と恋。それは晶子の歌の命なのだ。相聞を、晶子は生涯のスタイルとして選びとったのである。明治四一年一一月、その相聞が華やかに繰り広げられた『明星』は百号をもって遂に終刊を迎えた。鉄幹はもちろんのこと、晶子にとってもそれは痛切な出来事だったことだろう。鉄幹と出会い、二人して相聞の舞いを舞ったあの舞台が終に幕を下ろしたのだから。そう思わせるように晶子はこの終刊号に七九首もの詠草をよせている。なかでもっとも名高い一首。

あなかしこ楊貴妃《やうきひ》のごと斬《き》られむと思《おも》ひたちしは十五《じふご》の少女《をとめ》　『佐保姫』

いま『明星』終刊のこの時に、春の子であった自分の初心をふりかえる……。晶子はここでもまた、春の恋に殉じるべく自分にむかって命じている。若き日の「嘘」は一生の「真実」と化して晶子の魂にはたらきかけてやまない。

といっても、何度も言うように、その真実はどこまでも嘘の——言葉のレトリックの——衣裳をまとい続けているに変わりはない。いかに真実の恋であろうと、歌うとき人は鏡をのぞいて装いを整える。ちなみに、同じ終刊号に次の歌もある。

わざはひかたふときことか知《し》らねどもわれは心《こころ》を野ざらしにする　『佐保姫』

こころを野ざらしにする——あるがままの自己をさらけだすようなこの言葉がしかし、それじたい自己を装う衣裳なのである。嘘から出た真実とは、逆に言えば、その真実がどこまでも嘘の衣をまとっているということなのだから。歌と恋は糸車のように撚りあわさって、歌のない恋も、表現のない事実も、晶子にとって存在しない。恋を深めてゆくこの歌人はむしろ遊戯の衣裳をいやましに艶やかな美の色に染めてゆく。「十とせ目覚めぬ夢の人」は、「美しく黄金を塗れる塔」に住まい続けるのである。

# 4　古語の衣裳――「君」と「我」

## 相聞の衣裳

言葉の鏡に見惚れるナルシスたろうとする晶子にとって、現実と歌のあいだには必ず乖離がある。歌とは舞台の上で舞う恋なのだから。真実の石はみすぼらしくても、イミテーションの宝石は眼にも眩いきらめきを放つ。

『明星』が終刊を迎えた明治四一年秋、早くから新詩社に出入りして晶子を慕っていた石川啄木が、当時の晶子の姿を日記にとどめている。四一年一一月二日の『日記』から。

昼頃に少し雨が降ったが、すぐ晴れた。金田一君と二人で上野の文部省展覧会へ行った。……日本画館の中で、晶子さんと其子らに逢った。薄小豆地の縮緬の羽織がモウ大分古い――予は晶子さんにそれ一枚しかないことを知っていた。――そして襟の汚れの見える衣服を着ていた。満都の子女が装をこらして集った公苑の、画堂の中の人の中で、この当代一の女詩人を発見した時、予は言ふべからざる感慨にうたれた。(31)

「当代一の女詩人」は、くたびれた着物姿を公衆の前にさらしている。にもかかわらず、ひとたび歌となれば晶子はうたうのである。「楊貴妃《やうきひ》のごと斬《き》られむ」と。啄木が晶子の姿を見かけた、まさにその月、『明星』最終号の誌面の上で。

一年ののち、晶子はこうもうたっている。

自《みづか》らを后《きさき》とおもふたかぶりを後《のち》おもはじとせしにあらねど　『春泥集』

鏡に映る姿の華麗さは、自分一人だけのことではない。みずからを「后」とうたうこの歌人にとって、相聞の相手もまた帝王でなければならぬ。同じ『春泥集』から。

獅子王《ししわう》に君《きみ》はほまれをひとしくすよろこぶ時《とき》も悲《かなし》む時《とき》も

相聞という形式は、前にも述べたように、たがいを鏡として高め、崇める文学形式である。真実と嘘がないまじった晶子の恋は相聞の衣をまとい続けて片時もこれを脱ぐ時がない。この華麗な衣裳あればこそ、古びた着物をまとう女は恋歌のなかで金泥の衣に身を飾る后となり、七人の子どもの養育の労を負う夫の鉄幹は獅子王となってほまれ並ぶ者なき位につく。

晶子は未聞の、「新しい」恋をうたってセンセーションを巻きおこした。だがその新しい恋は相聞というこの旧い形式をまとってこそ衝撃力をいやがうえにも強めた。和歌という古い文学形式と、そこに盛られた内容の斬新さの類まれな諧調。それこそ晶子の歌の魅力の秘密である。宮廷ファッションを破壊したシャネルとは逆に、晶子は古い形式を継承しつつ、そこに新しい恋の酒を注いだ。早熟な春の子は、相聞という旧来の型にのっとって男と対等にわたりあい、けざやかに愛の遊戯を舞った。この恋愛歌人は、恋の相手を相聞の名でしか呼ぼうとしなかった。事実、『みだれ髪』をあけると、眼にとびこんでくるのは「君」という呼びかけである。

君さらば巫座《ふざ》の春のひと夜妻《よづま》またの世までは忘れゐたまへ

「なにとなく君に待たるるここちして出でし花野の夕月夜かな」「むねの清水あふれてつひに濁りけり君も罪の子我も罪の子」。ランダムに拾っていっても、「君」と「我」のでてこない頁はないといってよいほどである。しかも興味深いことに、『みだれ髪』より時代を下るにしたがって、この「君」「我」という相聞のスタイルが深く定着してゆく。言ってみれば「嘘の時代」を過ぎた「真実の時代」に相聞のスタイルが豊かな成熟をみせるのである。例をあげればきりがないほどだが、『舞姫』（明治三九年）と『春泥集』（明治四四年）から一首ずつ。

わがこころ君《きみ》を戀《こ》ふると高《たか》ゆくや親《おや》もちひさし道《みち》もちひさし

君《きみ》を待《ま》つ心《こころ》のやうに花束《はなたば》の花《はな》かわき行《ゆ》くこの夜《よ》ごろかな

最初の歌は『みだれ髪』から五年後、もう一首は一〇年後のもの。当然ながらすでに晶子は自己の歌風を自覚している。あきらかに晶子は相聞をうごかぬ自己のスタイルとして確立しおおせている。二〇世紀の到来を告げる新しい恋の詩は旧い衣裳に身をつつんで立ち現れるのだ。晶子の恋歌のこの魅力を、日夏耿之介は的確にとらえ、当時の文芸思潮の流れのなかに『みだれ髪』を位置づけて言う。「三十年代浪漫思潮のセンシュアリズムは、明らかに詩壇よりも歌壇において具現されたのである(32)」「センシュアリズムの徹底は歌にあって詩になく、晶子にあって林外になく泡鳴になく御風になく夜雨にない(33)」。

ヨーロッパの耽美的象徴詩をよく識る日夏は、明晰に言いあてている。官能の「詩」は新体詩よりむしろ晶子の歌に表れている、と。つまり晶子の歌は和歌という旧い形式に新しい「詩」を盛っているのである。それまで何人も言葉にしたことのない、大胆な性愛の詩を。『みだれ髪』の驚異を日夏は的確に評している。「之れを蒼然たる古詩形に表現する操作は何人もなし得なかったところであった。……西欧的新体詩ならいざ知らず、伝統的短歌体に於てこの恍惚と風狂とは正しく文場内外にとって一大驚異に外ならなかった(34)」。『みだれ髪』の驚異的な成功はまさに相聞という古い形式《スタイル》の勝利であった。『明星』が育くんだ「愛の遊戯形式」は新体詩のなしえなかった達成をみたのである。

そして、それはまた「君と我」という「古語」の成功でもあった。晶子が自己のスタイルとして確立した相聞の呼称は、それでしか表現できない愛の次元を切り開いた。新体詩が表現しようとして果たせなかった性愛の恍惚と風狂を、晶子の相聞歌はけざやかにうたってみせた。

やは肌のあつき血汐にふれも見でさびしからずや道を説く君

明治三〇年代にあって、恋の相手を「君」と呼ぶこと――その呼称は、古語であるのはもちろんとして、日常使用されない文語でもある。相聞の勝利とはすなわちこの文語のそれでもある。『晶子歌話』で、晶子は文語こそ自己のスタイルなのだと語っている。「私は詩を作る場合に口語と文章語のいずれをも用います。その方が詩によって私の感想を表現する場合に都合が好いからです。しかし歌には文章語ばかりを用います。その理由は、歌によって私の感想を表現する場合には文章語で無ければ正当な表現が遂げられないからです[35]」。晶子に言わせれば、短歌は「『文語体』の詩」であって、「口語の語法と語感[36]」とは一致しえない表現様式なのである。

晶子の恋歌は、文章語でなければ表現が遂げえない。恋する鉄幹は、いつどんな時であろうと「君」と呼ばれる相手なのであり、自分もまたその「君」とむかいあう「我」なのだ。くたびれた着物を着た七児の母も、生活苦を知りつつ無聊に沈むその夫も、短歌の世界では「獅子王とほまれをひとしくする君」であり、「自らを后とおもふ我」と化す。まさしく晶子にとって古語は雅びの衣裳にほかならない。彼女の恋は、悦楽をうたおうと嫉妬をうたおうと、つねに「君と我」という古語の衣裳をまとっている。恋と命と歌と、ここでもまた分かちがたくからみあった糸車が生活のすべてをその緋の衣裳の色に染めあげてゆく。相聞を自己のスタイルとした晶子は、日常をうたうことなく、恋をうたい続けることを選んだのである。

わが戀《こひ》はさむるになれぬたのめつつ變《かは》るてふこといまだ知《し》らざり　『佐保姫』

晶子の鉄幹への想いは、結婚後、七児の母になっても褪せずに燃えさかる。この恋愛歌人は、恋も歌も終わるということを知らないのである。『明星』は終わっても、晶子の恋歌は終わることを知らない。『明星』終刊から三年後、晶子は次のようにもうたっている。

飽《あ》くをもて戀《こひ》の終《をは》りと思《おも》ひしに此《この》さびしさも戀《こひ》のつづきぞ　『青海波』
やすみなく火《ひ》の心《こころ》もて戀《こ》ふるなるわれにいつしか君《きみ》飽《あ》きぬらむ　『青海波』

晶子のこの「やすみない火」の恋は歌の舞ゆえのことであったが、状況もまた恋の炎を燃やすにあずかっていた。この頃、嫁いだ夫が逝って再び一人身となった山川登美子が上京を果たして日本女子大学校に入学している。夫を亡くしてなお若く美しい登美子の存在は晶子の嫉心をいかに燃やしたことだろう。「楊貴妃のごと斬られむ」とうたった『明星』詠草には、こういう歌もみえる。

撥《ばち》に似《に》しもの胸《むね》に来《き》てかきたたきかきみだすこそくるしかりけれ　『佐保姫』

凄まじい嫉妬の歌もある。

君《きみ》かへらぬこの家《や》ひと夜《よ》に寺《てら》とせよ紅梅《こうばい》どもは根《ね》こじて放《はふ》れ　『舞姫』

明治三八年、登美子が上京して来てからおよそ一年後、晶子が恐れていたことが遂に起こってしまった。鉄幹と登美子の仲は、どれほど忍んでもあらわれてしまう。それに気づかぬような晶子ではない。妻の名声の陰に隠れた格好になってしまった鉄幹は、不本意な日々を強いられてこそあれ、恋の器として双なき名手であるに変わりなかった。憂き恋を身に秘めた痩身の男は、見ようによっては以前にもまして「かたちの子」であったことだろう。ある夜、その鉄幹が帰って来なかった。「君なき家」は狂おしい想いをかきたてる。晶子は恋のわざわいに魂をゆるがされずにはいないのだ。晶子の相聞歌はうたう。

わが君《きみ》よ君《きみ》に向《むか》へる心《こゝろ》をばゆめ暫《しばら》くも灰色《はひいろ》にすな　『火の鳥』

このとき晶子四〇歳。登美子の死からすでに九年の歳月を経た後の歌である。実に彼女の恋はやすみなき火の心もて消えることがない。病を得た登美子がひとり若狭にかえり薄幸な生涯を閉じた後でさえ、晶子が負うた恋の痛手はなお癒えることがない。

死《し》ぬ夢《ゆめ》と刺《さ》したる夢《ゆめ》と逢《あ》ふ夢《ゆめ》とこれことごとく君《きみ》に闕《かゝは》る　『夏より秋へ』

鉄幹と晶子と登美子の三角関係は、出会いから登美子の死まで実に八年、さらに死の後に知った裏切りの記憶をふくめれば、まさに「初《はじ》めも知《し》らず終《おは》りも知《し》らず」、恋愛伝説の数々をのこした宿命の恋というにふさわしい。

とはいえ、そのすべてが歌という嘘から発した真実である。いや、真実といっても、古語の衣裳を心にまとってうたう言葉の舞いなのである。だからこそまたそれは真偽のほどを知りたい欲望をそそり、幾多の伝説を生み続けてゆく。わたしたちが『明星』でみた相聞の遊戯は絶えることなく続き、いかなる時・ところにあってもその文法を変えようとはしない。

いかなる時にも、と述べたが、実際、いま引いた歌など、その表現内容だけを問題にすれば、要するに痴話話にすぎないといってもいいだろう。まさに三人のあいだで痴情関係がもつれているのだから。にもかかわらずそれが歌として表現を得てわたしたちの心をとらえるのは、ほかでもないそれが相聞として、「君と我」の歌として、古語の格調につつまれているからである。そうでなければ安っぽいスキャンダルにすぎないことが、物語性をひめた恋歌として読者の胸に響くのは、相聞という衣裳の力に負うところが絶大である。

『明星』の歌を指して、「韻文の艶書」と評した佐藤春夫の言を思い出す。韻文で書かれていなければ平俗な痴話にすぎない艶書が、韻文で記されるやいなや、胸打つ文芸となる。それが晶子の世界の秘密の扉の一つなのだ。

たとえば晶子には『明るみへ』と題した小説がある。パリから帰国してほどなく東京朝日新聞に連載されたこの新聞小説は、ヒロインとその夫をはじめ登場人物すべてが実在の人物で、当時の与謝野夫妻やその周囲の文壇の人々の様子がうかがえるモデル小説だが、「文語」で書かれていないその作品は平俗な印象をまぬがれえない。むしろそれは、文語という古語の衣裳を脱いだ与謝野晶子の筆力の小ささをわたしたちに教えてくれる反証といっても過言ではない。

相聞の衣裳。それは、一〇年、二〇年にわたって生活をともにしている夫をなお恋の相手に変えてしまう魔術的な衣裳であり、日常を消去してそれを恋の祝祭の舞台に転じる（レ）トリックなのである。

## 日常の外へ

繰り返しになるが、晶子が選んだ文語のスタイルのなかでも、圧倒的な力を放つ言葉は何といっても相聞を相聞として成り立たせている「君」と「我」である。鉄幹をどこまでも「君」と呼び続けた歌の数々はすでに引いた。ここで問題にしたいのは「君」以外の呼称である。というのも晶子は多分に方法的にそれを選んでいるからだ。

実際、こと短歌にかんするかぎり晶子は決して鉄幹について「主人」や「夫」という呼称を使わない。晶子の美意識からすればそれは口語であって、日常につながっているからだ。恋であれ嫉妬であれ倦怠であれ、鉄幹と自分のあいだに生起する情愛のうねりを、決して世のつねの夫婦として表現しないこと、それが与謝野晶子の方法である。

逆の例が雄弁にそれを語ってくれる。

楽《たの》しげに子《こ》らに交《まじ》りてくだものの紅《あか》き皮《かは》むく世《よ》のつねの妻《つま》　『春泥集』

晶子三三歳、結婚してはや一〇年。母として四人の子どもに囲まれた平和な家庭風景を詠んだ歌だが、晶子の歌のなかで家庭風景が歌われることじたい稀なことである。にもかかわらず、それを「世のつねの妻」とわざわざ言うところに「世のつね」ならぬいつもの歌風が表れている。夫を君と呼ぶ「我」は恋人であり思われ人ではあっても「世のつねの妻」では決してない。韻文の艶書にひとしい短歌の世界のなかにあるかぎりは。

時は明治から大正にかけて。江戸文化が終わりを告げてすでに久しく、日本はなだれをうって入ってくる西欧文化の吸収に忙しい。そんななか、男女の仲もまた夫婦（めおと）から西欧的な一夫一婦制へと変わりはじめた、その急激な変化のさなかの時代である。この一夫一婦制については後に詳述するが、ここで問題としたいのは男と女の呼称である。愛する相手を何と呼ぶか――この呼称は男女の関係性を端的に表す。呼称は上下関係や親愛関係をストレートに反映し、ひいては性愛の制度までをも反映する。制度とまでもゆかなくても、文化は確実に呼称にあらわれる。

たとえば同時代の西欧を例にとろう。フランスでは、愛しあう男女は結婚制度の内外を問わず、相手をファーストネームで呼ぶ。ミシェルとクリスティーヌ、アンリとマリーという風に。しかもこの呼称が結婚を機に改まるということは決してない。このことからしても西欧的な一夫一婦制における男女は対等なのである。これにたいして、「夫」と「妻」というのは、二人の関係性というよりむしろ第三者にむかって二人を位置づける社会的役割の呼称にほかならない。西欧近代にあってはゆるがぬ文化であるこのファーストネームの呼称が日本で定着したのはしかし、二〇世紀も遅くになってからだろう。晶子の生きた明治・大正の夫婦にあって、たがいをファーストネームで呼ぶカップルは極めて稀であったことだろう。なにしろ男女の自由な交際そのものが存在していない時代なのだから。

晶子の相聞は、そういう時代の空気のなかに屹立していた。夫婦となっても決して「妻」としての自分をうたわず、夫を夫として歌わないこと――つまり「君と我」という相聞のスタイルは「性愛」のスタイルそのものなのである。それをよく表しているのは、これまた「君と我」を用いていない例外的な歌である。鉄幹を「君」と呼ばないとき、晶子は何という言葉で相手を表すのか。端的な一例は、ストレートに「恋人」である。

戀人《こひびと》は現身後生《げんしんごしやう》よしあしも分《わか》たず知《し》らず君《きみ》をこそたのめ　『夢の華』

恋や恋愛がそうであったように、欧米語の翻訳語としていまだ日常語にない「恋人」という呼びかけが組み込まれた短歌は、ある種ハイブロウな、しゃれた感覚をかもしだす。晶子にはその欧米なるフランスの地で恋人をうたった歌もある。

三千里《ぜんり》わが戀人《こひびと》のかたはらに柳《やなぎ》の絮《わた》の散《ち》る日《ひ》に来《きた》る　『夏より秋へ』

鬱屈した日々を過ごす鉄幹をみかねて、晶子は彼をパリにやった。資金の工面にみずから奔走し、自筆短歌を記した屏風を売るなど身を粉にして鉄幹を送り出したものの、ひとり寝のさびしさは覚悟を超えた。海をわたる船を見送りつつ、すでに晶子は遠い国に行く夫恋しさを直感してうたっている。そう、船上に立つ鉄幹は「男」なのだ。自分が愛してやまぬ男、そして遠い国で、いつなんどきにも自分を裏切りかねない男――要するにパリの男女関係を生きる一人の男。それを直感した晶子は、波止場でこう詠んだ。

男行《をとこゆ》くわれ捨《す》て、行く巴里《ぱり》へ行《ゆ》く悲《かな》しむ如《ごと》くかなしまぬ如《ごと》く　『青海波』

改めて鉄幹に恋をしたかのように恋しさにかられて仕事も手につかなくなった晶子は結局鉄幹を追ってパリへと渡る。パリでの二人の関係はまさに「恋人」同士だが、ちなみに言えば、フランスの男女関係は日々「相聞」のそれである。結婚して夫婦になっても、なおそのベースは男と女であって、父になっても母になってもその男女関係は変わらない。その意味でフランスの夫婦はまさに「終わりなき」恋の関係を生きつづける。いきおい三角関係が発生しやすいのも晶子の人生にみるとおり。それと知らずして晶子は「相聞」の国フランスの土を踏んだのである。だからその想いはいやがうえにも華やいでなまめかしい。事実、フランスでは夫婦も恋人も、相手を「君」と呼ぶ。親しくなる以前は、敬称として「あなた」Vousと呼びあっていた二人が、ある時から「君」Tuと呼び合うようになったら、それはその二人が恋人になったということである。渡仏に備えてフランス語を学びかの地でも習いつづけた鉄幹はもちろんこのフランス語文法を知ったことであろう。それを晶子に伝えたかどうか。おそらく鉄幹の念頭に「相聞」の人称が去来したとは思われないが……

それはともかく、晶子の相聞は、鉄幹を「君」と呼ばない場合は「恋人」と呼び、「男」と呼ぶ。相聞とは絶対的な愛の様式以外のものではないのである。いまここで論じているのは短歌という相聞の形式のなかの相手の呼称だが、「男と女」のことにふれたついでに、短歌ではなく詩ではあるが口語より文語に近い言葉で書かれていて、晶子における男と女をよく表している作品があるので引いてみたい。相聞の歌人がいかに男と女の性愛を識っていたか。

さきに「痴情」という語を用いたが、晶子には何首か、刃傷の沙汰を詠んだ歌がある。

戀《こ》ふと云《い》ふ言葉《ことば》をもてし君《きみ》を刺《さ》す時《とき》をうつさずわれを刺《さ》せかし　『佐保姫』

「楊貴妃のごと斬られむ」とうたった詠草欄にならんだ一首だが、ただならぬことが二人のうちに生起していたのだ。おそらくや鉄幹の裏切りをめぐって……。この短歌からおよそ一年後、晶子はよく似た詩を発表している。愛のもつれの悶えが伝わってくる詩である。長いが全文を引用してみよう。タイトルに「男」が用いられている。もちろん、鉄幹のことである。

男の胸

名工のきたへし刀
一尺に満たぬ短き、
するどさを我は思ひぬ。
あるときは異国人《とつくにびと》の
三角の尖《さき》あるメスを

われ得まく切《せち》に願ひぬ。
いと憎き男の胸に
利《と》き白刃《しらは》あてなん刹那、
たらたらと我袖にさへ
指にさへ散るべき、紅き
血を思ひ、我れほくそ笑み、
こころよく身さへ慄ふよ。
その時か、にくき男の
云ひがたき心宥さめ。
しかは云へ、突かむとすなる
その胸に、夜としなれば、
額《ぬか》よせて、いとうら安の
夢に入る人も我なり。
男はた、いとしとばかり、
その胸に我かき抱《いだ》き、
眠ること未《いま》だ忘れず。
その胸を今日は假《か》さずと

たはぶれに云ふことあらば、
我れ如何に侘しからまし(37)。

おそらく戯れでなく、本気で、抱かれぬ胸に遭遇して晶子は侘しさに泣いたのであろう。そう思わせる詩を、晶子はもう一つ作っている。「伴奏」と題された同年の作品である。

われはをみな、
それゆゑに
ものを思ふ。

にしき、こがね、
女御、后、
すべて得ばや。

ひとり眠る
わびしさは
をとこ知らじ。

黒きひとみ
ながき髪、
しじに濡れぬ。
戀し、戀し、
はらだたし、
ねたし、悲し。(38)

晶子にとっては閨房の秘め事もまた相聞の舞台なのである。世のつねの妻なら決して口にしないことを、相聞の歌人は語る。艶やかな韻文をもって――それができるためには、鉄幹は「男」でなければならない。夫や父といった役割の陰に男が消え去ってはならないのである。あたかも、フランスの男女関係そのままに。フランスの男と女はたとえ夫婦であっても男と女であり続け、日常にあってもつねに愛の「表現」を忘れない。ロマンチック・ラヴ・イデオロギーとは西欧近代の性愛を指してよく言われる言葉だが、それが輸入されたばかりの明治時代にあって、そのイデオロギーを理念として知るだけでなく感覚的に身につけていた晶子は図抜けた存在である。相聞のスタイルが彼女にそれを教えたのだ。この意味で歌人与謝野晶子はすでにフランスと結ばれる運命にあったともいえるだろう。

フランスと同様、恋する相手はつねに「恋人」か、でなければ「男」だが、晶子はもうひとつ、「風流男《みやびを》」という印象的な呼称も使っている。相聞のそもそもの相方である「歌人」の名で晶子は夫を呼ぶ。

死《し》ぬと云《い》ふこの風流男《みやびを》の血《ち》に染《そ》めし文《ふみ》のたぐひにわれおどろかず　『佐保姫』

いったい何があったのか、さまざまな痴情関係のもつれを想像させる歌だが、ここでの「風流《みやび》男《を》」の用い方はいかにも鉄幹への皮肉である。愛の遊戯形式を知りぬいた歌人の書く手紙なれば、たとえ死ぬと言ってよこしてもそれまた遊戯であり演技なのだ……皮肉ではあるけれど、これはまさに歌人どうしの相聞であって、およそ「世のつねの妻」からほど遠い歌と言わねばならない。

それにしても、古語の衣裳の格調はこれら愛の修羅場をも舞台の一場面に変えて「歌」にかえてしまう。この雅びやかな古語こそが晶子の一生の恋を支えたのだと結論したい誘惑にかられるが、珍しく鉄幹を「夫」と詠んだ一首を最後にひいておこう。明治四二年の春、登美子は郷里の若狭でその短い人生を閉じた。かつて白萩、白百合とよびあいつつ鉄幹を挟んで恋のライバルとなり、鉄幹の愛を得た後も陰の恋敵として因縁の尾をひいてきた忘れがたい友。その登美子によせた挽歌の一首である。

背《せ》とわれと死《し》にたる人《ひと》と三人《みたり》して甕《もたひ》の中《なか》に封《ふう》じつること　『佐保姫』

恋敵となった女にたいし、恋の勝利者である自己を見せつけるかのように「夫婦」を誇示する「背」の呼称。鉄幹を「背」と呼ぶことで晶子は亡き友に言っている、「あなたは他人なのよ」と。この相聞歌人がいかに呼称に敏感であったかをありありと示す一首である。

## 《私》の表現者

「君と我」という相聞のスタイルは、晶子に永遠の恋をうたわせた。それ以上にこのスタイルは、自我の表現を可能にした。『みだれ髪』のインパクトは、男と対等にわたりあう力強い自己表現の力である。君にむかいあう「我」は、力に満ちた一つの意志をそなえている。その意志表示が、女の近代をきりひらく。

道を云はず後を思はず名を問はずここに戀ひ戀ふ君と我と見る　『みだれ髪』

登美子と鉄幹と三人で過ごした京の一夜から数ヵ月後、晶子と鉄幹は二人きりで同じ宿に泊まった。晶子のうちに起こった情念の嵐を、歌が雄弁に語っている。鉄幹は妻子ある男だ。だがたとえ「罪の子」であってもこの恋は《私》の選んだ人生であり、それを前にして私はひるむことがない。

前に向かって跳ぶよりほか、私の道はありえない。

ここで女の近代の始まりを思わせる強い《私》の意志を表現にもたらしているのは「我」という言葉である。君と対等に対峙する《私》。この私が強烈な強さをもって迫るのは、それが「我」という威厳ある文語で表現されているからである。「我」とは「威ある」私なのだ。一〇年あまり後、晶子はうたっている。


しら鳥の船《ふね》して銀《ぎん》の河《かは》ゆきぬ今日《けふ》さへ我《われ》の威《ゐ》ある心《こゝろ》よ　『夏から秋へ』

「我」をうたう歌人は、くたびれた着物を着て生活苦にあえいでいても、恋する女として、銀の河ゆく白鳥の誇りを忘れない。「我」とは実に「威ある」自己表現である。自分を「我」と呼ぶ女は自己の尊厳を失うことがない。「女の自立」という言葉すらまだない明治三〇年代、晶子は一人の女としてこの表現様式と幸福な結婚をしたといえるのではなかろうか。

彼女がそれをいかに意識的方法としていたか、『青鞜』創刊によせた詩が雄弁に語っている。明治が暮れ行きやがて大正時代をむかえようとする明治四四年、平塚らいてうを中心に創刊された雑誌の巻頭に晶子がよせた詩は、冒頭詩の「山の動く日」のみが有名だが、「一人称」と題されたそれに続く詩も劣らず強い。

一人称にてのみ物書かばや、
我は寂しき片隅の女ぞ。
一人称にてのみ物書かばや、
我は、我は。(39)

――私は、私自身のことを書く。一人称で。「我」は男に依存しない威ある女の自己表現である。女の解放にあずかって力あった女性文芸誌『青鞜』に寄せるにいかにもふさわしい詩であろう。すでに晶子は歌人としてだけでなく時代に生きる一人の女として自覚的に語っている。『一隅より』『雑記帳』と、すでに二冊の評論集も上梓している晶子である。歌人としてと同時に一人の表現者としての自覚がありありとうかがわれる。ここで「我」という人称は、いわば晶子の女性解放のマニュフェストなのだ。

そしてこの「我」はまた、短歌であれ評論であれ、晶子が書くもののテーマそのものでもあった。彼女が語るもの、それは徹頭徹尾、「自己」である。序に引いた晶子の芸術論をここでもういちど引いてみたい。

芸術は自己の群像である。一にも自己、二にも自己、三にも自己。絶対に自己。

「生命の芸術」と題されたエピグラフ風のこの芸術論で晶子はこうも言っている。「超個人的と見えるばかりに徹底個人的でありたい」と。私一個の人生に生起するもろもろの事を徹底的に問いつめること。そのとき人は、深い、非人称の《私》、普遍的な私に至る。こうして「徹底個人的」であろうとする貪欲を、「歌の作りやう」は次のように語っている。

酒なるか、劇毒なるか、みづからを生《しやう》ある限り吸はまほしけれ。

自分を幸福に酔はせる酒のようなものであるか、或いは却って自分を亡す劇しい毒薬のようなものであるか、それは知らない、とにかく生きている限り「我れ」と云ふものを我と我が吸って味ひつくしたい。自分の一生は私自身の生活意思をあくまでも実現して鑑賞したい(40)。

自分自身を深く深くほりさげてゆくとき、ひとは海のような普遍に至る。

快《こころよ》く諸悪《しよあく》の渦《うづ》の鳴《な》るを聞《き》け我《われ》をば問《と》ふは海《うみ》を問《と》ふなり　『夏より秋へ』

徹底して個人的であることによって、個人を超える。自己を深く掘り下げて諸悪の渦巻く海に至る。それが晶子の表現のスタイルであった。

彼女の選んだこのスタイルは、晶子が生涯にわたって短歌の「しろうと」であった事実とわかちがたく切り結んでいる。私が私を詠むことによって私を超えた煩悩の大海にいたるのは、その私が徹頭徹尾一人の女であるからこそである。専門家集団の党派から離れて生きる唯の女であること。ココ・シャネルが徹頭徹尾、自分の着たい服を作り続けたのと同じように、晶子もまた自分をうたい続けることを選んだ。確かなものはつねに自分の感覚、自分の身体、自分の着心地であって、それよりほかにどんな流派もありはしない。シャネルは、同時代にはやっていた凝った装飾過剰の装いを「デザイナーの詩想」と評して一蹴し、決して追従しようとしなかった。彼女に言わせれば、デザイナーの奇想を満たすそんな凝った服はすぐに飽きてしまう。服というものは実用的でなければならない。日常普段に生きる《私》にフィットしなければならないのである。同じく、晶子もまた専門的流派に背をむけて言う。「永久に誰でも素人」と[41]。

晶子とシャネル。ひとりはモードの世界で、ひとりは歌の世界で、しろうとに徹し、《私》に徹した二人は、男の仕着せから女を解放する二〇世紀の旗手となった。シャネルは語っている。「四半世紀のあいだ、私はモードを創造してきた。なぜだろうか。私が私のセンスで時代を表現するすべを知っていたからだ。スポーツ服を、私は自分のためにつくった。他の女たちがスポーツをするからではなく、私自身がスポーツをしていたから[42]」。

シャネルは自由にからだが動かせてスポーツができる服をつくりだした。活動的な装い、それがシャネルみずからが求めていたスタイルだった。しろうととして、一人の女として、シャネルは自分が欲しい服を作り、それを時代の表現にしたのである。

同じように《私》に徹して晶子が選びとった装い、それは、もはや繰り返すまでもなく「恋」である。君と我という相聞のスタイル。それこそ一人の「恋する女」として晶子が選んだスタイルであった。『みだれ髪』から数えて一五年、おしもおされぬ女流歌人となった晶子は、歌集『舞ごろも』の序で語っている。「舞い」と「衣」にことよせつつ、一人の表現者として自己の方法をよく言いえた言葉である。

わたくしの生活はわたくしの命の焔の舞です。わたくしはこのみずからの命の悲痛、激動、愛執、歓喜の舞のために、恥を越えて無い袖をも振らねばなりません。わたくしはこうして舞いながら、とにもかくにも人生解放の公会に馳せ参じる一人の新しい踊子でありたいと思っておりま す(43)。

無い袖をも振って命の舞を舞う――晶子は、鉄幹と自己の関係がどうであれ、彼を唯一無二の恋人として、相聞をうたい続ける決意をしているのである。彼女のなかでまさしくそれは「諸悪の渦」の鳴る音なのだから。冒頭の二首は雄弁である。

まぼろしが幻《まぼろし》として消《け》ぬ薬われのみぞ持つ君のみぞ持つ
女より選ばれ君を男より選びし後《のち》のわが世なり是れ

恋の火をつかの間のまぼろしとして消してしまわぬ秘術を知っているのは、君と我のみ。その秘術の限りをつくして恋の舞を舞いつづけること。晶子は相聞を一生のスタイルとしたのである。

## 5　恋する身体――性の解放

### 「性」の表現者

《私》の表現者である晶子は同時に《性》の表現者でもある。『みだれ髪』の衝撃力は何にもまして大胆な性の表現にあった。恋愛の自由はおろか結婚の自由もない時代に若い娘が性愛の悦びを言葉にする。その奔放さこそ『みだれ髪』が世にセンセーションをまきおこした所以である。

しかもここで晶子は「女の身体」を斬新にうたう。あまりに名高いあの代表作、「やは肌のあつき血汐にふれも見で」にみられるとおり、女の「肌」が、それも女自身によって歌に詠まれるということは短歌史上かつてなかったことである。

実際、晶子の新しさは彼女が身体の表現者であったことだ。短歌の世界だけでなく明治の文学全体をふりかえってみても『みだれ髪』の先駆性は驚くばかりである。ちなみに当時、近代の性にふれた文学をあげれば、『みだれ髪』の六年後、明治四〇年に田山花袋の『蒲団』が男の性を描いてセンセーションを巻き起こした。その二年後に鴎外の『ヴィタ・セクスアリス』。いずれも男性作家の小説であって、女性による性の表現など先例があろうはずもない。大正時代に入って『青鞜』が論として女の性をとりあげるのがかろうじて晶子に次ぐニューウェーブだが、文学としては『みだれ髪』が時代にあって突出している。シャネルのシンプルな服が同時代のオートクチュールのなかで突出してモダンな女の身体を表現したのと同様に。

しかも晶子の性的な身体表現は先駆的であるばかりか、その水際だった表現は、安易な性表現に溢れかえる現在もなおその力を失っていない。『みだれ髪』から。

春みじかし何に不滅《ふめつ》の命ぞとちからある乳を手にさぐらせぬ

先にも引いた歌だが、「ちからある乳」という表現の鋭さは身体表現として非凡である。しかも、鋭さもさることながら、「乳房」を短歌に詠むという表現行為それじたいが衝撃的に新しい。晶子にはほかにも乳房を詠みこんだ秀歌がある。

みだれごこちまどひごこちぞ頻なる百合ふむ神に乳《ち》おほひあへず

「百合ふむ神」という美的な表現が性の行為に婉をもたせ、それでいて「乳おほひあへ」ぬ女のしぐさがリアリティをもって迫る。

晶子のエロティックな身体表出にこのような先鋭性があるのは、たとえば「月」や「梅」といった旧来の詠題歌の約束事をこえて、《私》の一身に生起した感覚を詠んでいるからこそである。言ってみれば『みだれ髪』は近代の女の身体の詩なのだ。「髪」の例がいちばんわかりやすいだろう。古来黒髪は性的なニュアンスのこめられた女の美の定型であり、伝統的イコンであった。ところが晶子のうたうみだれ髪は、あくまでも「恋する私」の髪なのである。これも先に引いた歌だが、

その子二十《はたち》櫛にながるる黒髪のおごりの春のうつくしきかな

ここに詠まれた「黒髪」は、二十《はたち》の春のさなかにあって恋する私の身体の輝きであって、歌全体が「今・ここ」にある私の自己表現である。だからこそそれは旧套的な「黒髪」を詠んだ和歌とは面目を一新して、恋する身体の詩《うた》として現在にきらめき立つ。

それにしても『みだれ髪』の作者は生涯にわたって髪をうたい続けた歌人だった。アール・ヌーヴォーが女の髪のアートであったことは後述するが、洋の東西をとわず髪は性的存在としての女のメタファーである。晶子はその髪の力を十全に意識して歌に詠んだ。たとえば『みだれ髪』の次の歌集である『小扇』の一首。

ひとすじにあやなく君が指おちてみだれなむとす夜《よる》の黒髪

いま愛する男に触れられてみだれようとする夜の髪は、しどけない悦楽のはじまりを告げている。《私》の官能のおののきが、美しく、しかしリアルに表現にのぼっている。文語の格調を保ちつつ、きわどいまでに濃密な愛の身体感覚をうたうことにかけて与謝野晶子の右にでる女流はいない。『みだれ髪』から約一五年後、銀ブラという言葉がはやりはじめた大正の頃、晶子は次のような歌を詠んでいる。五人目の子どもを出産しながらその養育費に事欠いていた晶子に銀ブラなどおよそ遠い世界のことだったが、物質的享楽とちがって性の悦楽は人を選ばない。いや、むしろ後者の方が身体感覚の鋭敏さを争うかもしれない。そして晶子はその感じやすさにおいて類をみない女の一人だろう。その女がうたう。

せつなかる愛欲《あいよく》おぼゆ手《て》に触《ふ》れしおのれの髪《かみ》のやはらかさより　『朱葉集』

我とわが髪の感触に、せつない欲望がこみあげてくる。愛する男に触れられて、愛欲にみだれたいものを……。

こうしてはばかることなく性愛の悦びを歌にした晶子は当代随一の性の表現者であった。この意味で彼女はまちがいなく二〇世紀が世に送り出した器である。男女交際の自由さえ覚束ない時代にあって、いったい誰が晶子ほど先鋭的に、大胆に性を表現したことだろう。短歌ばかりでなく、詩においても晶子は高らかに女の身体をうたった。性の解放者の面目躍如たる一篇を引用しよう。大正八年、四一歳の時の詩である。

　五月の海

おお、海が高まる、高まる。
若い、やさしい五月の胸、
群青色の海が高まる。
金岡の金泥《こんでい》の厚さ、
光悦の線の太さ、
写楽の神経のきびきびしさ、
其等を一つに融かして、
音楽のように海が高まる。

さうして、その先に、
美しい海の乳首《ちくび》と見える
まんまるい一点の紅い帆。

それを中心に
今、海は一段と緊張し、
高まる、高まる、高まる。
おお、若い命が高まる。
わたしと一所に海が高まる。(44)

はるかな海の彼方の一点の赤。「海の乳首」。何とモダンな表象だろう。女が女の身体を歌うから、清新なエロティシズムがくゆりたつのである。

## さまざまな身体

女が女の性を、その身体感覚を言葉にする――ということは、女が男のまなざしに映る対象《オブジエ》の枠組みを越えた自由なポジションにいるということである。実際、晶子には、自分が「まなざし」の主体となって男の身体を――身体とまでゆかなくても男の「かたち」を――大胆に歌った初の女流でもある。なかでももっとも名高いものが、『戀衣』所収の一首、「鎌倉や御佛《みほとけ》なれど釋迦牟尼は美男《びなん》におはす夏木立かな」であろう。次の一首も、まなざしの対象《オブジエ》としての男をうたって小気味よい。

下京《しもぎやう》や紅屋《べにや》が門《かど》をくぐりたる男かわゆし春の夜の月　『みだれ髪』

他にも、身体形象として男を詠みこんだ歌は少なくない。次の歌もその一例だが、二〇代の『みだれ髪』のみ引かれることの多い晶子がいかに大人の性愛をうたう歌人であったかありありと感じさせる一首である。

口《くち》びるを吸《す》ひに来《く》る時《ときをとこ》男こそ蛇体《じやたい》をなして空翔《そらかけ》るなれ　『夏より秋へ』

男の身体ばかりではない。晶子はまた出産という身体感覚を歌にした初の歌人でもあった。生涯に一一回の出産を経験し、うち双子が二度、その一人を死産して、生きた方の児は里子に出すという苦しい経験もなめつつ、一一人の子どもたちの養育費の捻出に日々苦闘した晶子に、「世のつねの」母としての自分をうたう短歌より、むしろ出産というそれまで歌の題として考えられもしない主題を詠んだ短歌が多いという事実は何を語っているのであろう。

晶子が女の身体感覚にきわめて研ぎ澄まされた感性をもっていたから、というのももちろん第一の理由であろう。それにしても何人もうたわなかった出産の苦しみを歌にするのは勇気が要る。晶子にはその勇気があったのだと言ってよいのではなかろうか。少なくとも短歌史上初の題目であることに晶子は十二分に意識的であったにちがいない。

悪龍《あくりよう》となりて苦《くるし》み猪《ゐ》となりて啼《な》かずば人《ひと》の生《う》み難《がた》きかな　『青海波』

いつも難産に苦しんだ晶子だったが、三三歳の折の四回目の出産はひときわ苦痛を極めた。双子で、うち一人は死産、産み終えた後も晶子は数日病院のベッドに寝たきりで、退院後も再入院するほどの難産だった。その一部始終を晶子は数編のエッセイ「産屋物語」「産褥の記」「産褥別記」などに綴っているが、なかでも「産屋物語」の冒頭部が興味深い。

妊娠の煩い、産の苦痛《くるしみ》、そういう事は到底男の方にわかるものではなかろうかと存じます。女は恋をするにも命がけです。しかし男は必ずしもそうとは限りません。よし恋の場合に男はたま命がけであるとしても、産という命がけの事件には男は何のかかわりもなく、また何の役にも立ちません。これは天下の婦人があまねく負うている大役であって、国家が大切だの、学問がどうの、戦争がどうのと申しましても、女が人間を生むというこの大役に勝るものは無かろうと存じます(45)。

『東京二六新聞』に掲載された文章だが、広く読者の目にふれたと思われるのは単行本『雑記帳』に収録されてからで、その出版が一九一五年。翌一九一六（大正五）年から、平塚らいてうたちとの間にいわゆる「母性保護論争」が展開されてゆく。その経緯を考えながら引用文を読むと、与謝野晶子が「母性」の役割を「天下の大事」と思っているのが実に興味深い。にもかかわらず、晶子はその母性を国家が保護すべきだというらいてうの主張をナンセンスだと斥けるのだから。文字どおり死を覚悟するほどの産みの苦しみを一度も経験しながら、「命がけ」のその大役をあくまで女として自身の身一つにひきうける。晶子の強靭さに感嘆させられるが、「母性論争」にふれるのは後論の課題として、ここでみておきたいのは、晶子の身体感覚である。

彼女は出産という経験を、ともすれば母性の神秘化につながってゆく過大な観念性でとらえることを一切しない。晶子の出産歌は不思議なほどに「母」である自己への感傷性もなければ過剰な思い入れもない。それでいて、女しか経験できない身体経験としてのその痛苦を歌にする。その意味でも『青海波』におさめられた二六首の出産歌は近代文学に例のないものではなかろうか。二首を引く。

不可思議《ふかしぎ》は天《てん》に二日《にじつ》のあるよりもわが體《たい》に鳴《な》る三《み》つの心臓《しんざう》

双子が身体に宿る感覚を、「不可思議」という。そう感じるからこそ、観念的な母性崇拝に陥らないのである。それでいて晶子はたしかに出産を「女だけの領分」ととらえている。恋と同じく出産もまた命がけの大事なのだ。男にはそれがわからない。

男《をとこ》をば罵《ののし》る彼等子《かれらこ》を生《う》まず命《いのち》を賭《か》けず暇《いとま》あるかな

だがその男との恋愛こそ、出産に劣らぬ女の「一生の大役」なのである。《私》の性と生。晶子にとってはそれこそが天地に双なき大事であった。

## 6　わが愛欲は限り無し——貞操論争

### 愛欲の詩

晶子は奔放な性の表現者であった。二〇代の『みだれ髪』だけでなく、三〇代、四〇代になってからも成熟した女として性をうたい続けた。詩にもそれはあざやかである。たとえば、「わが愛欲」と題された詩。

わが愛欲は限り無し、
今日のためより明日のため、
香油をぞ塗る、更に塗る。
知るや、知らずや、戀人よ、

この楽しさを告げんとて、
わが唇を君に寄す。(46)

大正四年、『読売新聞』に発表した詩の一篇である。ときに晶子三七歳。二年前パリの地で味わった悦楽の記憶がしのばれるが、「愛欲」という言葉の強さといい、最後の身体表現といい、全国紙に発表するにはずいぶん奔放な作品である。晶子は「プラトニック・ラヴ」にはおよそ遠い愛欲の詩人なのだ。

にもかかわらず、明治の性愛をめぐって、彼女はしばしばその反対に位置する「禁欲論者」として語られることが少なくない。たとえば「性をめぐる倫理」と題された佐伯順子の論もその典型である。一部を引く。

一般に、『みだれ髪』（明治三十四年）によって性的に奔放な女性というイメージで語られがちな晶子は、実は女性のセクシュアリティについてはかなり禁欲的な道徳観を持っていた。それは、彼女が〝封建的、保守的〟だからではなく、逆に「明治大正」の近代「教育」に基づく革新的な性道徳を持っていると自覚されているからである。「性欲」を「動物的」とみなす晶子の道徳観は、肉欲を「獣欲」とみなした文明開化期のキリスト教主義の恋愛観を忠実に継承するものであり、人間の存在価値をその霊（精神）に置く近代的な人間観が、性道徳においても禁欲的な発想をもたらしたのである(47)。

晶子の性について、的を射てないと言わざるをえない論だが、こうした誤認を招く理由の一つに、晶子の短歌作品と評論とのあいだの「落差」があげられよう。短歌が選び抜かれた方法論で書かれているのにたいし、晶子の評論文はスタイルを欠いていてわかりづらい。それについてはまた後にふれるが、とにかく晶子の性と愛は思うほどシンプルではない。一筋縄ではゆかないのである。その「ねじれ」を解きほぐしつつ、晶子の性のありかを見定めておきたい。

それにしても、「性道徳において禁欲的」という佐伯の言葉は晶子の作品世界になじまない。「道を説く君」を挑発し「やは肌」の甘美を説く『みだれ髪』はむしろ「肉の誘惑」の歌ですらある。晶子ほど大胆に女性の性的欲望を肯定した者はいない。しかもそれは何度も言うように、『みだれ髪』だけのことではないのである。いま詩を一つ引いたが、さらに歌集をひもといて「愛欲の系譜」をたどってみよう。『舞姫』から一首。

相人《さうにん》よ愛欲《あいよく》せちに面《おも》瘦《や》せて美《うつ》くしき子《こ》に善《よ》きことを言《い》へ　『舞姫』

明治三八年。晶子二七歳。世はまさに「禁欲的」道徳観に染まりつつある時代、男だけに遊蕩のゆるされた江戸の「色」の文化はもはや遥かに遠い。しかも男尊女卑の風潮はいまだ根強く、男女の自由交際は厳しい目にさらされていた。その時代にあって、晶子の歌の驚嘆すべき大胆さ。先の詩にも使われた「愛欲」という翻訳調の語彙が伝統的な文語と諧調をみせて斬新である。「禁欲」からはるか遠く、このように男女の房事にかかわることをはばかることなく歌に詠むのは晶子短歌のかわらぬ特徴の一つである。四年後の『佐保姫』から一首を引く。

かかはりもなき話《はなし》よりふと君《きみ》に七日《なぬか》いだかれいねぬを思《おも》ふ

夫婦の秘事がおおっぴらにうたわれている。翌年の『常夏』には、さらに大胆をきわめた歌もある。「まなくちる白《しろ》の牡丹《ぼたん》の花《はな》びらにうもれて死《し》ぬる手《て》とり覚《さま》しぬ」。「死ぬる」とはかの房事のきわみの表現である。驚くべき性愛表現ではなかろうか。ちなみに『常夏』を上梓したこの頃、鉄幹と晶子の仲には複雑な翳がさしていた。胸を病んだ登美子はふたたび若狭に帰国するが、鉄幹のこころに宿る恋敵の影はかくれもない。生活苦はあいもかわらず、遂に『明星』終刊の仕儀に到ったのがこの年、晶子と鉄幹のあいだには愉しからざる想いの数々がわだかまっている。同じ『常夏』にはこういう歌もある。「若《わか》き日《ひ》の火中《ほなか》に立ちて相《あひ》とひしその極熱《ごくねつ》のさかひにあらず」。三〇代を迎えていた晶子は、愛欲の確執に疲れ、その苦しみをうたっている。

ありとある悲みごとの味《あじはひ》の皆見ゆるかなわがすなる戀　『さくら草』

大正三年の歌である。二年前の夏、鉄幹と二人パリの地で味わった蜜月もすでに終わり、待っていたのは以前にもまして無聊をかこつ夫と、待ったなしの生活苦であった……。はじめの問いにもどって、こうした歳月の流れのなか、『みだれ髪』の歌人は、だからといって禁欲的になったわけではない。もはや「極熱《ごくねつ》のさかひ」にないという嘆きは、「常夏」の火中にいたいという願望の表白でこそあれ、価値観の変容の表明でないのは言うまでもない。中年を迎えてなお晶子は相聞の歌人であり、愛欲の詩人なのである。

そうでなくても、いったいに晶子はキリスト教思想が身についていたとはいいがたい。『みだれ髪』に多用された罪や神の語が『明星』同人の合言葉であり修辞であって、キリスト教への造詣が深くないことはすでに詳しく論じた。鉄幹ひきいる新詩社は、キリスト者の北村透谷や藤村たちが集った『文学界』と文学的交流も少なく、歳月とともに文壇や思想界からの孤立を深めている。わずかに上田敏が『文学界』に集った文人の一人だが、圧倒的に世紀末デカダンスに傾いたその訳詩はむしろ世紀末詩の頽廃の翳が濃い。そこにはラファエル前派のような「処女崇拝」もあるにせよ、悪魔主義と表裏一体となったその高踏的な美学が、広く明治の女子教育を規定した「禁欲的な道徳観」のバックボーンになったとはとうてい思われない。

にもかかわらず、与謝野晶子はともすれば「愛欲の詩人」とはほど遠いイメージで語られることが少なくない。評論において、晶子自身がそのような誤解を招きやすい発言をしているからである。

晶子の貞操観と恋愛観。そこに踏み入ってみなければならない。

## 「あまた恋ふは」

少し長くなるが、わかりやすいように、冒頭に引用した佐伯の論を紹介してみよう。どのような論脈で与謝野晶子がひきあいにだされるのだろうか。

「処女」が賛美される一方、性的に未経験な男性が理想化されるという現象はほとんど見られなかったが、それはやはり、家父長的な家がもたらした性をめぐるダブル・スタンダードによるだろう。

こうしたダブル・スタンダードに対して女性からの批判の声があがっても不思議はないが、女性自身も、こうした道徳観にとりこまれていった様相が、与謝野晶子の恋愛、結婚観に顕著にうかがえる。「恋愛と性欲の差は一つの事柄の進歩したものと停滞したものとの差です。……性欲は動物的の低級な欲求であり、恋愛は人間的の高級な欲求であると云ふことができます」（与謝野晶子「恋愛と性欲」大正六年）と主張した晶子は、

さすがに明治大正の教育の効果はこの点に現れて居ります。以前は村に由つて結婚前の若い娘に一人の処女の無いとまで云はれたものが、近年は都会の家庭にある若い娘達のやうに処女の純潔を保つて居る未婚の娘をどの地方の町村にも多く発見することが出来ると云ひます。

（「女子と貞操観念」大正六年）

と、結婚前の女性の「貞操」、すなわち「処女」を保つことが女性に不可欠な道徳であるとみなした[48]。

この後に先に引いた「実は晶子は禁欲的」云々という文章が続いているのだが、まず「ダブル・スタンダード」について正しておきたい。晶子はその強固な反対論者である。「貞操を破る者は男子」と題されたエッセイでは、「男が女の貞操を厳しく言うのは」「男の利己心からの要求である」と、性規範をめぐる男女不平等を真っ向非難している。いま引用された「女子と貞操観念」でもそれは変わりなく、処女の増加を好ましいと述べる引用文は実は次のように続いている。「欧米風である一夫一婦主義の純潔な恋愛は明治になってはじめて起こりました。そうして現にそれは勢力を次第に増して行きます。形式だけの改良にもせよ、妻妾を同居させている男子は老人にも若い者にもほとんど見当たらなくなりました[49]」。

つまり晶子は、前近代の農村を支えてきた若者組による性習俗の終焉を歓迎すると同時に、男だけにゆるされてきた「妻妾同居」と買春に反対しているのである。別のエッセイ「将来の男女道徳」にも同じ趣旨の発言がある。「もう今日では妻妾が同居しているというような実例をほとんど見ることができず、男子が妾を養うというような習慣も次第に減じています。都会の学生が娼婦に接近することも非常に少なくなりました[50]」。

要するに晶子は、男にだけに容認されてきたさまざまな形態の「一夫多妻」を徹底的に排斥して「欧米風である一夫一婦主義の純潔な恋愛」を志向している。この意味でこそ与謝野晶子は性愛の「近代主義者」なのである。繰り返すが、晶子は蓄妾と買春という性のダブル・スタンダードの痛烈な批判者である。

晶子のこの男女観・恋愛観は、身をもって生きた恋とその苦悩が色濃く跡をのこしている。天地に一人の「君」と鉄幹を恋し、みずからもまた彼の愛の唯一の対象でありたいと願い続けた晶子は何度夢を裏切られて苦しんだことか。「死《し》ぬ夢《ゆめ》と刺《さ》したる夢《ゆめ》と逢《あ》ふ夢《ゆめ》とこれことごとく君《きみ》に關《かゝは》る」——晶子は恋愛の修羅をくぐって苦悩した。鉄幹の多情をストレートに批判した次のような歌もある。

あまた戀《こ》ふは何《なに》ばかりなる身《み》のほどにふさへることとするや男《をとこ》よ　『常夏』

何人もの女を好きだなんて、いったい自分を何様だと思っているの。この現代にいまさら業平でもあるまいし、身のほどをわきまえものを言ったら？　いいかげんになさいな……いかにも皮肉な詠みぶりからは、男の放縦を難詰する女の姿勢が伝わってくる。とても「従順な妻」の口ぶりではない。いや、そもそも晶子はこの歌で「夫婦」をうたっているのではない。ここでもまた鉄幹は「男」であって、「夫」ではないのである。短歌にあっては晶子はどこまでも相聞のスタイルを崩そうとしない。

だがいまわたしたちが問題にしているのは、短歌ならぬ評論文である。いったい晶子は評論においては、いかなるスタイルとスタンスをとって語っているのだろうか。

もちろんそれは「君と我」という短歌のそれではない。評論文の主語の「私」は、相聞の雅びの衣をまとったあの「我」ではなく、口語にふさわしい日常の私である。歌の衣を脱いでいわば普段着で書いた文章は、いかにも評論の「しろうと」を感じさせる。必ずしも論旨明快でなく、冗漫な文も少なくない。要するにスタイルを欠いているのである。

それには、内発性の欠如がはたらいているのではあるまいか。晶子の歌が魂の底からほとばしりでる勢いを感じさせるのと対照的に、評論文は速度感を欠く。おそらく晶子の評論は書きたくて書いたというより請われて書いたものが多いのだろう。稼ぐために書いたというべきか。明治から大正にかけては女性誌ブームを見た時代である。晶子の評論の初出を見ると、ありとあらゆる新聞・雑誌がならんでいる。『太陽』『女学世界』『婦人公論』『横浜貿易新報』『婦人世界』『東京日々新聞』等々。晶子が書いたのは生計のためなのだ……。

内発性と外発性。文体《スタイル》の有無——与謝野晶子の短歌と評論のあいだにある「乖離」は、このような文の「かたち」にかかわっている。それでは内容はと問えば、実はここにもまた「ねじれ」た何かがあるように思われる。さしあたっての問題は性規範だが、それを語る「普段着の」与謝野晶子がすなわち「世のつねの妻」なのかと問えば、そうだとも断定しがたいのである。そこにも晶子の複雑さが顔をのぞかせている。

そう思わせる、気かがりなエッセイがある。題して「妻の意義」。冒頭から引く。

同じ「妻」という語で代表される境遇にいても、近頃の若い婦人の間にはその妻としての意義が従来のそれと多少変化していると思います。私自身の生活にしても従来の「妻」という語が持っている意味の外に出ております。これは結婚した最初から十五年後の今日まで一貫している実感ですが、私は未だ単に妻としてばかり生活しているとは思っていません。……

私が良人に対する時は、良人の恋人として、良人の一種特別な親友として対しております。「妻」でなくて仏蘭西語のアミイという語の意味で生活しております。私も時に自分を妻として書きますが、その場合の「妻」はアミイの意味なのです。

従来の「妻」には娼婦と婢との意味があり、弱者と隷属者の意味があり、あるいは盲目の愛と無智の柔順との意味があります。それは一人前の女が正しく主張すべき個性の尊厳も生活の自由も無い世界です(51)。

晶子が良妻賢母教育に反対して夫と対等な妻の地位を主張していることは異とするにあたらない。驚くべきは前半である。私は「妻」としての生活の外に出て、「恋人」として夫に対しているという……。まことに晶子は、「わが愛欲は限りなし」とうたう詩人である。この一文が書かれたのは、フランス帰国後二年のこと。フランスでは男女が結婚の後にも依然として男女であり続けるということは先に述べたが、そのような夫婦のあり方に晶子はさぞかし我が意を得たのであろう。確かにフランス語では夫婦も恋人もアミ（多くはモナミ mon ami (e)）と呼び合うし、さまざまな愛称もよく使われる。とにかく大切なのは、公然たる文化として夫婦が「男と女」であることだ。晶子は短い渡仏の日々のなか、それを心に深くうけとめたのであろう。自分もかくありたいと……。

それほどまでに晶子は熱烈な「相愛」主義者である。「一夫一婦」制という言葉では晶子のこの真意がこぼれ落ちてしまうほどに。結婚するしないを問わず、恋する相手に貞節であること、相手以外に性的関心をよせないこと。オンリー・ユー。それが晶子の言う「貞操」なのである。ということをさらに敷衍すれば、晶子にとっては「処女」と呼ばれる婚前の貞操より、むしろ恋人や夫婦のあいだの貞操の方がはるかに重大な関心事だったということでもある。この意味で、彼女の貞操論は『青鞜』を舞台に起こった「処女論争」と一線を画している。

晶子にとってそれはあくまで「貞操論争」なのである。

**貞操論争**

大正元年、『青鞜』のメンバーの生田花世が「食べることと貞操と」と題した論で、生活のために「貞操の外に生きた」過去を語ったことに端を発し、伊藤野枝、原田皐月、平塚らいてうたちの間に論争が起こった。やがて晶子も加わるかたちで論争の輪が広がってゆくが、論として明晰なのは何といっても平塚らいてうの「処女の真価」（大正四年『新公論』）である。らいてうは、「一般に処女といえば性交の経験のない女子の総称であることは改めていうまでもない」と述べて「処女」という語を初めて現代と同じ意味にもちいた。この語に余計な情緒的コノテーションをもたせない用法が新しい。そのうえでらいてうは「女はいつ処女を捨てるのが適切か」と問いを立て直す。処女は現代風に言えば自己決定の問題なのである。「ここで残された問題は処女を捨てるに最も適当な時ということである。そしてこれが形式的結婚を意味するものでないのはいうまでもない。……各自の内的生活の経験から見るときは、それは恋愛の経験において、恋人にたいする霊的憧憬（愛情）のなかから官能的要求を生じ、自己の人格内に両者の一致結合を真に感じた場合ではあるまいか。……実に婦人貞操の第一歩はここにある。処女を純潔に保ち、それ自身に最もよき時に処女を捨てるということにあるのである」[52]。男性本位の処女賛美とかかわりなく、ひたすら自己の「官能的要求」の決定にまかせる、それがらいてうの処女論である。

こうして「処女」の意味が改めて取り沙汰されたのは、時代が処女性に新たな意味価をあたえはじめていたからであろう。農村の子女が都市に流入してくる一方で、日清・日露の戦争を経験した国家は女子教育に力を入れ、良妻賢母を理想とした女子大学校が誕生してゆく。同じ一つの時代が良妻賢母思想を広めると共に、それを批判する女たちを輩出していった。女の近代は近代批判の言説を生み出してゆくのである。『青鞜』がそうした「新しい女」の中核を担ったのはいうまでもない。

話を「処女」にもどす。ここまで見るかぎり、『青鞜』の女たちと与謝野晶子のあいだにそれほど大きなへだたりがあるとも思えない。たとえば川村邦光『性家族の誕生』は、処女の性欲にかんする晶子の文章「二十歳前後の処女に性欲の自燃する自覚は無いと想っております」（「婦人と性欲」一九一六年）を引いて、晶子は「〝処女〟を性欲から切り離して聖化した[53]」と結論づけているが、これも強引すぎはしないだろうか。「処女に性欲がない」という文言がその論拠なら、平塚らいてうもまた同意見である。「私は処女にあっては恋愛のない、もしくは恋愛から分離した単なる異性に対する官能の要求というようなものはあり得ないと思う」とは、先の論中のらいてうの言葉である。彼女にあっても恋愛の外に性はなく、それをもって処女の聖化とするにはあたらない。晶子についても同様である。そうではなくて、「新しい女」と与謝野晶子との大きな差は実は「貞操」にあるのだ。当の晶子に詳しくついてみよう。

論争がたち起こる二年前の明治四四年、晶子には「私の貞操観」と題した論がある。そこで晶子は「処女の貞操」と「妻の貞操」の二つを取り上げている。「まず『貞操』という言葉の意味について自分の考えを述べると、これには処女としての貞操と、妻としての貞操と二つの区別があるように思われる[54]」。「処女の貞操」と「妻の貞操」。いかにも晶子らしい区別だが、ここで彼女は『青鞜』の女たちと袂を分かつ。「妻の貞操」をめぐって見解が割れるからである。らいてうは「女が同時に二人の男を愛する」のは罪悪とは限らないと述べている（「小倉清三郎氏に[55]」）。妻の貞操にかぎらず、「恋の貞操」は不要とするのが『青鞜』の女たちである。これにたいして晶子は「妻の貞操」にくみする。「結婚後の婦人すなわち妻としての貞操は良人以外に精神的にも肉体的にも他の男子と相愛の関係を生じないことを意味するのである(56)」。

しかし晶子はこれを「道徳」として主張しない。道徳以上の絶対だからである。熱愛者ならではの言葉として実に興味深い。そして、これが晶子を「新しい女」たちからひきはなすのである。晶子にとって、「あまた恋ふ」のは、男であろうと女であろうとゆるしえぬことなのだ。恋人は天地に一人。それが晶子の恋の思想なのである。

だがそれ以上に、「私の貞操観」というこのエッセイが興味深いのは、与謝野晶子がみずから「私の場合」を──短歌でなく口語文で──語っているということにある。そう、これは晶子の「ヴィタ・セクスアリス」なのだ。堺の老舗の菓子屋に育った一人の娘がいかにして鉄幹と結ばれたのか。少女時代の回想の後、読者の眼に忘れがたい数行が現れる。「自分の処女時代は右のようにして終わった。思いもよらぬ偶然な事から一人の男と相知るに到って自分の性情は不思議な程激変した。自分は初めて現実的な恋愛の感情が我身を焦がすのを覚えた。その男と終に結婚した。自分の歳は二十四であった(57)」。

晶子が鉄幹を追って上京したのは明治三四年六月。そのとき鉄幹はいまだ妻子ある身。晶子に結婚の約束をしたかどうかも定かではない。晶子と鉄幹が形ばかりの結婚式をあげたのが一〇月。入籍は翌年の一月。『みだれ髪』が鳳晶子の名で上梓されたのは周知のとおり。とまれ晶子は結婚の約束を得たから処女をゆるしたのではない。彼女自身の言葉を引くなら、自分は「一夫一婦主義を意識して実行しているのでも、女大学に教えてあるような旧道徳に抑圧せられているのでも無い。つまり初めの恋愛状態が益々根を張り枝を伸ばして発達して行くのに過ぎない(58)」のである。続いて晶子は「自分は貞操を尊重している」と言う。晶子にとって恋はオンリー・ユー。ふさわしい言葉であるかどうかは別として、晶子はこれを「妻の貞操」と言い、「純潔」と言うのである。あるいは、紛らわしいことに、時に「処女の純潔」とも。

天地《あめつち》に一人《ひとり》を戀《こ》ふと云《い》ふよりもよろしきことばわれは知《し》らなく　『佐保姫』

まさに晶子の貞操観をよく表した歌である。

しかしあくまでこれは信条であって、「道徳」ではない。いま見たとおり、晶子は「一夫一婦主義を意識して」、「理想」を実行に移したのではなかった。多くの女と同じく、理念の前にまず現実があった。思いもかけぬ偶然から目の前に立ち現れた鉄幹に、晶子はただ恋い焦がれた。恋の苦しさに、道を問わず、後を思わず、二百里を走って、跳んだ。晶子は、北村透谷のようなインテリとちがって、「知識人」ではないのである。

だから晶子は自分が尊ぶ貞操を、あくまで「趣味」として、他人に強要しない。『青鞜』の女たちの論争が起こったあと、今度はその論争を十全に意識して書かれた論「貞操は道徳以上に尊貴である」（一九一五年）は雄弁である。

タイトルどおり、現況において貞操を道徳として提唱することは無理だというのが論の眼目である。さまざまな疑義があるのだ。貞操は女だけに必要なのか、それとも男にも必要なのか。精神と肉体、いずれにかかわる貞操が問われているのか……。晶子はまたこうも述べている。愛情がないにもかかわらず「夫婦」として同居している男女について、「貞操道徳」はなぜこれを非難しないのか、と。いかにも恋愛至上主義者に似つかわしい言葉ではないだろうか。はたして晶子はここで恋愛と結婚を実にラディカルに問い糾す。

実際、晶子は「結婚」というより「結婚主義」を批判の対象にすえている。「儀式、同棲、戸籍上の届出というような形式関係に重きを置かれる結婚にどれだけの権威があるでしょうか」「結婚さえ続けていれば貞操の全《まった》いものであるとすることも形式的な解釈です(59)」。晶子はさらに、欧米にあらわれはじめた、同棲も戸籍の変更もともなわない夫婦関係も視野に入れて性愛の行く末を見渡している。「男女は必ず結婚すべきものという理想が動揺しているのに、貞操の永久性というものが何によって保証されるでしょうか(60)」と。

であってみれば、晶子にとって「貞操」は個人的な趣味であり信条であるほかない。「私が私の貞操を絶対に愛重しているのは芸術の美を愛し学問の真を愛するように道徳以上の高く美しい或物――仮に趣味とも信仰とも名づくべきものだと思っています(61)」。この愛欲の詩人にとって「相愛」はまさに至高のものなのである……。

## 「経済結婚を排す」

ところで、わたしたちがいま読者の注意を喚起したいのはそのことではない。晶子の恋愛観・結婚観には、ラディカルなあまりに看過されがちな論点がある。

いうまでもなく晶子は「自由恋愛」論者である。だが、彼女のみるところ、現況にあっては自由恋愛など遂げようもない。なぜだろうか。女が経済的自立をはたしていないからである。「現代の結婚は大抵の場合男女の一方が一種の奴隷となり、一種の物質となって、一方に買われている状態です。男が富豪の婿となることの外は、女の方が衣食の保障を得るために一種の売淫を男に向かって行っているのが現在の結婚です[62]」。

当時、農村でも商家でも女はまだ一家の働き手であった。だが押し寄せる都市化の波とともに、主婦という名の「はたらかない女」は増加の一途をたどる趨勢にある。晶子はその女たちの結婚を「一種の売淫」と呼ぶ。二〇世紀も半ばをすぎた頃、女たちがこれを「永久就職」と呼んでいたのはまだ記憶に遠くないが、与謝野晶子ほどラディカルにこれを批判した女はいないだろう。娘時代から、結婚してから、そして六〇代を迎えて病に伏すまで、終生「はたらく女」であり続けた晶子だからこその批判であったが、時代に先駆けすぎた彼女の意見に賛同する者はほとんどなかった。シャネルと同様、晶子もまた「世のつね」の人々に理解されるには一世紀を要したのである。

そう、繰り返し確認しておかねばならない。与謝野晶子の恋愛・結婚観で看過されている論点、それは「労働」である。経済問題なのである。

わたしたちがここでこの論点を強調しておきたいと思うのは、後に平塚らいてうとの間に交わされることになった、いわゆる〈母性保護論争〉においてもこの問題が見過ごされているからである。そこでもここでも、看過されている係争点は「女の労働」なのだ。

さしあたり今ここで確認しておくべきこと、それは結婚と労働である。タイトルからして雄弁な論を引こう。「経済結婚を排す」。晶子の言う「経済結婚」とは、娘の方の親が「財力の豊富な保障を持った」婿を求める結婚である。晶子は言う。「無産階級の親達がその娘の将来のためにこういう経済結婚を望むのは或いは同情すべき点もありますが、有産階級、殊に富豪を以って目されている人達の間に、こういうさもしい結婚を娘のために求める親達のあることを私は不快に感じます。これは我娘を富家に売るものです。形式こそ異れ、精神においては我娘を娼家に売るのと同系に属しております[63]」。

上流階級にみられる「さもしい」結婚。怒りの伝わってくる晶子の言葉は、まさにシャネルを思わせる。寒村に生まれ落ち、親の庇護もなく働かざるをえなかったシャネルもまた有閑階級の貴婦人に好感を抱いてはいなかったにちがいない。シャネルは上流階級の貴婦人の身を飾る高価な首飾りを指して言ったものだ、「首のまわりに小切手をぶら下げるなんて、シックじゃないわ」と。その小切手が、自ら汗した労働の対価でないのはいうまでもないこと。金めあての結婚を「さもしい」と言い放った晶子もまた言いたかったであろう。経済結婚のために処女を守るのはさもしい、かたちは処女でもそれは売春にひとしい、と。それはわたしたちの勝手な想像にしても、それほどまでに時代は「近代の主婦」が増大の一途をたどり、「経済結婚」が盛んになっていたということである。

　この趨勢をみていたのは晶子一人ではない。上野千鶴子の「近代と女性」は明治四〇年代当時の「結婚」をめぐるメディアの言説を考察しているが、そこでも与謝野晶子と同じ見解がみうけられる。『色情衛生哲学』（黒木静也・飯田千里著、明治三九年）では、「今日の結婚は概《おほむ》ね婬売的《いんばいてき》結婚に非《あらざ》るか」として「彼等の多数は爵位と結婚せるに非ずや、地位と結婚せるには非ずや、金力と結婚せるに非ずや」と言い、「結婚を一個の商法と心得て、人身売買を為しつつある」と極言する(64)。「極言」は晶子一人ではないのである。上野千鶴子は、農村の若者宿による性の統括が次第に力を失って都市型の「近代家族」が増大してゆくこの明治末の世相について、『夫婦の愛』と『家庭の幸福』(65)が説かれるその同じ時期に、結婚が経済取引きになる趨勢が進行していったのである」と述べている。晶子の発言がこの趨勢のさなかのものであることは言うまでもないだろう。

## オンリー・ユー

　こうして見直してみるとき改めて浮かび上がってくるのは、晶子の恋愛と結婚のとほうもない「新しさ」である。右にみたように、「経済結婚」を非難したのは晶子だけではなかった。だが、それを排するために生涯働き続けた女といえば、農家や商家をのぞく都市部にみるかぎり極めて少ない。経済的に男性に依存することなく自由恋愛をつらぬいた女を見渡せば、『青鞜』の「新しい女」

たちのほか、現在に知られている女たちは数えるほどもいない。この意味で晶子の恋愛は――というのも彼女の結婚は生涯にわたる恋愛だからだが――突出して先端的である。

ということは、晶子が愛した相手である与謝野鉄幹が「男」として先端的であるということでもあろう。かれ鉄幹もまた、晶子同様、透谷のような「近代的恋愛のイデオローグ」ではさらさらなかった。鉄幹がめざしたのは詩歌の革命であって恋愛のそれではない。だが、男の器として、鉄幹は時代を一歩も二歩も先駆けていたと言ってよいだろう。晶子の恋愛観をふりかえって、改めてそのことに留意してよいのではなかろうか。

確かに鉄幹も明治時代の性のダブル・スタンダードに甘えなかったわけではない。渡韓時代の鉄幹は、かの国の芸妓翡翠と浅からぬ契りを交わし、男だけにゆるされた遊郭での放蕩を享受した。だが、明治の文士たちを見るとき、いわゆる「しろうと」の娘を相手に華麗な恋愛関係を結んだ作家は数えるほど少数である。教師という職業に助けられたとはいえ、滝野、晶子、登美子といった「才たけた」娘を相手に、華やかに、しかも粋に恋をかわした技量は見事というほかない。ちなみに同時代の文学をふりかえると、『明星』の創刊をみた明治三〇年代は尾崎紅葉の『金色夜叉』と徳冨蘆花の『不如帰』がいずれも新聞小説として大ヒットしている。ひとつは、まさに「経済結婚」、もう一つは「夫婦愛」と、いずれも近代の夫婦の物語がベストセラーになったという事実はこの三〇年代にたちおこった近代家族の生成をうかがわせるが、二作に描かれた男と女の関係は、文体もテーマもさすがに時代臭を感じさせる。

これにくらべ、鉄幹と晶子と登美子のあいだの愛のもつれは、登美子が強制結婚に従ったという時代性をさしひけば、心理劇として現代の男女の愛の葛藤そのままに生々しい。思うに、当時にあって「自由恋愛」を貫いて破綻も転向もなかった男女は晶子と鉄幹のカップルぐらいではなかろうか。そこにはイデオロギーや理想に縛られた「道徳」の悲劇や欺瞞がいささかもない。不自然な「純愛」もないし、不自然な「愛欲の無政府主義」もない。晶子の懊悩は現在のわたしたちが味わうようなそれであり、女にそんな苦悩をなめさせる鉄幹の身勝手さについても同じである。永井荷風のような色遊びならともかく、才たけた良家の娘、そして後には人妻を相手に「あまた恋ふ」ような男は当時にして実に異彩を放っている。鉄幹は「愛の遊戯形式」にかけて天賦の才があったというよりほかないが、その鉄幹の『相聞』に、こういう歌がある。「ねがはくは迷《まよ》ひてさめぬ凡心《ぼんしん》のわれをゆるして戀《こひ》に朽《く》ちしめ」。晶子の難詰に苦しく応えているようにも聞こえる。明治の男としては例外的に、鉄幹はここで性のダブル・スタンダードに居直ることなく、心底「うしろ暗さ」を感じているのはまちがいない。

だが、そうして男が朽ちようとしていた恋はどんな恋であったのだろう。

罌粟《けし》さきぬ思《おも》ふは矯《ひく》き屋根裏《やねうら》の夕焼《ゆふやけ》に寝《ね》て吸《す》ひし唇《くちびる》
花薔薇《はなそうび》しなへて微《ほの》に息づきぬむかしの人《ひと》のくちづけの香《か》に

詠まれた女はいったい誰であったのか、はたして現実の女を詠んだものかどうか……。だが「むかしの人」が晶子でないことだけは確かだろう。登美子がひとり郷里で死んだのは『相聞』上梓の前年のこと。いずれにしても鉄幹の歌は鈍色の憂愁に染まって沈思を誘う。ヴェルレーヌを思わせる「憂き恋」の色香がある。さぞかし晶子は妬心を悩ませたことだろう。それらすべての恋の葛藤が、明治という時代を感じさせない。

晶子はこの鉄幹を「男」と呼び、「恋人」と呼び、すべてを賭して恋愛を至上のものとした。

女より選ばれ君を男より選びし後《のち》のわが世なり是れ　『舞ごろも』

こうして鉄幹を「絶対」とした晶子に最もふさわしい言葉はやはり「恋愛至上主義」であろう。晶子のその恋愛至上主義を彷彿とさせる一文がある。平塚らいてうを批判した文である。

大正九年、「新婦人協会」のメンバーとなったらいてうたちは、家庭の婦人と子孫の保護を目的として、さらには「男子の性的放縦への制裁の意味合い」をもふくめ、「花柳病男子の結婚制限に関する請願書」を起草して性病罹患の検査を法的に義務づける民法改正案を請願した。結婚に際して診断書提出を義務づけようとしたのである。これにたいする晶子の反論がいかにも彼女らしい。「私は、結婚については恋愛のみを主として考えたい。殺風景な花柳病などを問題としたく思いません」(66)。

「殺風景」と言い捨てるところが耽美派らしい。まさに「シックじゃない」のである。「臭い物は別に始末すればよろしい」と彼女は言う。実際、自由であるべき恋愛に法の規制を招来するような請願は晶子からすればナンセンスきわまりない。「恋愛は高く遥かに政治や、法律や、科学や、論理の彼方にあります。熱愛する一対の男女の中に健康診断書の有無が何であろうぞ[67]」――怒りのあまり、思わず文語をつかう晶子は恋愛歌人の面目躍如である。恋愛も結婚も、さらに出産や育児にも国家の関与は要らざることだ。恋という私事に一身を賭す近代の「個」が、国家の干渉を排すのである。

天地《あめつち》のいみじき大事《だいじ》一人《いちにん》のわたくしごととかけて思《おも》はず　『夢之華』

晶子にとって恋は「天地のいみじき大事」であり、「相愛」はゆるがぬ思想であった。貞操とは彼女のその思想の別名にほかならない。

ところで、先にもふれたが晶子は「処女」という語にもこの「貞操」の意をこめて使うことがある。だからこそ晶子の性愛観は誤解を招いてしまうのだ。極端な一例をあげる。ほかでもない、平塚らいてうを批評した文である。大正二（一九一三）年、『青鞜』を創刊した平塚らいてうこと平塚明子は『中央公論』に「新しい女」を発表した。請われて書いた一文だが、ジャーナリスティックな才気に富むタイトルは時代のキーワードにさえなった。森田草平との心中事件でセンセーションを呼んだこの才女は一時期メディアの寵児の観があった。その同じ『中央公論』が与謝野晶子に平塚明子論を依頼する。晶子はすでに『青鞜』創刊から協力を惜しまなかったが、平塚明子の人柄を好きでなかったらしい。「自分は迷っています」と題されたその明子評は、晶子らしくなく、すこぶる嫌味に富んでいる。「他の女を威圧して掛る」明子の文章に「反発を感じている」と述べるくだりはまだしも、後半、明子の男関係を暴くような文言は品を欠く。引用しよう。

「こんな清教徒の信仰のような恋愛観、貞操観を以ている自分にとって、平塚さんが娘時代の貞操の乱れた日本の気風の中に、処女の貞操を自重しながら、女子の解放や恋愛の権威を論ぜられたりするのが嬉しかった(68)」。「処女の貞操」「清教徒の信仰のような恋愛観」――晶子の言葉はたしかに時代臭がする。ところが、伝え聞く明子の行動はそんな彼女の心情を裏切ったのである。平塚さんは「処女ではない」ばかりか、「貞操」を弄んでいるらしいと言う。「従来の無教育な娘がした様なふしだらを行い、女の貞操を二三にして平気でいられるなら、それは思想の堕落であり肉の解放である(69)」。そして晶子は文をこう結ぶ。「どれが真実ですか。自分は迷っています。自分は之を思うと涙がにじんで来る。あくまで平塚さんをそんな女として考えたくないのですから(70)」。歯切れ悪く、嫌悪感に満ちた感情的な言葉に接してわたしたちも迷いかねない文章である。何が晶子にこのような文を書かせたのだろう。晶子はまだこの時点で「貞操無用論」を記したらいてうのエッセイを読んでいない……だから晶子は幻想を抱いてもいたのだろう。はっきりしていること、それは与謝野晶子と平塚らいてうはそりが合わないということである。事実二人のあいだに交友関係はない。

だが、晶子の性愛観はいったい何が真実なのだろうか。

一つだけ確かなこと、それは晶子にとって性愛の「貞操」が絶対であるということだ。「女の貞操を二三にして」は平気でいられない、それが与謝野晶子の思想なのである。貞操は「道徳以上に尊貴」なのだ。晶子のこの信念は、大正五年、三角関係の果てに神近市子が大杉栄を刺した、かの日蔭茶屋事件をめぐる意見にも表れている。『太陽』のエッセイで晶子は神近市子の懊悩に深い同情をよせ、大杉栄の言う「愛情の無政府主義」を、「後から付け足した偽悪的強弁」にすぎないと非難している。(71)「二」に賭ける熱愛者にいかにもふさわしい言葉ではないだろうか。

といってそれに「純潔」とか「処女の聖化」「プラトニック」などといったレッテルを張ってしまうと、すっぽりと抜け落ちてしまうものがある。いわば、与謝野晶子の恋の風景が「殺風景」になってしまうのだ。あの「愛欲の詩」がすべてかき消されてしまうから……。

だから、やはり重ねて言わなければならない。晶子は当代随一の性の表現者であった、と。ただし、性愛の相手は天地に一人。彼女にとってその貞操は絶対である。そして、その貞操さえ守られるなら、晶子は房事の秘事さえ歌にしてはばからぬ性愛の表現者である。二年前、パリの地での歌。

門入《かどい》りて敷石《しきいし》の道《みち》いとながし君《きみ》と寝《ね》んとて夜毎《よごと》かへれば　『夏より秋へ』

いとしい鉄幹をパリにやったのは、「私の貞操観」連載を終えた直後のことだった。自分から薦めた留学であり、その資金作りに懸命の奔走をしたにもかかわらず、鉄幹恋しさに駆られた晶子は遂に後を追って海を渡る。その間、ひとり寝の寂しさを幾度となく歌に詠み詩にした晶子は、君ひとりを慕ってやまない「恋する女」である。

　ねがはくば君《きみ》かへるまで石《いし》としてわれ眠《ねむ》らしめメヅザの神《かみ》よ　『青海波』

　晶子の貞操は古いのか、新しいのか。もちろん、古い。そもそも貞操などまったくの死語である。けれども、彼女の詠んだ嫉妬の数々、恋の悶えは、いまなおリアルにわたしたちのこころに迫る。そして、晶子を悩ませた鉄幹の凡心もまた。罪ある恋に身を沈め、その侘しい重みをじっと耐える男のうらぶれもまた何と哀しいことだろう。性愛の諸悪の渦まく海はわたしたちを想いに沈ませる……何処にか海の果てがあるだろうか。

　愛欲の海は限りない。人並みならぬ恋ならば、煩悶もまた。

　晶子にとっていかに鉄幹が「絶対」であったのか、ありありとしのばせる詩を引いてこの節を閉じよう。遂にパリに旅立つ意をかためた出発の詩である。

　いざ、天の日は我がために
　金《きん》の車をきしらせよ。

颶風《あらし》の羽《はね》は東より
いざ、こころよく我を追へ。
黄泉《よみ》の底まで、泣きながら、
頼む男を尋ねたる
その昔にもえや劣る。
女の戀のせつなさよ。

晶子や物に狂ふらん、
燃ゆる我が火を抱きながら、
天《あま》がけりゆく、西へ行く、
巴里《パリイ》の君へ逢ひに行く。(72)

「一」に賭ける熱愛者——これもまたこの「恋する女」の魅力の秘密ではないだろうか。

## 7　シャネルのフェミニスト批評

### 彼女の伝説

与謝野鉄幹がパリに着いたのは一九一一年。翌年晶子も後を追ってやって来る。その頃シャネルはようやくマルゼルブ通りからカンボン通りに店を移したばかりだった。いまだ社交界でも名は知られていない。ロシア・バレエが花開き、豪華客船と共にアメリカ人がパリをにぎわす「狂乱の二〇年代」を前にして、モード界の帝王の座に就いていたのはポール・ポワレだった。

シャネルは三〇歳になろうとしていた。イギリス人の恋人アーサー・カペルは三〇代の若さで石炭運輸事業で財を成した実業家。自動車事故で不慮の死を遂げるまで、シャネルの仕事のパトロンでありよき助言者であった。「彼こそ私が愛した唯一の男よ」。後年シャネルはそんな言葉を残している。数年後に彼を亡くすことも知らず、ココは輝かしい成功への道を歩んでいるようにみえた。だがその道はどこに始まっていたのだろうか。いったいシャネルは、いつ、どこで生まれたのか。これこそ、シャネルが生涯にわたって隠し、偽りを重ね続けた秘密である。

晶子とシャネル。生涯「はたらく女」であったこの二人の生い立ちは天と地ほどにもちがう。晶子は堺の歴とした商家の生まれ。後妻の母は店のきりもりに甲斐甲斐しく働く毎日を送った。そんな母の姿を見て育ったからこそ、晶子にとって働くことは当然だった。故郷をうたった彼女の歌は独特の幸福感をたたえている。「海戀し潮《しほ》の遠鳴り数へては少女となりし父母《ちちはは》の家」(『戀衣』)。

一方シャネルには恋しい故郷も父母もなかった。本格的伝記として定評のあるシャルル＝ルーのシャネル伝『イレギュリエール』が出るまで、彼女が生まれたのはオーベルニュ地方だと思われていた。シャネルが自分でそう言っていたからである。だがどうやらそれも本当ではないらしい。生地はフランス北西部のソミュールである。いずれにしてもパリから離れた田舎であるのは同じだが。父の身元もはっきりしていない。農民の出で、放浪をしながら細々と商いをする露天商だったらしい。ガブリエル・シャネルはその父に捨てられた孤児だった。

だが、それこそシャネルが誰にも言いたがらなかった秘密である。晩年、亡命先のスイスでシャネルと会い、話し相手になった外交官作家ポール・モランは聞き書きスタイルのシャネル伝『シャネルのアリュール』を残しているが、そこでシャネルはこんなせりふをはいている。

人間、誰しも伝説があるわ、馬鹿げた伝説もあれば夢のような伝説もある。私の伝説ときたら、パリの人から田舎の人から、馬鹿者も芸術家も詩人も社交人士も、みんなで寄ってたかってこしらえあげたもの。諸説あって、入りくんでいて、簡単かと思ったら複雑で、何が何だかわからなくなってしまう。……

とにかく私の伝説には壊せない二本の柱があるのね。一つは、私の出。いったいどこから来たのか。ミュージック・ホールで働いていたとか、オペラの踊り子だったとか、それともラヴホテルで働いたとか。残念ね、もしそうだったら面白かったでしょうに(73)。

シャネル独特の韜晦に満ちているが、孤児という生い育ちはシャネルでなくても口にしたい話題ではなかっただろう。『イレギュリエール』は彼女の韜晦癖について語っている。「なかでも彼女が絶対に口にしなかった言葉が一つある。それはまさに《孤児院》という言葉だった。この禁句は、その毒性を最後まで保ったまま、死ぬまで彼女の心にしまっておかれた言葉である(74)」。

孤児院で育った少女は、孤独に働くように生まれついた。依存するということ、それこそシャネルの人生の辞書にない言葉である。男に伍し、男を追いぬき、パリを征服するまで働き続ける。その波乱に満ちた生涯は、二一世紀を迎えてなお驚異的というほかない。

二〇世紀のフランスにあって、さまざまな意味でシャネルは孤立していた。まず、農村以外で「はたらく女」が実に少なかったこと。これは明治の日本に生きた与謝野晶子とまったく同じである。八七歳で生涯を終える日までシャネルは働き続けたが、当時のオートクチュールの世界でもデザインのコピーをめぐってシャネルはひとり孤立していた。ブランドの根本的なコンセプトが他のデザイナーとちがっていたからである。だがこれは後章のテーマ。いま語らなければならないのは、シャネルの生涯にわたる孤独についてである。奔放に少女《おとめ》の恋をうたった与謝野晶子にくらべ、シャネルの少女時代は修道院の高い壁のなかに閉ざされていて、他人にはのぞけない。真実は粉飾されていて定かでないが、モランに語った少女時代の想いはそれほど真実からへだたってないのではないだろうか。

六歳で、早くも私は孤独だった。母は死んだばかりだった。父は、まるで重荷を捨てるみたいに私を叔母のところに預けると、すぐにアメリカに旅立って二度と戻ってこなかった。孤児……それ以来、この言葉を聞くとぞっとして恐怖に身が凍る。今でも、幼い少女たちのいる孤児院に寄って、「この子たちは孤児なんです」という言葉を聞いたりすると、涙がこみあげてきてしようがない。(75)

父がアメリカに渡ったというのはいつもの粉飾である。露天商の父親は娘を捨てて行方をくらましたのだ。また、「叔母のところ」というのも嘘である。少女があずけられたのは、当時孤児をひきとっていた修道院であって、叔母の家ではない。

オバジーヌの修道院の簡素さ、ベージュや黒といった地味な色などは後々シャネル・モードにインスピレーションを与えたと言われているが、とにかく確かなことは、孤児となったこの少女が自活すべく運命づけられていたということである。生活費を稼ぐこと、それはシャネルにとって第二の本能のようなものだった。稼いで、自由になる金を手にすること、それは見捨てられたこの人生を前にむかって開く唯一の扉だった。

印象的な言葉でシャネルはそれを語っている。

ずっと小さい頃から、もう私にはわかっていた。人間はお金がなければダメ、お金があれば何でもできるのだって。でなければ、夫に依存しなければならない。もし金がなかったら、誰か男の人が私を求めてやって来るのをじっと待っていなければならない。それで、もしその人がいやな人だったら？　他の女の子だったらおとなしく諦めたかもしれない。だけど私はいやだった。プライドの高い私は苦しんだ。そんなのは地獄だと。だから私は自分に言い聞かせたわ。金、それが鍵なんだ、と。こんなこと、それじたい別にめずらしいことでも何でもないけど、大事なのは、私が一二歳ですでに現実をわかっていたということだ(76)。

シャネルの言葉ははるかに晶子のそれとひびきあってはいないだろうか。シャネルがここで語っているのは、経済的自立をしない一九世紀の女の運命そのものである。金がなければ、女は夫に依存しなければならない……。つまりあの「経済結婚」が女たちの運命なのだ。孤児として育ったシャネルは、一二歳でこの現実にノンを言った。過酷な境遇は、少女に二〇世紀の女の生き方の鍵をあたえたのである。

## シャネルと青鞜

シャネルが生まれたのは一八八三（明治一六）年。与謝野晶子より五歳ほど若い。第一次大戦にかけてベルエポックと呼ばれたこの時代、上流階級の貴婦人たちは美々しいモードでパリの綺羅を飾った。当時スノッブな流行のスポットだったのはブーローニュの森。最新流行の装いでオープンの四輪馬車に乗り、華麗な衣裳を見せびらかしながら森を一周するのが社交界のしきたりだった。この貴婦人たちのドレスの丈をばっさりと短くするデザイナーが出現するのは大戦後のこと。その時にむけて、パリは次第に自動車の数を増やし、地下鉄が走り、モダン・エイジへの変貌が徐々に始まっていた。

だが、女性の社会的地位はといえば、日本とさして変わっていない。いや法的な見方からすればむしろ日本よりはるかに後れていた。一九世紀初頭に定められたナポレオン法典が女性蔑視でこりかたまっていたからである。参政権はおろか、一家の財産は父ないし夫に握られていて、女性の法的地位は劣悪きわまりなかった。

ただし、前節でもみたように、フランスの文化の基本は男女である。姦通がきわめて頻繁におこなわれた。殊に貴族階級は、「爵位」結婚が伝統であったから、不倫関係はいわば公然の秘密として容認されていた。文学を見ても、スタンダールの『赤と黒』からモーパッサンの『ベラミ』、ゾラの『ルーゴン・マッカール叢書』、さらにプルーストの『失われた時を求めて』に至るまで、ほとんどが不倫の恋の物語である。ピューリタンならぬカトリックの国フランスでは「貞操」が守られるのは難しい。姦通罪は女性に重くのしかかった。

もちろん女性のおかれたこの低劣な現状は、変革をめざす解放運動をひきおこす。一七九一年、フランス人権宣言の女性蔑視を告発したオランプ・ド・グージュの「女性の権利宣言」にはじまって、一九世紀、フーリエやサン゠シモン主義など、いわゆる空想的社会主義の台頭とともに女性解放運動が火蓋を切り、二〇世紀後半のウーマン・リブの波に至るまでフェミニズムの流れは途絶えることなく続いてゆく。けれどもそうしたフランス・フェミニズムの歴史を追うのはもとより本書の任ではない。さしあたってわたしたちの関心にある二〇世紀初頭、女性解放はどのような動きをみせていたのか。山口昌子『シャネルの真実』に要を得た紹介があるので引用しよう。

シャネルの生まれる前年……実はフェミニズムという言葉がやっと日常語になった。この年、パリ五区の区役所で、女優であり、女性政治家であったマルグリット・デュランが議長を務めた女権会議が開催された。フェミニズムという言葉自体は一八三〇年ごろ、無尽蔵に新語を発明した空想家、シャルル・フーリエが使い出した言葉だ。シャネルの母親が、女性の権利どころか、人権もまったく無視されるような環境で娘を生んだころ、女性の権利という観念がフランス人の意識に上り始めていたわけだ(77)。

一九六〇年代後半のアメリカから起こったウーマン・リブの波は全世界に波及し、もちろんフランスにもその波は広がった。八七歳の生涯を送ったシャネルはリブ旋風もミニスカートの大流行も目の当たりにしている。第二次大戦から十数年に及ぶスイス隠棲にピリオドを打って、パリのメゾンを再開したのが一九五三年。このとき、実にシャネルは七〇歳だった。フランスの片田舎で孤児として育った少女はたった一人でパリを征服したのである。「伝説」に粉飾された若き日々の真実は定かでないが、確かなことは彼女が天才的なセンスによってモードの世界に押し入り、誰にも依存せずにキャリアを築きあげたということである。彼女の名は全パリに響き渡り、世界に馳せた。とりわけウーマン・リブの発祥の地アメリカはシャネル・ファッションに熱狂した。

だがシャネルの方はいったいどうだったのだろう。ココ・シャネルはフェミニストをどう思っていたのだろうか。

というのも、実はシャネルはフェミニストについて辛辣きわまりない言葉をのこしているのである。与謝野晶子が平塚明子を評した、あの歯切れ悪い言葉を思い出す。明らかに晶子は相手に嫌悪感を抱いている……。そして嫌悪感というなら、シャネルほどはっきりした女はいなかった。一九世紀のモードを覆した彼女の比類ない才能は、実にこの嫌悪感に負うものが大きい。モランを相手にシャネルはこう回想している。

どうして自分がこの職業の世界にとびこんで、モード革命みたいなことをやってのけたのか、自分自身にたずねてみることがあるわ。自分の好きだったものを創造するためじゃなかった。それより何より、自分の嫌いだったものを時代遅れにするためだった。私は自分の才能を爆薬に使ったのだ。私にはとびきりの批評精神と批評眼がある。「私には確かな嫌悪感がある」とジュール・ルナールが言っていた、あれね[78]。

その批評精神と批評眼をもって、シャネルはベルエポックのモードを一掃し、モダン・エイジのモードを創り出した。彼女の創造した新しいスタイルは、男の愛玩物として男に媚びるような女の衣裳を一掃した。それこそシャネルの嫌悪をそそるものであったのだ。彼女は見事なまでにそれを時代遅れにした。

けれども、シャネルは「女らしさ」を愛したのである。

女らしさ――この言葉は、わたしたちを立ち止まらせる。男に媚びる女の衣裳を時代遅れにすべく、初めてパンツを履きこなし、男もののセーターを着こなしてユニセックスなファッションを世界に広めたこのシャネル、しかもその生涯の事業をどんな男性にも依存せずにやりとげた彼女の口から「女らしさ」という言葉を聞くのは実に感慨深い。けれども確かにシャネルは「女らしさ」に味方しているのである――フェミニストに反対して。

自分の生い立ちを嘘でかためてきたシャネルはマスコミ嫌いだった。ジャーナリストと彼女の間にはトラブルがしばしばだったが、そのなかでシャネルの愛顧を勝ち得た男性ジャーナリストが気難しい彼女を遂にテレビのロングインタビューに出演させるのに成功した。死を二年後にした最晩年のシャネルの肉声を聞ける貴重なインタビューである。そこでキャスターの投げた数々の質問の一つに、こういう問いかけがある。

――ブルー・ストッキングをどうお思いですか？

与謝野晶子と『青鞜』のあいだのやりとりを思い出す。ちなみに、一八世紀ロンドンに起こった閨秀サロンにちなんで創刊雑誌の名を『ブルー・ストッキング（青鞜）』と命名したのは、企画にあたった評論家生田長江である。

シャネルにもどろう。いつもの高飛車な話し方で、相手が言い終わるのを待とうともせずに、シャネルは毒舌をふるう。

まず、いなすかのようなプロローグの一言。

――そんな数の少ない人たちのこと聞いてもらっても困るわよ。こちらは服を売るのが商売なんだから(79)。

聞くだに、シャネルの侮蔑感が伝わってくる。それかあらぬか、次のような言葉が続く。

――ドレスは、女らしく、エレガントに、男性に気にいられるために着るものよ。だのにブルー・

ストッキングは男性に嫌われるありとあらゆることをやった。で、成功したわよ。嫌われたから。(80)」「確かな嫌悪感」は相手の本質を見抜く。毒あるシャネルのフェミニスト評は何と残酷にブルー・ストッキングの一面を言いあてていることだろう。

それにしても、ドレスは、「女らしく」「男性に気にいられるために着るもの」という彼女の言葉はわたしたちを考えさせる。晶子の貞操論争ではないけれど、シャネルは古いのか新しいのか。いや、「古い」「新しい」というコンセプトそのものが無益なのだろう。シャネルはただフランスのセクシュアリティの精神を語っているだけなのだ。先に晶子の相聞論でふれたおり、法的地位がどうであろうと、婚姻関係がどうであろうと、フランスではとにかく「男と女」が文化のベースなのである。問わず語りに「女」を語るシャネルの言葉は、かの地の文化をまざまざと伝えて印象深い。

――女は、愛されるよりほか、幸福になりようがない。愛されること、必要なのはそれだけ。男に愛されない女は無にひとしい。女は愛されるためにだけ生きているのだから。年齢は関係ないわ、若くても、歳をとっていても、母親でも、愛人でも、何でもいい。とにかく女は男に愛されるために生きている。愛されない女は女じゃない(81)。

このモードの革命児は、まさしくフランス文化の申し子なのである。もしも与謝野晶子が聞いていたらどう思ったことだろう。我が意を得たりとうなずいたのではなかろうか……。とまれわたしたちは晶子とシャネルの間にあるまぎれもないコレスポンダンスを確認しておいてよいだろう。「男に愛されない女は女じゃない」、こう断言するシャネルと相聞を生涯のスタイルとした晶子はまさに魂の姉妹である。

# 第二章　一九〇〇年　パリ—東京

# 1　パリのみだれ髪――アール・ヌーヴォー万博

## アール・ヌーヴォーと『明星』

鉄幹の後を追って晶子がパリの地を踏んだのは一九一二年。シャネルの登場からしばらく時をさかのぼって、ベルエポックのパリを訪ねてみたい。いや、その前にもう一〇年ほど時計を巻き戻し、きっかり一九〇〇年に立ちもどってみよう。一九〇〇年はいうまでもなく『明星』創刊の年。その時からすでにパリと東京のコレスポンダンスが始まっている。

『明星』がマルチメディアな雑誌であることは先にみた。ことに版型を刷新した六号からは美術が大きな比重を占め、表紙からレイアウトまで見るからにハイブロウな西欧の香りがくゆりたつ。その充実ぶりは、誌面づくりに協力した画家の名を列挙するだけでも十分に伝わってくる。表紙の装画は一条成美、藤島武二、和田英作、カットその他には、三人にくわえて黒田清輝、青木繁、中沢弘光、岡田三郎、石井柏亭など、「白馬会」系の洋画家たちがそろっている。かれらの意匠の力を借りて『明星』はいやがうえにもハイカラな洋風のイメージをかもしだした。

なかでも『明星』最盛期に筆をふるった一条成美と藤島武二は雑誌の美的イメージを先導した。たとえば六号の表紙にもよくそれが表れている。星の瞬く夜空を背景に大輪の百合に唇をよせた少女はほとんど裸身だが、淫らな印象は少しもなく、憂いを秘めた面差しと膝まで垂れた長い髪がフェミニンな情緒をたたえて美しい。カタカナで横書きの「ミヤウジヤウ」は、絵と一体化したグラフィック・アート。その意匠は明らかにアール・ヌーヴォーである。この傾向は号をすすむごとに鮮明で、歴然とミュシャの絵を下敷きにしたと思われるイラストも少なくない。ミュシャと『明星』、パリと東京の照応は驚くばかりである。

和歌という旧弊な門を打破してジャンルの混交をめざした鉄幹の意図は、洋画という、これも新興ジャンルの芸術家たちとのコラボレーションを成立させた。言語の壁に妨げられることなく西欧美術を吸収していた画家たちは、逸早く雑誌に西欧の息吹を吹きこみ、パリ―東京の同時性を実現したのである。

その同時性の秘密、それはパリ万博である。

一九〇〇年、万博の祝祭気分に沸きかえるパリではアール・ヌーヴォーが絶頂期を迎えていた。会場の内外で装飾模様が波を描き、「鉄の花」が咲き乱れていた。幾多のパヴィリオンがアール・ヌーヴォー様式で建てられ、ミュシャもその一つを担当してみごと銀賞を射止めている。エミール・ガレのガラス工芸はグランプリの栄誉に輝き、繊細をきわめたルネ・ラリックの宝飾品もひときわ観客の目を瞠らせた。こうしてアール・ヌーヴォーを堪能して会場を後にした観客は、場外でふたたび鉄のアートに出会う。万博開幕から三月ほど遅れはしたものの、エクトール・ギマールの設計になるメトロの駅が完成なって、街のそこここに鉄の花を咲かせていたからである。

といって、この世紀末芸術が日本に伝わったのは一九〇〇年が初めてではむろんない。むしろアール・ヌーヴォーの方が日本芸術からインスピレーションを受けていたのは周知のとおり。浮世絵は印象派の時代から多くの作品がパリに渡り、着物もすでにキモノで通っていた。一九〇〇年パリ万博はこうした日仏文化交流のピークを極め、これを機に、美術が海を渡るスピードは加速化する。出品と視察をかねて万博に赴いた黒田清輝を皮切りに、藤島武二、高村光太郎、藤田嗣治、石井柏亭、梅原龍三郎、木下杢太郎、東郷青児、坂本繁二郎、佐伯祐三と、きらびやかな才能が海を渡る。石井柏亭を親しい弟子にして、「白馬会」の画家たちと親交のあった鉄幹のもとにはどの文壇より早く洋画の情報が伝わり、『明星』はその普及に力をいれた。

こうして『明星』はパリとほぼ同時発信でアール・ヌーヴォーを日本に伝える雑誌になった。装飾芸術であるアール・ヌーヴォーがグラフィック・アートと親和的だったのもこの動きに大きくあずかっていたにちがいない。彫刻や壁画などとちがってポスターを得意とし、それじたいが複製芸術であるグラフィック・アートは模倣を誘発し、模倣を許容するジャンルでもある。『明星』の画家たちは大胆な模倣をためらわなかった。一九〇〇年、パリと東京、短歌とアール・ヌーヴォーはこうして幸福な結婚をみたのである。

そのなかでも最も幸福な結びつきを見たゴールデン・カップル、それこそ、翌一九〇一年刊行の『みだれ髪』であった。

実際、藤島武二の手になるアール・ヌーヴォーの装丁は、短歌という伝統芸術にファッショナブルな洋装をさせたといってもいいだろう。流れ落ちるような流線のグラフィック・アートは小振りの版型に良くマッチして、エキゾチックな魅力をたたえている。『みだれ髪』のライトモチーフともいうべき少女《おとめ》の髪は、アール・ヌーヴォー好みの髪のモチーフと見事な諧調をつくりだした。ゆたかに波うち渦まく少女の髪は、太いハートの線を描き、恋の矢に射抜かれたハートからしたたる血潮は太く、濃く、「みだれ髪」の文字をなぞってタイトルを描きだす。藤島武二のこの表紙画は、伝統的な和歌の世界から遥かなところへと読者を運んでゆく。宮廷文化の「黒髪」が、ここに新しい装いを得て二〇世紀の《私》の恋のイコノグラフィーに生まれかわったのだ。

いやむしろ事態は逆であって、『みだれ髪』が藤島武二の才能に絶好のモチーフをあたえたと言うべきなのかもしれない。ゆたかに波打つ女の髪、それこそアール・ヌーヴォーが最も好んだモチーフであって、珊瑚に金の波がうねるルネ・ラリックの櫛など、まるで晶子の歌のためにあるかのよう。優美にうねり、流れ、妖しい渦をまき、ひとの心をかき乱す女の髪。

くろ髪の千すぢの髪のみだれ髪かつおもひみだれおもひみだるる

みだれて波かとうねる髪は、水を呼び、水とともに一つの流れとなってただよう。髪は水に浮かんでさざめき、波うち、みずから水の流れとなる。

髪《かみ》五尺ときなば水にやはらかき少女《をとめ》ごころは秘めて放たじ

みなぞこにけぶる黒髪ぬしや誰れ緋鯉のせなに梅の花ちる
たけの髪をとめ二人《ふたり》に月うすき今宵しら蓮《はす》色まどはずや

水、月、髪、それらはかたみに他を呼び、映しながら、まどわしの色に染まってゆく。水にゆらぐ「黒」と「緋」に散りかかる花の色……まことに『みだれ髪』はアール・ヌーヴォーの宝飾さながら華麗な髪のファンタジーを繰り広げてゆく。虹色にきらめきつつ、水の流れさながらに、さまざまに姿態を変えて。みだれ髪、とき髪、たけの髪、朝寝髪、夜の黒髪……。

こうして晶子の歌が東西の芸術の交流のなかから生誕したプロセスを芳賀徹の『みだれ髪の系譜』は次のように語っている。「与謝野晶子はこうして縦に新古今《しんこきん》の歌と天明俳諧《てんめいはいかい》のみだれ髪の血統をうけつぎながらも、それに劣らぬほど強く深く同時代ヨーロッパの藝術運動の横波を浴びていたのにちがいない。この東西・縦横二つの流れの交叉《こうさ》するところに、明治三十四年、二十世紀最初の年の歌集『みだれ髪』は成り立っていたのであろう(1)」。

東西・縦横二つの流れの交叉するところ――パリと東京、アール・ヌーヴォーと短歌、言語芸術と美術、明治とヨーロッパ世紀末、それら二つのクロスするところに晶子は二十歳《はたち》の少女《おとめ》の髪のアートを繰り広げたのである。

## モダン・エイジへ

芳賀徹はまたこうも語っている。ラファエル前派の描く哀切なオフェーリアが畢竟「死せる女」の美でしかないのに対し、「春の流れにうねる黒髪の美しいみだれ模様のなかに」晶子が歌いこめたのは、「明治生まれの若い女のいのちのゆらぎ」であった、と。(2)

言われるとおり、髪と水が響きあうフェミナンな美はアール・ヌーヴォーそのままだが、『みだれ髪』に世紀末的頽廃の色はうすく、むしろその衝撃力は、ほとばしる若いいのちのゆらぎに在る。おもいみだれるのは、二十歳の《私》の恋心、水にゆれる黒髪は、今を生きる《私》の生命の輝き。この意味で言えば、『みだれ髪』は世紀末的美意識からはるか遠く、明けそめた新世紀の側につく。

世紀末の余韻と、未来に向かう新世紀への胎動。『みだれ髪』について言えるこの二つのベクトルは、実は一九〇〇年万博そのものの持つ二つの顔でもあった。そもそも一九〇〇年とは一九世紀末なのか、それとも二〇世紀なのか。一九〇〇年のパリはいったいどのような相貌をみせていたのか——東京新詩社と『明星』をいったん離れ、一九〇〇年のパリを探訪してみることにしよう。

一般に「世紀末」という語には衰弱や死のエロスといったデカダンスのイメージがつきまとっている。ラファエル前派や象徴派芸術がその典型だ。けれども、そのような高踏的な「芸術」の領野を離れて広くフランス社会全体の動静を見るとき、事実はむしろその逆だったのではないのだろうか——こうした問いを掲げたE・ウェーバーの歴史書『フランス世紀末』はフランス社会の経済的・文化的実態を精査して、従来の世紀末イメージを刷新した。そうして見えてきたのは、「技術革新」の世紀末である。一九世紀末はさまざまな分野で技術のイノヴェーションが起こった「進歩」の時代であり、大衆的消費文化が広がり始めた「民主化」の時代であった。

一八八〇年代と一八九〇年代は、未来にとって基本的な重要性をもつイノヴェーションの数々が生まれた時代だった。すなわち、暖房と照明と交通の新しい手段が生まれた。余暇、スポーツ、教育、さらに遠方への旅行。それらがずっと手近なものになった。電信、電話、タイプライター、エレヴェーター、大量輸送手段、さらにはあのすばらしい個人的乗物である自転車――電気にふれるまでもなく、これらはすべて世紀末が勝ち取った成果であった(3)。

ウェーバーが列挙している「イノヴェーションの数々」はフランス世紀末の活力を生き生きと伝えている。鉄道網が飛躍的な伸びをみせて旅行ブームに沸いたのもこの時代であり、都市化の進展とともに週末が「レジャー」に結びついてゆく。レジャーのなかで急速に人気を集めたのはスポーツだった。セーヌ河のレガッタについでテニス熱が広がり、ゴルフも始まる。こうしたスポーツ熱がベースにあってこそ、一八九六年の第一回アテネ・オリンピックがあったのである。名高いミュシャのタバコ広告ポスター「ジョブ」がヒットしたのはオリンピックの翌年のこと。アール・ヌーヴォーの世紀末はスポーツの世紀末でもあり、来るべきシャネルのスポーツ・ウェアはすでにここに端を発している。

こうして新世紀へのテイクオフをめざす革新の数々が一堂に顔をあわせるところ、それがほかでもない万博会場であった。そのハイテク万博には、わたしたちにとって絶好の案内人がいる。ほかでもない、あのシャネル伝を書いた外交官作家ポール・モランである。詩、小説から紀行まで多様なジャンルを手がけたモランは、『一九〇〇年』という回想録を残している。書かれたのは一九三〇年。ちょうどわたしたちが昭和を回顧するように三〇年前をふりかえった回想録は、懐旧というにはあまりに溌剌としたみずみずしさをたたえている。たとえばモランは「一九〇〇年」についてこんな言い方をする。「一九〇〇年は最終期限日であり、五〇年祭であり、過去と未来の結婚だった。一九世紀は一九一四年に終わったという意見があるが、わたしは賛成できない。一九世紀は一九〇〇年に終わったのだ。一九〇〇年、それは、恋愛の、料理の、金融の、アンシャン・レジームだった(4)」。

恋愛のアンシャン・レジーム。こういう表現に二〇世紀作家の感性の在りかがうかがわれるが、モランが生まれたのは一八八九年、奇しくも前回のエッフェル塔万博の年。少年モランは一九〇〇年に一一歳になっていた。その頃をふりかえって語っている。「年寄りたちはドレフェス派とアンチ・ドレフェス派に分かれていた。けれどぼくたちは蒸気自動車とアルコール式自動車に分かれていた(5)」。流行の先端を行く乗り物に夢中なハイテク少年の姿が浮かんでくるようである。

実際、万国博覧会はこのモダン・エイジの申し子を熱狂させた。『一九〇〇年』が最も多くの頁を割いているのは万博の思い出である。題して、「イリュージョンの宮殿、あるいは万国博覧会」。

「イリュージョンの宮殿」とは、トロカデロの庭にずらり並んだ植民地展。フランス帝国主義の祭典である一九〇〇年万博は、全植民地のパヴィリオンを一堂に集めて気楽な「眼の娯楽」に供していたのだ。世界旅行のワンダーは、少年モランを夢中にした。

「ぼくたちの子供のような目は、魔法にかけられて、この色彩のアルバム、異国の人々がそれぞれの財宝を満載したこのキャビンのページをめくってゆくのだった(6)」。ジャポニスムから後のロシア・バレエまで、帝国の祭典は「オリエンタリズム」に沸きかえったのである。異国のスペクタクルのワンダーはこの万博少年をとりこにし、「外交官」の将来を夢みさせた。夢かなって外交官となったモランは、およそ四半世紀後の一九二四（大正一三）年、四歳ほど年下の、日本人外交官堀口九萬一の息子、堀口大学と出会うことになる。任地メキシコの父に呼ばれた日本少年は、敬愛する与謝野夫妻のもとで短歌を学ぶのをあきらめて海を渡ったのだったが……。

## イリュミネーションの祭典

モランと堀口大学の邂逅は後において、もういちど万博会場にたちもどろう。アール・ヌーヴォーが花咲いた万博がいかにモダン・エイジのハイテク展示場であったのか。

事実、この万博で世界中の驚異を誘ったもの、それは「電気」であり、イリュミネーションが繰り広げる眼も綾なイリュージョンである。前回の一八八九年万博がエッフェル塔万博であったとすれば、一九〇〇年万博は電気万博であり、最大の呼び物は「電気の妖精」を天に頂く電気館だった。

スイッチ一つで夜を昼に変えてしまう電気はまさにファンタスティックである。蒸気やガスが重工業と結びつくのにたいし、電気は消費の祝祭に結びつく。万博会場を訪れた観客は、この新しいメディアに熱狂してやまなかった。モランは語っている、「電気、それは天災であり、一九〇〇年の宗教だった」。

実際、電気のイリュミネーションは人々を幻惑してやまなかった。眩ゆい電飾の花々がひきおこしたワンダーを、モランは昨日のことのように生き生きと語りだす。「電気は万博を圧倒していた。……電気はイリューミネーションをあふれさせる。電気は大いなるシグナルなのである。誕生するや否や、たちまち電気はアセチレンガスを圧殺した。万博では電気が窓から光を投げた。女たちは電球の花々だった。電球の花々は女だった(7)」。

電気のイリュミネーションは、うきうきと人びとを浮かれさせる魔法の力をもっている。電気館は夜を昼に変え、噴水とイリュミネーションが織り成す水と光のショーは観客の魂を奪った。その一九〇〇年の電気万博を目の当たりにした日本人の一人に夏目漱石がいる。その年ロンドンに留学した漱石は、パリを経由して万博に立ち寄ったのだ。漱石の眼に「イリュージョンの宮殿」はいかにまばゆく映ったことか。その衝撃のほどは、『虞美人草』の描写につぶさにうかがえる。留学から七年後、新聞に連載されたこの小説は、折から話題の上野博覧会を舞台にして一種のイリュミネーション論を展開している。

蟻《あり》は甘きに集まり、人は新しきに集まる。……刺激に麻痺《まひ》して、しかも刺激に渇くものは数《すう》を尽くして新しき博覧会に集まる。……

文明を刺激の袋の底に篩《ふる》い寄せると博覧会になる。博覧会を鈍き夜《よ》の砂に漉《こ》せば燦《さん》たるイルミネーションになる。苟《いや》しくも生きてあらば、生きたる証拠を求めんが為にイルミネーションを見て、あっと驚かざるべからず。文明に麻痺《まひ》したる文明の民は、あっと驚く時、初めて生きているなと気が付く(8)。

漱石がイリュミネーションに感じとったのは、センセーションという名のモダンな歓楽である。新奇なものをすべて一堂に集めて電飾で照らしだしたパリ万博に、漱石は来るべきモダン・エイジの精神《エートス》をみてとったのだ。『虞美人草』から大正まではあと五年。流行とセンセーションの時代はもうそこに迫っている。ちなみに一九〇〇年は三越が初めて店頭イリュミネーションを試みた年でもある。美術に限らず、テクノロジーもまたその伝達速度を速め、地球が小さくなりはじめていたのだ。やがてイリュミネーションは銀座の街路を照らすようになることだろう……。

アール・ヌーヴォーとハイテクと、世紀末デカダンスとモダニズムと。二つの相貌をもって世界を魅了した一九〇〇年パリ。若いいのちがアール・ヌーヴォーの衣をまとった『みだれ髪』は、一九〇〇年の鼓動に共振しつつパリ‐東京にまばゆい虹の橋をかけたのだ。

## 2　自転車にのる少女——二〇世紀のヒロイン

### 「女学生」の一九〇〇年

『みだれ髪』は「春の子」の歌だった。そのセンセーションは「若さ」に多くを負っている。「その子二十《はたち》櫛にながるる黒髪のおごりの春のうつくしきかな」。高らかにうたわれた少女《おとめ》の春は人々の目を瞠らせた。新詩社に集う春の子たちの若やぎは世の顰蹙を買わんばかりであった。明治の文学が青春文学であることはつとに指摘されているとおりである。

だが、何もそれは明治に限られたことではない。ここフランスでも、二〇世紀の太陽を待ちかねていたかのように、若い娘が一躍時代のヒロインに躍り出る。ヒロインの名はコレット。晶子より五年ほど早い一八七三（明治六）年、フランスの田舎町で生まれたコレットは、『学校のクロディーヌ』の大ヒットによって一躍時代のアイドルとなり、クロディーヌ旋風がフランス全土を駆け抜けた。時まさに一九〇〇年。

『学校のクロディーヌ』はコレットの故郷の女学校の思い出を小説に綴ったものである。執筆をうながしたのは、一四歳年上の夫ウィリー。ウィリーはジャーナリスティックな才覚に富んだ通俗作家だった。内縁の妻を亡くした三十男は息子を里子に出した先の田舎でお下げ髪の少女コレットをみそめ、妻にしてパリに連れ帰ったのである。今日ウィリーはジャーナリズムに書き散らした雑文によってではなく、もっぱらコレットの仕掛け人として文学史に名を残している。

フランスの片田舎の女学校を舞台に、お茶目な女学生クロディーヌは年上の女教師に淡い恋心を抱く。そのクロディーヌを慕うのはもう一人の女学生アニー。二人を中心にクラスメートや青年たちを配した学園小説は、恋と友情のあいだを微妙にゆれる少女たちの青い日々をみずみずしく描きだした。女学生というこれまでにない新鮮なヒロインは爆発的な人気をよび、クロディーヌの名はフランス中のアイドルとなって、『パリのクロディーヌ』『家庭のクロディーヌ』と続編が続いてゆく。工藤庸子のコレット論はこのセンセーションを次のように語っている。「「クロディーヌもの」の人気は、ウィリーの商才のおかげもあってうなぎのぼりに高まった。ファッションから化粧品、爪楊枝まで、「クロディーヌ」はいまでいうブランド商品のかずかずを生み出した。一九〇二年には、舞台で上演され、これがまた本の売れゆきに拍車をかけた」(9)。

以後ウィリーとコレットは夫婦そろって時代のアイドルとなり、さまざまなメディアに登場してゆく。結婚までの複雑な経緯といい、ジャーナリスティックな夫と若い妻という組み合わせといい、いかにも鉄幹と晶子の二人を彷彿とさせる。だがそれ以上にここで注目すべきことは、「少女」が時代のヒロインになったという事実である。一九〇〇年、新しい歴史の空にきらめく「若さ」は人びとを驚かせた。遂に「若さ」が特権的な位置についたのだ。

実際、若さの特権化はそれじたい極めて「新しい」二〇世紀的現象にほかならない。わたしたちはそのことに十全な注意を払うべきだろう。二〇世紀の申し子であるわたしたちは、「成熟」よりも「若さ」に価値をおく身体意識を自明なものとして、その歴史性を忘失しがちである。けれども、若い少女が時代のヒロインに躍り出たのはたかだか百年前のことでしかない。

メディアの頁をめくってみると事態は明瞭である。『ヴォーグ』の写真家として活躍し、映画「マイ・フェア・レディ」の衣裳デザインでも名高いセシル・ビートンは、その回想録で、社交界のスターだったオペラ歌手カヴァリエリの肖像を次のように描いている。「カヴァリエリはまさにうら若き女性であったが、女盛りの女性のもつ物腰と優雅さを備えていた。一九一四年の大戦までは、女性は現代のように若く見せようとはしなかった。それどころか、成熟こそが女性の美しさの基調なしていた」(10)。

ビートンの言うとおり、それまでヨーロッパ社交界の綺羅を飾り、『ヴォーグ』の誌面をにぎわしたのは若い娘ではなかった。名門の貴婦人やオペラ歌手や女優たちはみな大人の女の成熟した魅力によって人びとの憧れをかきたてたのである。事情は日本でも変わらない。明治三〇年代にブームをみた女性誌を見ても、グラビアを飾ったのは華族の名夫人の肖像写真が多い。くわえてパリで時代の花形になったのはドゥミ・モンデーヌと呼ばれる高級娼婦で、彼女らを取り巻く歓楽の世界は裏社交界と呼ばれたが、オートクチュールの顧客になったのはこれらの高級娼婦と貴婦人たち、つまりは社交界と裏社交界の名花だった。そのいずれもが、若さではなく成熟した女の魅力をアピールした事実は記憶されてよいことである。あのポール・モランの言葉を使うなら、さしずめそれが「恋愛のアンシャン・レジーム」であったのだ。

ということは、「若い娘」の登場はこのアンシャン・レジームを覆す風俗革命だったということにほかならない。『みだれ髪』が「日清戦争のアプレゲール」として世の瞠目をさらったのとまったく同じく、お下げ髪の女学生の出現は、風俗革命として全フランスを騒がせた。クロディーヌはパリ社交界の綺羅を飾った女たちを旧体制の領域に追いやって、彼女たちに「流行遅れ」という刻印を押したのである。

クロディーヌのまきおこした革命、それは身体の「表象」革命である。コレットの新しさは、それまでいかなるジャンルにも描かれたことがないスタイルを表象にもたらしたことにある。セーラー服式の女学生の制服にリボンのようなネクタイ、編上靴、そして長くたらした三つ編みの髪。モランのシャネル伝は、コレットとシャネルを一つの系譜につないでこう語っている。「シャネルより二〇年ほど前に、コレットという女がパリにやって来て、文学の領域でシャネルと同じやりかたをして成功をおさめた。コレットは女学生のスモックを着て、リボン風のネクタイをつけ、孤児たちが履いているあのペタンコ靴を履いてやって来た(11)」。

実際、シャネルのモード革命とは若さの価値化である。「歳をとった女のための服をつくって欲しいわ」。そう頼んだ友人にむかって、シャネルは答えたものだ。「歳をとった女なんてもういないのよ(12)」。世紀末の社交界の花形たちの「成熟」の魅力をシャネルは否定した。それは彼女のあの「確かな嫌悪感」の標的となったのだ。シャネルとともに、モードは若さの側につく。

そして、その若さの表象は「女学生」に始まったのである。フランスの片田舎から出て来てパリ文壇に新風を吹き込み、自分の人生を小説にして晩年はゴンクール賞の審査員まで務めたコレットは、シャネルと同じ種族に属している。「私は、なまりがあって、使徒の足をしたあのコレットが好きよ」とはシャネルの言葉である。(13) コレットはシャネルがモードの領域でやった革命を、二〇年早く——すなわち『みだれ髪』とほぼ同年に——晶子と同じ領域でやってのけたのだ。山川登美子はじめ晶子と共に新詩社に集ったあの花咲く乙女たちはまぎれもなく「女学生」ではなかったか。コレットより五歳下の晶子、その晶子よりさらに五歳下のシャネル。二〇世紀の女たちの系譜は、海を越えて輪をつないでゆく。

## 海辺の「花咲く少女たち」

ところで日本には晶子以上に「クロディーヌもの」を彷彿とさせる作品がある。『みだれ髪』から二年後の一九〇三（明治三六）年、『読売新聞』に連載されて大ヒットした小杉天外の『魔風恋風』である。ヒロインはまさにクロディーヌと同じ「女学生」。結流しにした髪をリボンで結び、海老茶の袴で颯爽と登場するヒロイン初野の姿は、クロディーヌと同じく、かつてない清新さで世の喝采を浴びた。『魔風恋風』冒頭部にさっそうと登場するヒロインの姿。

鈴《ベル》の音高く、現れたのはすらりとした肩の滑り、デートン色の自転車に海老茶の袴、髪は結流《ゆひなが》しにして、白リボン清く、着物は矢絣の風通、袖長けれど風に靡いて、色美しく品高き十八九の令嬢である[14]。

明治三〇年代は「女学生」ブームと言われた時代だが、その火付け役となったのがまさにこの『魔風恋風』である。ヒロイン初野は「海老茶式部」と呼ばれた女学生スタイルそのままに、溌剌と袖に風をはらんで清々しい。

クロディーヌとまったく同じように、これらのヒロインたちの「新しさ」は、彼女たちが、それまでの「恋愛のアンシャン・レジーム」の外から姿を現したことにある。本田和子はその女学生論で、小杉天外のヒロインの新しさを位置づけて次のように述べている。「江戸文学のヒロインは、恋愛の対象としての遊女、そして明治文学の場合もその初期は芸妓が多い。しかし、天外に至って、始めて新時代の女性にその役割が与えられた、とは、神崎清の評言であった[15]」。ここに言われる「新時代の女性」とは、ほかでもない「しろうと娘」ということである。小杉天外のヒロインといい、晶子や登美子など新詩社に集った乙女たちといい、そしてフランスのクロディーヌといい、洋の東西を問わず、貴族でもなく娼婦でも女優でもない「庶民」の娘たちが、二〇世紀の風を待っていたかのように文学のなかに姿を現し、同じく庶民の青年を相手に恋をする。明治の文学は、こうして主人公たちが新しくなった恋愛を特化して「ラブ」と呼んだが、確かに「恋愛のアンシャン・レジーム」は一九〇〇年に終わったのだ。

「しろうと娘」であるヒロインは、その若さを自分たちのスタイルに、姿かたちに誇示する。たとえば髪。「春の子」たちのみだれ髪には、旧来の制度の外に出て、制度を乱す力があった。本田和子は『魔風恋風』のヒロインの「結流し」の髪について、「髷を常態とした女人の髪型としては、『結流し』もまた異端に他ならない」と指摘している。その異端の表象にこそ世は喝采をあびせたのであって、女学生というヒロインは「型破りの新しさに果敢に挑戦」する役割をあたえられたのである。(16) フランスでも事情は変わらず、コレットのクロディーヌもまたその小説の内容以上に、制服に編上靴、三つ編みの髪というしろうと娘のスタイルによって時代のアイドルとなった。

しかも、彼女たちは、モダン・エイジのもう一つの表象によっていっそうその若さを際立たせた。というのも彼女たちは「自転車」に乗る娘だからである。「鈴《ベル》の音高く、現れたのはすらりとした肩の滑り、デートン色の自転車に海老茶の袴」——小杉天外の文章は、自転車に乗る少女のしなやかな身ごなしを文のリズムに伝えて快い。天外は、この一九〇三（明治三六）年が初の自転車レース「ツール・ド・フランス」に全フランスが熱狂した年であることを知っていただろうか。万博以来、海を渡る情報の速度は急速に加速化したことを考えれば、あるいは知っていたかもしれない。ともあれ、「女学生」ブームから「自転車」ブームに至るまで、新世紀の流行風俗は易々と海を越えて同時代現象を巻き起こしてゆく。確かに地球は狭くなっていたのである。

洋の東西を問わず、新しいヒロインは「自転車」を乗りこなす。制度の外から立ち現れた「しろうと娘」は、髪や服装だけでなく、そっくりその若い身体をもって人びとの目を瞠らせる。島田や丸髷のように結い上げた髪が家の中におさまった制度の中の身体の表象であるのと対照的に、自転車の風になびく女学生の髪はのびやかな身体感覚で読者を魅了した。その表象は自転車だけではない。テニスというスポーツもまた時代の波頭を切る流行の記号であった。明治のヒロインの女学生は、英語を話し、テニスに興じる「ハイカラ娘」でもある(17)。

確かにそれは「西洋かぶれ」ではあったにちがいないけれど、それを指して西洋を「追いかける」という言葉を使うには、あまりに短いタイムラグには驚くばかりである。たとえばスポーツにしても、フランスでテニスがはやるのは世紀末からであり、オリンピックの開始も世紀末の一八九六年にすぎない。それらのなかでもいちばん流行が早かったのはやはり自転車だろう。新世紀になると先端ハイテクはもはや自動車に移行して、ポール・モランのような自動車少年を輩出してゆくからだ。

モランの名をあげたついでに言えば、モランの訳者であり新詩社の新人である堀口大学が「怪盗ルパン」の訳者でもあることはめったに言及されない。けれども怪盗紳士ルパンは希代のスピード狂である。ルパン・シリーズを始める以前、作者ルブランが手がけた処女作はほかでもない自転車小説であった。『翼』と題されたその小説は、風のように人を運ぶ自転車を翼に比した新感覚の小説である。だから自動車少年モランの訳者である堀口大学がルパンを訳すのは実に自然な成りゆきなのだ。ルパンは名うてのスピード狂にしてスポーツ万能のダンディなのだから。事実『奇巌城』はじめルパンの探偵小説の名場面にはどれほどスピードがからんでいることか。『翼』の出版は一八九八年。繰り返しになるが、世紀末はスポーツとスピードの時代でもあるのであって、アール・

ヌーヴォーの名手ミュシャにも何点か自転車会社のポスターがある。みだれて輪を巻く乙女の髪と自転車の車輪とが一つになったそのポスターは、新しい身体のスペクタクルでパリの街を飾った。スポーツと自転車とスピードと。恋愛のアンシャン・レジームにはありえなかった新世紀のしるしを身におびて歴史の空に姿を現した新しいヒロインたち。「成熟」に背をむけて「若さ」を誇示するこれら新世紀の少女たちのメモリアルな表象と言えば、やはりプルーストの『花咲く乙女たちのかげに』であろう。『失われた時を求めて』第一篇の刊行は一九一三年。ちょうど晶子が鉄幹を追ってパリに着いた年の翌年のことである。貴族の社交界と新興ブルジョワジーの社交界との新旧二大勢力の確執を描き、貴族勢力の失墜と新興勢力の制覇をもって終わるこの長大な小説は、政治と恋愛と風俗の新旧交代劇を描く風俗小説でもあるが、大戦をはさんで刊行なった第二篇『花咲く乙女たちのかげに』は二〇世紀のヒロインを描きだして忘れがたい印象を残す。

海辺のリゾート地バルベックで夏を過ごす語り手は、同じようにバルベックにやって来たパリの社交人士と避暑地での交際を重ねるが、ある日、その彼の前に、かつて眼にしたこともないような少女たちの一団が姿を現す。「光を発する一個の彗星のように一団となって堤防沿いに前進してくる少女たち」は(18)、それまでパリ社交界の貴族たちに気をとられていた語り手の眼に、未知の種族であるかのように映る。「これら見知らぬ少女たちの一人は、手で自転車を押していた。ほかの二人は、ゴルフの《クラブ》を持っていた。そして彼女たちの身なりは、バルベックにいるほかの少女たちとかけ離れていた。なるほどバルベックの少女たちのなかには、スポーツに夢中になっている者も何人かいたけれども、だからといって特別な服装をするわけではなかったからである」[19]。

自転車に乗り、ゴルフをし、スポーツに興じる少女たち。語り手が眼にしているのは、まちがいなく二〇世紀モダン・エイジの娘たちである。少女たちの一団は、他の海水浴客など眼もくれず、軽やかな身ごなしを見せつけるかのようにのびのびと進んで来て、好き勝手なことをやっている。はじけるような若さに満ちあふれて、しきりにそれを発散させたがっている彼女たちがいったいどこからやって来たのか、どんな階層に属しているのか、見当もつかず見とれている語り手の前を、弾けるような嬌声が通り過ぎてゆく……。プルーストは、これまで眼にしてきたのとは「かけ離れた」彼女たちの服装を、具体的には描いていない。なぜなら、いま語り手の前に立ち現れたのは、もはや衣服に拘束されない自由な身体そのものだからである。「新しい身体」の出現を直感したプルーストは、その前代未聞のオーラを明敏にとらえている。

その肉体は、美しい脚、美しい腰、健康で落ち着いた顔を備え、きびきびしていてどこか抜け目ない様子をたたえているようでもある。こうして私がいま海を背景にして見ているものは、ギリシャの岸辺で太陽に照らされている彫刻のように、気高く穏やかな人体の美の典型ではなかったか[20]。

ギリシャの岸辺で太陽に照らされている彫刻のように、気高く穏やかな人体の美——夏の海辺に花咲く乙女たちは、若さあふれる庶民の娘たちの健康美を何と見事に予言していることだろう。コレットのクロディーヌがそうであり、そしてシャネルがそのためのスタイルをつくってゆく新しい身体は、都市の歓楽の外に立ち現れて、緑の野からパリにやってくる。事実、シャネルの出発点はパリではなく、まさにプルーストの小説が舞台にした海辺のリゾート、ドーヴィルだった。『花咲く乙女たちのかげに』の刊行は、白地に黒でCHANELのロゴを描いた日除けの店がドーヴィルの避暑客の眼をひきはじめた翌年のこと。シャネルはまさに自転車に乗るスポーツ娘、「花咲く乙女たち」の一人なのである。「女学生」の表象をとって現れた新しいヒロイン、庶民の娘たちは、やがて「恋愛のアンシャン・レジーム」の外に群れをなし、好き勝手をしながら壁を破り、いつしか都市の中にあふれかえって恋愛の新体制をつくりだしてゆくことだろう。シャネルの時代はもうそこに迫っている。

シャネルの同時代人モーリス・サックスは、この間の大戦前後の風俗革命を回顧して次のように語っている。「一九一四年以前は、社交界の女性、女優、娼婦、ブルジョワ女性がいるだけだった。こういう分類はもはや通用しない」(21)。江戸文化の終焉とともに恋愛のヒロインがしろうと娘に代わり、「自由恋愛」の時代が始まったのと同様に、ここフランスでも「好き勝手をやる」若い娘たちが大勢を占めてゆく。再びサックスの回想から。

このノートに毎日日記をつけていたころ〔一九二〇年まで〕、若い娘たちが、付き添いなしに外出するようになったと書いたことがあった。それは、戦前には決して見られないことだった。しかもただたんに、午後買物をするためにひとりで出かけるだけではなく、夕方のこともあり、しばしばそれが明け方までということになる。……この種の生活様式のもたらした、もっとも際立つ結果のひとつは、恋愛結婚の数が二倍以上にふえ、理性結婚をしのぐにいたったことである。戦前、恋愛結婚は、とにもかくにも、ほとんどつねに非難すべき狂気の沙汰と思われていたのにたいして、今日では、むしろ理性結婚の方が旗色が悪いのだ。もっとも、恋愛結婚がふえるにつれて離婚も増加した。……けれども今ではその数があまりにも多くなったので、もはや彼女たちを冷たく扱うことはできず、第一、「働く女性」が最初に出てきたのは、そういう女性たちのなかからなのだ(22)。

「恋愛結婚は愛情の民主主義化である。当事者がみずから選択すると共にみずから責任を負う結婚である」――晶子は自由結婚を指してそう語ったが(23)、まさしく自由結婚の「先進国」であるフランスは――法的改革はともかく風俗革命として――その「民主主義化」の時代を迎えていた。その新しい波の波頭を切って「働く女性」が現れてくる。アール・ヌーヴォーの花がパリを飾った一九〇〇年から二〇年あまり、早やシャネルの時代が来ようとしている。

だがわたしたちはここでもういちど時をさかのぼり、ベルエポックのパリを再訪してみたい。与謝野晶子が訪れたのは「シャネルの時代」の一〇年ほど前、最後のベルエポックだからである。

## 3　鉄幹の巴里――遊学の記

### ベルエポック

晶子がパリに着いたのは五月。いちばん美しい季節だった。

三千里《さんぜんり》わが戀人《こひびと》のかたはらに柳《やなぎ》の絮《わた》の散《ち》る日《ひ》に来《きた》る　『夏より秋へ』

万博から一〇年あまりを経た一九一二年、晶子の目にパリはどう映っただろうか。歌にみるかぎり、晶子のパリはモダン・エイジに向かう都市というよりむしろ落ち着きをたたえたヨーロッパの古都の趣が強い。むろん鉄幹も晶子も、パリを狂騒にまきこんだ万博など知るところではない。ただメトロの駅のアール・ヌーヴォー装飾が万博の面影を残すのみ。

確かに一九一二年という年は、「最後のベルエポック」と呼ぶのに最もふさわしい時代であった。乗り物から盛り場、女のファッションに至るまで、モダンというにはあまりに世紀末の余韻を残し、それでいて旧世紀の束縛を確実に脱ぎ捨てつつあったこの過渡期、世紀末から第一次大戦までの時代はベルエポックと呼びならわされているが、晶子の歌はまさにこの時代に特有の華やぎをとらえている。

君《きみ》と行《ゆ》くノオトル・ダムの塔《たふ》ばかり薄桃色《うすももいろ》にのこる夕《ゆふ》ぐれ
巴里《パリイ》なるオペラの前《まへ》の大海《おほうみ》にわれもただよふ夏《なつ》の夕《ゆふ》ぐれ

パリの夏の宵は、いつまでも続く薄暮が浮かれ心地にひとを誘う。夜闇が降りるのは夜中ちかく、それまで昼の雑踏の余韻を曳きつつしかも夜の宴の華やかさをたたえる夕暮れどきはヨーロッパの都市に独特の情緒をかもしだす。この薄暮を遊歩する魅惑を「群集に湯浴みする快楽」と語ったのはボードレールだが、晶子もまた薄暮のそぞろ歩きの悦楽を「大海にただよふ」とうたう。群集のなかに混じる酩酊感の表出はボードレールにも劣らない。おそらく晶子の記憶のどこかに上田敏の『海潮音』の調べが響いていたのでもあろう。ボードレールのあの名高い訳詩「薄暮《くれがた》の曲《きょく》」の甘美な調べが――「匂いも音も夕空に、とうとうたらり、とうとうたらり／ワルッの舞の哀れさよ、疲れ倦《う》みたる眩暈《くるめき》よ(24)」。

とはいえ上田敏の哀調が秋を思わせるのに比し、晶子の歌は初夏のみずみずしさをたたえて浮き立つようだ。

初夏《はつなつ》やブロンドの髪《かみ》くろき髪《かみ》ざれごとを云《い》ふ石《いし》のきざはし
物賣《ものうり》にわれもならまし初夏《はつなつ》のシャンゼリゼエの青《あを》き木《こ》のもと

ノオトル・ダム、ブロンド、シャンゼリゼエ……いずれの語も短歌の古語とよく響きあっているのは、語の調べを聡く聴く天性の賜物であろう。こうしてベルエポックの雅びを伝える短歌にくらべ、詩集をひもとくと、にわかにモダン都市のざわめきが立ち騒ぎ、スピーディな風が吹き抜けてゆく。たとえば「飛行機」と題された詩。

空をかき裂く羽の音……
今日も飛行機が漕いで来る。
巴里《パリイ》の上を一すぢに、
モンマルトルへ漕いで来る。(25)

早くも飛行機の時代が到来していたのだ。鉄幹と晶子のパリ滞在記『巴里より』には、「飛行機」と題された鉄幹の飛行場見学記もある。在仏の飛行機マニア「男爵《バロン》シゲノ」の飛行練習風景が物珍しげに綴られているが、ついこのあいだまで自動車がそうであったように、ハイテク最先端の飛行機は幾多のマニアを生み出していた。プルーストが愛していた青年アゴスチネリもその一人だが、青年が飛行機事故で帰らぬ人となったのはこの二年後のこと。一五年後にはリンドバーグがパリとニューヨークを熱狂の渦に巻きこむことだろう。メトロ開通に沸いた一九〇〇年はすでに遠く、今やパリの空には飛行機が飛び、街には自動車の数が日増しに増えてゆく。

そういえば晶子の歌には自動車も姿を見せている。「うすものが芝居《しばゐ》の廊《らう》を歩《あゆ》む時《とき》オオトモビルに隠《かく》れ行《ゆ》く時《とき》」。日本では見られない車の頻繁な往来は晶子に「先進国」フランスをひしと実感させたことだろう。その一方で、もうじき姿を消す運命の個人馬車も乗合馬車もまだ現役で、先頃までブールヴァールをにぎわしていた路面電車《トラムウエイ》は短い寿命を終えたばかり。こうして各種の乗り物が交差するパリの街は、明治の日本人に大都会の殷賑を感じさせたにちがいない。パリに着いて間もない鉄幹が生き生きとその様を伝えている。

> グラン・ブルヴァアルを初め、目ぼしい大通りを歩いて人道から人道へ越すときの危険《あぶ》なさ。地方から東京へ初めて出た人が須田町の踏切でうろうろするのは巴里《パリイ》に比べるとまだ余程呑気である。前後左右から引きも切らずに来る雑多な車の刹那の隙を狙って全身の血を注意に緊張させ、悠揚とした早足に半越《なかばこえ》て中間にある電燈の立った石畳をひとまず足溜《あしだまり》としてほっと一息つき、さらに隙を縫うて向かいの人道へ駆け上りまたほっと一息つく気持は然《さ》はいえ痛快だ。[26]

そうしてようやくブールヴァールを横切ると、そこはもうセーヌ。河岸には「名物の古本屋」がずらりと並び、早くもぞろぞろと人だかり。近づくと、本屋の主の老女が今どきの新作よりユゴーを読めなどと言って勧めてくる。もののわかった口吻に「すっと胸が開く様な暢達な気持[27]」を覚えた鉄幹は、「こういう緩急二面の生活を同時に味わっているのが巴里人《パリイじん》なのであらう」(28)と結んでいる。着いて一月足らずで早くもパリという都市の本質をつかんでいる様子がうかがわれる。古いものとハイテクが共存し、伝統と現在が並び立つのはベルエポックの昔から現代まで変わらぬパリの在り方だからだ。

晶子よりはるかに仏文学への造詣が深く、フランス語も学んでいた鉄幹の滞在記は過剰な感傷をいれずによくパリを把握している。官民あげて欧化に熱心であった明治時代にこれほど肩肘張らぬ「遊歩」の記もめずらしい。日本で心屈していた鉄幹はこの異国の地で鬱屈を忘れ、のびやかなまなざしで周囲のものに好奇の眼をむけている。同じくパリ留学を経験した高村光太郎の「悲壮」からも、島崎藤村の「寂寥」からもはるか遠く、使命感に強張ることのない「遊民」鉄幹のジャーナリスティックな眼はベルエポックのパリの日仏交流について貴重な証言を提供してくれる。たとえばお気に入りの郊外散歩の風景。

「僕はだいぶん巴里《パリイ》に慣れてしまった気がするが、何時《いつ》も飽くことを知らないのはジュラン・リュイル氏の本邸へ印象派諸大家の絵を観に行くのと、芝居と、サン・クルウの森の散歩とだ。サン・クルウは森そのものが四季折々に面白いばかりでなく、行きに機関車附の旧式な乗合車の二階に乗って、モネがしばしば描《か》いたサン・クルウ橋を渡り、帰りに八銭均一の小蒸気でセエヌを遡るのも面白い」(29)。サン・クルーを通ってセーヌを上ってゆくパリ西郊は印象派の舞台、モーパッサンにも同じ風景を描いた短編が多々あるが、パリ滞在中の読書は「詩」に限ったとあるから、そこまでは鉄幹も知悉していなかっただろう。とまれ、「八銭均一の小蒸気」とは市民が良く利用したセーヌ交通のことであり、行きに乗る「機関車附の旧式な乗合車」とはおそらくパリ市内を走っていた路面電車《トラムウエイ》が郊外列車に転用されたものにちがいない。いずれもほどなく姿を消してしまうパリの風物詩だった。

この時代のパリ交通事情が新旧入り混じって複雑だった様がよくうかがわれるが、盛り場もまた移行期にあった。鉄幹が一年あまりを過ごした宿はモンマルトルにあったが、芸術の中心はやがて左岸のモンパルナスに移ろうとしている……。ベルエポックのパリの文化的トポロジーに留意しながら、鉄幹と晶子の足跡をしばしふりかえってみよう。かれらが足を運んだ場所はいったいどのような場であったのか。

## 画家たちのパリ

「門《かど》入《い》りて敷石《しきいし》の道《みち》いとながし君《きみ》と寝《ね》んとて夜毎《よごと》かへれば」――晶子が詠んだモンマルトルのアパルトマンはひっそりと奥まった印象をあたえる。『巴里より』には「東京にも見られないほど静かな清々した処だとは自分も来るまでは想像しなかった(30)」とあり、「隣の木深い庭」には「二十本に余るマロニエの木の梢の高低が底の知れない深い海の様にも見える(31)」という文章からは、飛び地のようにところどころ旧邸の庭や緑地を残したモンマルトルの田舎の風情が伝わってくる。現在もそのまま残っている宿のアドレスには何の変哲もない古アパルトマンが建っているだけなので往時を想像するよりほかないが、戦前のモンマルトルは畑もあれば放置された旧邸もあるような未整備の新開地だったから、晶子の描写にあるようなマロニエの緑陰のアパルトマンも大いにありえたことだろう。

といってもむろんモンマルトル一帯はパリ随一の盛り場である。一八八九年万博の年に開店したダンスホール「ムーラン・ルージュ」は世界に冠たる「歓楽のモンマルトル」のイメージを定着させた。鉄幹の記述は正確である。

　僕はパンテオンの側《そば》から河を越して反対に巴里《パリイ》の北に当たるモンマルトルへ引越して来た。パンテオン付近とちがって学者や学生風の人間は少しも見当たらず、画家（ことに漫画家）や俳優や諸種の芸人が多く住んで居る。名高い遊楽の街だけにタバランとかムウラン・ルウジユとかいう有名な踊場をはじめ、贅沢な飲食店《レスタウラン》や酒場《キヤバレエ》や喫茶店《キヤツフエ》が多い。派手な遊楽の女いわゆるモンマルトワアルの本場であるのはいうまでもない。昼日中また夜を徹して暁まで僕の下宿の付近には音楽と歌が聞こえるという風である。[32]

モンマルトルの宿は留学中だった梅原龍三郎からの紹介だが、その前にいた左岸の「パンテオンの側《そば》」というのはオテル・スフローのことである。一九〇〇年万博の折に三〇名近く大挙して渡仏した政府関係者や画家たちが黒田清輝を中心に在仏日本人会「パンテオン会」を結成して以来、日本からやって来る画家や文人はひとまずこのオテル・スフローに落ち着くのが常道になっていた。鉄幹もそれにならったのである。(33) オテル・スフローのあるカルチエ・ラタンは今も変わらぬ学生街だが、明治から大正にかけ世界各地からパリに渡った芸術家は圧倒的に画家が多く、その画家たちが集ったのがモンマルトルであった。

といっても鉄幹の滞在記に登場するのは梅原龍三郎や石井柏亭などほとんどが日本人画家であり、かれらのうちでモンマルトルにアトリエを持った者はほとんどいないので、鉄幹のモンマルトルは画家の街というよりもっぱら歓楽の街である。そもそもアパルトマンの同宿者がほとんどみな彼の言う「遊楽の女」なのだ。はじめはそれとも気がつかず、暮らすにつれて事情に通じてゆく鉄幹の滞在記は物語的な面白みがあり、「ＭＡＤＡＭＥ　ＫＩＫＩ」と題された小文など、パリで春を売る女の哀れさを描く掌編の味わいがある。

もちろん晶子は夫から同宿者たちの身の上を聞かされたであろうし、後にパリの印象を聞かれて売春婦の多さに疑義を呈してもいるけれど、晶子の歌ははるばる渡って来た異国の地で「君」と味わう蜜月の悦びがすべてに勝っている。

ことことと敷石《しきいし》を踏《ふ》むひづめこそ夜《よる》の世界《せかい》の匂《にほ》ひならまし　『夏より秋へ』
室《ま》の中《なか》に君《きみ》が匂《にほ》ひのただよふと酔《よ》ひ癡《し》れをれば夕《ゆふべ》となりぬ

なまめかしい歌はモンマルトルの遊楽のざわめきを遠くに聞いてなお悩ましい。晶子にとってパリは何よりまず「恋人」鉄幹のいるところなのだった。結婚してから絶えず生活苦に追われていた晶子にとってこの遊学は初めての人生の休日でもあっただろう。ましてや海を越えて来た国はフランス、恋人たちが優しい愛のしぐさをはばからず、夫婦もまた絶えず愛の言葉を交わす土地、あの「相聞」の国である。晶子はここでひとりの「恋する女」にかえり、思うさま甘い想いに酔ったにちがいない。

あちこちに焔《ほのほ》しきりに燃《も》ゆと見《み》ゆあらず手組《てく》める男《をとこ》と女《をんな》
くれなゐの杯《さかづき》に入《い》りあな戀《こひ》し嬉《うれ》しなど云《い》ふ細《ほそ》き麥《むぎ》わら

まさしくモンマルトルはよくもあしくも愛欲の場であった。といっても鉄幹とくらべると、晶子の文章にモンマルトルという語が登場する回数はきわめて少ない。やはりここが男のための歓楽街であったからであろうか。

実際、ピカソはじめユトリロ、ヴァン・ドンゲンなどいわゆるエコール・ド・パリを形成していた「画家のモンマルトル」はもはやピークを過ぎ、地下鉄の新線開通とともに画家たちはセーヌを渡って左岸のモンパルナスへと移り始めていた。鉄幹の文にもその気配は明らかで、彼が「サン・クルウの森の散歩」とならんで愛好した印象派の画商ドュラン・リュイルことデュラン＝リュイルの画廊も、右岸だがモンマルトルよりセーヌに近い。「モネ、ピサロオ、セザンヌ、シスレエ、ドガア、ルノワアル等近代名家の作家の作品で満ちて居る(34)」という感嘆からは後期印象派の名声が伝わってくるが、それ以上に興味深いのはパリにおける浮世絵の膨大なコレクションである。ルーヴルの装飾美術館での展覧会のこと。「幾室かにわたって歌麿の版画が陳列せられているのを観て、こんなに多数の歌麿が巴里に愛蔵せられているのかと先ず驚かされた。おまけに日本に居ては僕達に観る機会の無い逸品が多かった。聞けば去年は清長の展覧会があって沢山な出品であったそうだが、この秋あたりには廣重の展覧会が催されるだろうという事だ(35)」。

ベルエポックの日本ブームが伝わってくる。後にもふれるが、一九〇〇年万博に出演して日舞を披露した貞奴の人気はすさまじく、以来ジャポニスム熱は高まる一方であった。演劇にもよく通った鉄幹は、忠臣蔵を翻案した「日本の誉」なる芝居の盛況ぶりを伝えており、ベルエポックがジャポニスムの一大ピークであったことを教えてくれる。

いずれしろ画家たちはモンマルトルから左岸のモンパルナスへと移行しつつあった。いや画家ばかりではない。やがて文学もまたセーヌからモンパルナスにかかる一帯を溜まり場にしようとしていた。モジリアニ、藤田、マン・レイ、フィッツジェラルド、ヘミングウェイ……コスモポリタンな都として栄える二〇年代のパリを数年後にひかえたこの時期、鉄幹はモンパルナス大通りにあるカフェ「クロズリー・デ・リラ」によく通っていたようである。若手の詩人が集う「火曜会」にしばしば出席したらしいが、その会は「他の客と席を別にすることが無い(36)」ので、好きなように当地の詩人たちを眺めておれるのも居心地良かったのであろう。詩壇の消息も耳に入ってきたようで、帰国後に上梓した訳詩集『リラの花』のタイトルがこのカフェの名にちなんでいることにも愛着のほどが表れている。

二〇年代に入るとモンパルナスのこのカフェにはアメリカ人が群れるようになり、いわゆる「パリのアメリカ人」で溢れるようになってゆくが、「クロズリー・デ・リラ」のその後の姿を第二次『明星』（一九二三年五月号）に載った石井柏亭の「巴里日抄」が伝えている。「ジェレニェウスキイを訪ねてマカロニのご馳走になった。それから彼れと一所にモンパルナスのカフエエ・モンパルナスへ寄った。『モンパルナス』と云ふ雑誌はここから出すらしい。隣の『ロトンド』は少し贅沢になったと云ふので美術家文士等の或ものは此処へ集るらしい。こう云ふことにも種種変遷があるもので、あのクロオズリイ・デ・リラのカフエエなどには此頃さう云ふ連中は寄りつかぬといふ事である」(37)。鉄幹の滞在から一〇年あまり、「クロズリー・デ・リラ」には早や昔日の面影なく、「ロトンド」や「ドーム」といったキャフェを舞台に、エコール・ド・パリが覇をとなえている。晶子と鉄幹のパリは確かに「最後の」ベルエポックだったのだ。

## 水の詩人

それにしてもこの石井柏亭をはじめ、第二次『明星』の執筆陣は渡仏者や海外在住のメンバーが多い。遊学後の鉄幹による編集であり、永井荷風、高村光太郎などの渡仏組が同人となれば当然のなりゆきであっただろう。一九二一（大正一〇）年の『明星』復刊第一号の編集後記には、「海外にある同人では木下杢太郎、正宗得三郎、栗山茂、堀口大学の諸氏の原稿が届く予定です。次号からは海外最近の芸術消息を数人が分担して書きます」とあって、さながら『明星』全体が日仏通信の観がある。現にこの第一号でも、木下杢太郎がパリから、堀口大学がブラジルから、いずれも鉄幹に宛てて認めた私信が消息欄に載っており、翌年の号には、有島生馬に宛てた東郷青児のイタリア見聞記などが載っている。この第二次『明星』をみても、地球は狭くなったという感を否めない。

そのなかでもフランス文学の現況に最も通じ、はるかに晶子とシャネルの視えざるコレスポンダンスにあずかった新詩社同人と言えば、何といっても堀口大学であろう。帰国した大学が『月下の一群』を上梓したのは、パリでポール・モランと念願の邂逅を果たした翌年の一九二五年のこと。その訳詩は『明星』初出のものが少なくない。大学の訳詩は日本にフランス詩の現在を送り届けていたのである。アポリネール、マリー・ローランサン、ジャン・コクトー……たがいに相識ることなく終わったが、コクトーはじめシャネルとかかわった詩人たちの作品を日本に紹介したという意味で、堀口大学こそはまさにシャネルの同時代人にほかならない。

一九〇八（明治四一）年に白秋や吉井勇たちが退社したのと入れ替わるようにして、佐藤春夫とともに新詩社の門をくぐった堀口大学は、サックスが終生シャネルに畏敬の念を抱き続けたように晶子を慕った。晶子の方でも大学を可愛がった様子は、大学の歌集に寄せた歌にもみてとれる。「この君は微笑むときも涙しぬ青春の日の豊かなるため[38]」。鉄幹も大学の父堀口九萬一が渡韓時代の旧友であった縁を喜んで青年を愛し、その処女歌集『パンの笛』によせた序で語っている。「君が歌は何処となくパウル・ヱルレエヌの幽愁を想はしめる。併せてアルベエル・サマンの優婉を。或はまたアンリイ・ド・レニエの高雅を想はしめる」(39)。

的を射た大学評であるとともに、おのずから鉄幹そのひとの作風を語りあかしているのが興味深い。ヴェルレーヌの幽愁といい、レニエの高雅といい、鉄幹の『相聞』の達した境地を語っているかのようである。この作風はまた渡仏後に出した訳詩集『リラの花』の基調でもあって、なかでも最も数多いアンリ・ド・レニエの詩は、鉄幹の憂愁と響きを一つにした出色の訳詩になっている。

実は晶子と鉄幹はパリでこの高踏派詩人の家を訪ねている。晶子が渡仏中に会って最も感銘をうけた芸術家といえば何といってもロダンであり、ロダンと共に過ごした至上の時は歌にも散文にも明らかだが、レニエについてはほとんど言及がないのは、詩人に胸襟をひらいて迎えられた覚えがなかったからであろう。だが鉄幹の訪問記は、作品を知っていることもあってか、長くはないがよくレニエの相貌をとらえている。ロダンについてはたいていの与謝野晶子論がふれているが、レニエへの言及は皆無にひとしいので少し詳しくついてみよう。実はレニエと鉄幹のあいだにも視えざるコレスポンダンスが存在していたからである。

前日の約束どおりの時間に来訪すると、すぐにサロンに通された。「室内の飾付はこの家の外見のけばけばしいのに似ず、高雅な中に淡い沈鬱なところのある調和を示して居た。……詩人はこの室《しつ》で創作の筆を執ると見えて古風な黒塗りのきやしやな机が一つ窓近くに据えられていた。……氏は五十歳を幾つも越えないであろう。肉付の締った、細やかな、背丈の高い体に瀟洒とした紺の背広を着て、調子の低い而して脆相な程美しい言葉で愛想よく語った[40]」。

端正な言葉で愛想よく語ったという表現は一八世紀的な社交人でもあったレニエの一面をよくとらえているが、それ以上に的確なのは室内の印象である。「高雅な中に淡い沈鬱なところのある調和」という鉄幹の言葉は、何と見事にレニエの詩の世界を言いあてていることだろう。そして、それはまた何と彼自身の『相聞』の世界に似通っていることか。「淡く」しかも「沈鬱な」とは、まさにレニエの詩風でもあれば後期鉄幹の作風でもある。だからこそ鉄幹は訳詩集『リラの花』にあれほど数多くレニエの詩を採り、それを成功させているのだろう。

レニエと鉄幹に共通する「沈鬱」と「高雅」。ここで想起されるのは齋藤茂吉の鉄幹追悼文である。茂吉は晩年の鉄幹の肖像を実に見事に描きだしている。茂吉は、アララギ主流となった歌壇にたいして孤高を保っていた鉄幹の姿をこう追悼している。「かくの如くに歌壇を白眼視されたが、『高貴なる孤独』の中の、『高貴』の概念が私等の考えるものとは違っていたようにおもえる。／併し何しろ貧寒に乾からびていず、都雅で華やかで、洋風であった。一般の西洋社交界における明朗というようなところがあった。与謝野氏の『高貴』の核心はさういうところにあったと看ていいだろう[41]」。

ここに茂吉の言う「高貴」は、まるでレニエと鉄幹のためにあるかのように、光彩陸離たる「社交人」としての二人の面目を言い表している。レニエも鉄幹も社交界においては「明朗」にして洒脱な言葉を操る名手であり、「都雅」という言葉がいかにもふさわしかった。それでいて二人は共に心の「うらぶれ」癒しがたく、寂として晴れやらぬ「沈鬱」の人でもあった。茂吉は鉄幹の「孤独」について言葉を費やしている。「高光る日のいきほひに思へども心は早く黄昏《たそがれ》を知る」／こういう一種の思想的抒情詩とも謂うべきものがあり、実に神経が細かく働いて、当時の歌壇であっては先達たる資格あるものであるが、なぜこういう歌が、自然主義的観相のものから厭離せられて行ったろうか(42)」。

茂吉の描くとおり、いかにも晩年の鉄幹は文壇から孤立して愉しまぬ境地にあった。だが彼の沈鬱はそればかりが理由ではない。この風流男《みやびお》はゆるされぬ恋に永く悩んでいた。「憂き恋」は影のように寄り添って彼を離れなかった。そして、パリの詩人レニエもまた。

実際、二人の共通点は作風だけではなく、密かな愛情生活にもあった。レニエは妻マリーに新婚当初から裏切られて一生を傷心のうちに生きた文人であった。しかも裏切りの相手はかつてのライバル、詩人ピエール・ルイス。そのスキャンダラスな三角関係はほどなく文壇に知れわたるところとなるが、なおも詩人は妻マリーへの想いを断ち切ることができない……。立場こそ逆だが、レニエにとっても鉄幹にとっても恋はひたすら「憂き恋」であり、「沈鬱」は同じように二人の人生を染めた基調音であった。もちろん鉄幹は、そのような詩人の内面など知るよしもない。だが作品は、知識より深く真実を教えるものだ。鉄幹によるレニエの訳詩はどれも「淡い沈鬱さ」をにじませて読者を想いに沈ませる。最も秀逸な一篇「雨」を引く。

窓《まど》は開《あ》けり、雨《あめ》ぞ降《ふ》る、
こまやかに
ちさき音《おと》して、そぼそぼと。
爽《さわや》かに静《しづ》かなる庭《には》の上《うへ》。

雨《あめ》は葉毎《はごと》に目覚《めざ》めしむ、
己《おの》が染《そ》めたる青《あを》き木の塵《ちり》を被《かづ》くを。
壁《かべ》には眠《ねむ》げに
葡萄《ぶどう》の棚《たな》ぞ葡《は》ふ。

草《くさ》は戦《わなな》き、ふすふすと、
生温《なまぬる》き砂《すな》は鳴《な》る。
さて人《ひと》は、砂《すな》と草《くさ》の上《うへ》に
主知《ぬしし》らぬ幽《かす》かなる足音《あしおと》を聞《き》くここちす。

庭《には》はひそひそと私語《ささや》き、

はた、しのびかに身《み》じろぎす。
むら雨《さめ》は一筋《ひとすぢ》、一筋《ひとすぢ》、
空《そら》と地《ち》とを織《お》る如《ごと》し。

雨《あめ》ぞ降《ふ》る。眼《め》を閉《と》ぢて、我《わ》れは聞《き》く、
庭《には》を濡《ぬ》らす雨《あめ》は、同時《どうじ》に、
我《わ》れと我《わ》が心《こころ》に作《つく》りたる
闇《やみ》の中《なか》に滴《したた》るを。(43)

終生ヴェネチアを愛したレニエは「水の詩人」であったが、闇に滴る憂き水は鉄幹の訳詩にもにじんでいる。いや訳詩だけではない。歌集『相聞』にも水の憂愁が色濃いさまは冒頭歌を引くだけで十分であろう。「大空の塵とはいかが思ふべき熱き涙のながるるものを」――実に鉄幹はレニエに劣らぬ「水の歌人」なのである。永井荷風もまたレニエを愛し、訳詩集『珊瑚集』にもレニエに多くの頁を割いているが、上田敏の『海潮音』から荷風の『珊瑚集』にいたるまで、『明星』が日本に紹介したフランス詩はやはり象徴派の「水の調べ」であって、だからこそ女の髪になじみ、アール・ヌーヴォーになじみやすかったのであろう。

だが、水に流れるそのみだれ髪は、いまやモダニズムの息吹をうけて変貌をとげようとしている。

その新しい風を、晶子はどう受けとめたのだろうか。

## 4　晶子の巴里——最後のベルエポック

### パリ・ファッション

パリで季節を告げるのは女のファッションである。三月某日の鉄幹の文にはモードのことが詳しい。「春になったので女の装飾がだいぶ変り出した。縁の狭い頭巾帽《トック》が止って縁の広い円帽《シャポウ》に移って行く。日本の兜を模した帽の形ももう流行遅れとなって、横に高価な極楽鳥の羽を附けた物や、鳩の羽を色々に染めたのを附けた物などが盛んに行われる。しかしこれらは従来から有った型で今年の新流行という物はまだ出ない様だ。しかし明日にもきっと帽子屋が新型を拵えて知名な女優に贈りそれを被った姿を写真に撮らせてもらって一般に流行らせる事であろう(44)」。

パリ・モードにかんする鉄幹の詳しさは驚くほどで、ここに引用した文だけからでも、さまざまなファッション事情がわかる。鍔の広い帽子が流行したこと、宣伝のため帽子屋が女優の写真をメディアに載せて普及させていたシステムが存在したこと。事情は帽子にかぎらず衣服のファッションも同様で、今の言葉で言うマヌカンを競馬場などの社交場に送り出してモデルを務めさせるシステムが定着していた。このシステムを普及させたのはポール・ポワレだが、ベルエポックがこの「モードの帝王」の時代であったことは、文の続きからもうかがわれる。「マタン紙上で今年の流行服の予想を各女優から聞いて公にしている。日本の『キモノ』から影響せられて細くなった裳《ジュップ》の形はまだ当分広くなるまい。それで裳《ジュップ》には改良の余地がちょっと見つからないが、盛装《ロオブ》の裾に幾段も襞を附けたり、またその裾に異《ちが》った切目を附けたりするので一生面を開くであろう。そして白または金茶が流行の色となるのであろう。これが多数の予想である[45]」。

ストレートなシルエットを打ち出したポワレが「コルセットからの解放」を宣言したのは一九〇六年。コルセットでからだを締めつけた不自然なスタイルを一新したこのデザイナーにインスピレーションをあたえたのはキモノであった。晶子がパリに滞在した一九一二年はそのポワレ・ファッションの全盛期に当たっている。シャネルはすでに二年前にカンボン通りに店を開いてはいるが、ポワレと入れ違いにモード界のスターの座に就くのは大戦後のこと。ベルエポックはポワレ・ファッションの「良き時代」でもあった。

『ヴォーグ』でも『フェミナ』でもない一般紙の『マタン』にこれほど詳しいファッション記事が載ることじたいポワレ旋風の大きさを物語っているが、それにしてもこの記事の読み方といい、帽子についての所見といい、パリ・モードにかんする鉄幹の知識は明治の文人のなかではずばぬけている。国籍を問わず「女」を見る眼があるのと、おそらく宿の女主人や同宿の「遊楽の女」たちとの会話から学んだのであろう。こうした鉄幹なればこそ、晶子を呼ぶにあたっても良い着物を誂えて来るようにと言う配慮ができたのだ。言われたとおりわざわざ三越で友禅の振袖を新調してきた晶子だったが、その晶子の眼に、パリジェンヌの姿はいったいどう映っただろうか。

さすがというべきか、『巴里より』に収められた晶子のパリ印象記はただちにフランス人の外見に及ぶ。「汽車で露西亜や独逸を過ぎて巴里へ来ると、まず目に着くのは仏蘭西の男も女もきやしやな体をしてその姿の意気《いき》な事である。もちろん一人一人を仔細に観るなら各々の身分や趣味がちがうままに優劣はあろうが、概して瀟洒《あっさり》と都雅《みやび》であることは他国人の及ぶところで無かろう(46)」。街のたたずまいでも人びとの気質でもなく、「粋な姿」への感動からフランス印象記が始まるのが晶子らしい。「かたちの子」を愛する耽美派歌人の面目躍如である。

ところで晶子たちの宿はモンマルトルであるから、大勢の娼婦が眼についたにちがいないが、晶子が見惚れていたのはハイ・ファッションを身にまとった上流婦人たちだった。叙述にそれがよくでている。

仏蘭西の女と言えば、それが余りにたやすく目に付くのでそれがどの珈琲店にも、どの酒場にも、どの路上にも徘徊する多数の遊女が代表しているように一寸思われるけれど、自分はやはりコメデイ・フランセエズの様な一流の劇場の客間《サロン》に夜会服の裾を引いて歩く貴婦人を標準として、それに中流の生活をしているしろうとの婦人の大多数をあわせてフランスの女の趣味を考えたい。目のまわりにいろんな隈を取ったりする遊女の厚化粧は決してこの国の誇る趣味ではない。自分は劇場や展覧会や絵の展覧会の中、森を散歩する自動車や馬車の上に、睡蓮の精とも言いたい様な、ほっそりとした肉付の豊かな、肌に光があって、物ごしの生生とした、気韻《きいん》の高い美人をたくさん見るたびに、ほれぼれと我を忘れて見送っている(47)。

街を徘徊する「厚化粧の遊女」と言うのは、やはりモンマルトルを宿にしたからであって、街娼の姿がどこよりも際立っていた。晶子は日夜その姿に接していたのだろう。これにくらべ、「森を散歩する自動車や馬車の上に」優雅な姿を見せている「気韻《きいん》の高い美人」たちはと言えば、もちろん社交界の貴婦人たちもいただろうが、それ以上にパリの粋を極めた高級娼婦《ドウミ・モンデーヌ》と呼ばれる女たちとは鉄幹も晶子も知る由がなかったのではないだろうか。最新流行のオートクチュールに身をつつんでオペラ座やブーローニュの森に姿を見せるのは、こうした高級娼婦にとって欠かすことのできない日課であり、彼女たちの衣裳や立ち居振る舞いのエレガンスは一見するところ貴婦人にも劣らない。オートクチュールは始祖ワースからポワレに至るまで、社交界の貴婦人と共に裏社交界の女たちを顧客にしていた。その顧客層が変化するにはシャネルを待たねばならない。

それにしても、そうして晶子がほれぼれと眺めたパリの美女たちはいったいどのような装いをしていたのだろうか。というのもこの一九一二年という時期はハイ・ファッションの過渡期でもあるからだ。鉄幹の読んだ『マタン』紙の記事が伝えているのはまちがいなくポワレがはやらせた流行である。キモノに想を得たストレートなファッションはポワレの意匠のトレードマークだから。

といってもポワレのメゾンで衣裳を誂えるのは文字通り流行の先端をゆく女たちで、流れるような女性の曲線美を強調したS字型シルエットのコルセット・ファッションもいまだ健在であり、保守的な貴婦人や女優、高級娼婦のなかにはこちらを好む方も少なくなかった。先に述べた「自転車に乗る少女」たちでさえコルセットの上にニッカー・ボッカーを履いて自転車に乗っていたのだから、シャネル以前のファッション事情は複雑である。ちょうどブーローニュの森に行く社交人士の乗り物に自動車もあれば馬車もあったのと同様である。

先に引いた「コメデイ・フランセエズの様な一流の劇場の客間《サロン》に夜会服の裾を引いて歩く貴婦人」という晶子の文章から伝わってくるのは、どちらかといえばポワレ以前のクラシックな装いのようである。コメディ・フランセーズの観劇体験をうたった「巴里の一夜」という詩をみてみよう。

テアトル・フランセエズの二階目の、
紅い天鵞絨《びろうど》を張りつめた
看棚《ロオジユ》の中に唯だ二人
君と並べば、いそいそと
跳《をど》る心のおもしろや。
もう幕開《まくあき》の鈴が鳴る。

第一列のバルコンに、
肌の透き照る薄ごろも、

白い孔雀を見るやうに
銀を散らした裳を曳いて、
駝鳥の羽のしろ扇、
胸に一りん白い薔薇、
しろいづくめの三人は、
マネが描《か》くよな美人づれ、
望遠鏡《めがね》の銃《つゝ》が四方から
みな其処へ向くめでたさよ。

また三階の右側に、
うす桃色のコルサアジユ、
金の繍《ぬひ》ある裳を著けた
華美《はで》な姿の小女が
ほそい首筋、きやしやな腕、
指輪の星の光る手で
少し伏目に物を讀み、
折々あとを振返る

人待顔の美くしさ。(48)

パリ滞在中に劇場通いをした鉄幹が劇の内容ばかり書きとめているのにくらべ、晶子の方は劇場に「社交場」を観ているのは、語学力の差のせいもあろうが、おのずと関心が向いたのでもあろう。そうして晶子が鑑賞を楽しんだパリの美女たちの装いはといえば、二節にうたわれた白い衣裳でそろえた三人は、「マネが描くよな」と形容されているとおり、クラシックな夜会服《デコルテ》を想わせる。三節目の「華美《はで》な姿の小女」は、「コルサアジユ」という表現じたいがコルセット・ファッションを連想させるが、これみよがしにむきだしにした腕といい「指輪の星の光る手」といい、その派手さに晶子は何かしら素人ではないものを感じとっている。おそらく晶子の思ったとおりの女だったのであろう。いずれにしても晶子が眼の愉しみにした女たちの夜の装いは、流行の最先端というよりも洒落たデコルテの印象をあたえる。

そういえばオペラ座やコメディ・フランセーズのような「劇場」が社交場である時代もこのベルエポックが最後であり、シャネルの二〇年代を待つ前にすでにこのポワレの時代から「パーティ」という社交形式が始まろうとしていた。いろいろな意味で晶子は「最後のベルエポック」に立ち会っているのである。

それにしても晶子がブーローニュの森や劇場で見かけた麗人たちは富裕な社交界の女たちである。もっと広く、街を行き交う日常生活のなかの女たちはどうだったのであろうか。晶子はこれまた鋭い観察を怠らない。「自分が仏蘭西の婦人の姿に感服する一つは、流行を追いながらしかも流行の中から自分の趣味を標準にして、自分の容色に調和した色彩や形を選んで用い、一概に盲従してない事である(49)」。

他人とのちがいを大切にするフランスの個人主義をよくとらえているが、見逃せないのは続きの文章。晶子が自分の「洋服」の仕立てのことにふれているからだ。「自分は三四着の洋服を作らす参考にと思って目にふれる女の服装に注意して見たが、色の配合から釦《ボトン》の附け方まで同じだという物を一度も見たことが無い。仕立屋《タイユウル》へ行けば流行の形の見本を幾つも見せる。誂《あつら》える女は決してその見本に盲従する事なく、それを参考として更に自分の創意に成る或物を加えて自分に適した服を作らせるのである(50)」。

文章からみて、晶子はパリの仕立屋で洋服を誂えたのである。が、いまここで大切なのは、晶子がそこまで踏みこんでパリジェンヌの装いを観察し、そのセンスに感心していることだ。ベルエポックはパリがヨーロッパの首都として君臨した時代だったことは先に述べた。アメリカもドルもいまだ世界に君臨していない。耽美派の晶子は、モードの首都に生きる女たちのさりげない装いにきらめくオーラを感じとったのであろう。晶子はパリジェンヌのセンスの良さを日本の女と比較して次のように述べている。

「欧州の女はどうしても活動的であり、東洋の女は静止的である。静止的の美も結構であるけれど、どうも現代の時勢には適しない美である。自分は日本の女の多くを急いで活動的にしたい(51)」。

「活動的」とはシャネル・ファッションのキー・ワード。いかにも「はたらく女」晶子らしい批評だが、その晶子は日本女性の自発性と活動性の欠如に批判の眼をむける。「……日本の女が何が巴里の女に及びがたいかと言えば、内心が依頼主義であって、自ら進んで生活し、その生活を富ましかつ楽しもうとする心掛けを欠いているところから、作り花の様に生気を失っている事と、もう一つは、美にたいする趣味の低いために化粧の下手なのとに原因しているのではないか。日本の男の姿は仏蘭西の男に比べてずいぶん粗末であるが、まだそれはよいとして、日本の女の装飾はもっと思い切って品好く派手にする必要があると感じた[52]」。

依頼主義の批判はまさに「自立主義者」晶子ならではだから驚かないが、日本女性の「化粧の下手さ」「美にたいする趣味」の低さを指摘するとは、晶子もたいそうな耽美派である。逆に言えば、ベルエポックのパリがそれほど「美の先進国」だったということかもしれない。晶子はロンドンとベルリンにも旅をしているが、その印象記にもそれがよく出ている。まず、イギリス女性評の辛辣さ。「巴里《パリイ》を観て来た目で評すると概して英国の女は肉付の堅い、骨の形の透いて見える様な顔をしていて、男と同じ様な印象を受ける赤味がかった顔が多い[53]」「帽も服装も英国の女のは日本の上方言葉の『もっさりしている』と言う一語でおおわれる[54]」。これだけでも相当に辛辣だが、ベルリン女性評になると痛烈をきわめる。「伯林《ベルリン》の女は肥満した形がすでに美でないのに、服装も姿態も仏蘭西の女を見た目には随分田舎臭いものである[55]」。

さらに晶子はイギリス女性について、その容姿が「男に近く成って」女らしくないのを憂えるばかりか、参政権を要求する一部急進派の女性の動きを指して、「それがために容姿の美を疎かにするまでに賢くなろうとしているのが悲惨である(56)」とまで記している。晶子がいかに「女らしさ」を大切にしていたかを如実に語る言葉であろう。

## キモノと黒髪

美しい街と人を眼にしていると、ひとはそのオーラに染まってみずからも美をまといたくなるものだ。ヴェネチアに行くと男も女も狂ったように服を買う、街が人を挑発するからだ——そう語ったのはロシアの詩人ヨシフ・ブロツキーだが、晶子もまた美都パリに大いに挑発されたにちがいない。そう思わせるような晶子の詩がある。

巴里《パリイ》に着いた三日目に
大きい真赤な芍薬を
帽の飾りに附けました。
こんな事して身の末が
どうなるやらと言ひながら。
「巴里より葉書の上に(57)」

三千里をこえて「恋人」に会えた喜びに浮き立つような詩だが、その喜びのしるしに晶子が買ったのは派手な帽子飾りだった。鉄幹が記していたように、「縁の狭い頭巾帽《トック》」の流行がすたれて、「高価な極楽鳥の羽」などの飾りをつける大きな帽子がはやっていたのである。晶子はその鍔広の帽子がすっかり気にいって和服にも被っていたらしい。三越で誂えた着物に帽子を被った写真が残されている。そのような晶子の和服姿はさぞかしパリ中の好奇の眼を集めたことだろう。パリにおける晶子のファッション体験についてみよう。

日本服を着て巴里の街を歩くと何処へ行っても見世物のように人の目が自分に集る。日本服を少しく変えて作ったロオヴは、グラン・ブルヴアルの「サダヤッコ」と言う名の店や、巴里の三越と言ってよい大きなマガザンのルウブルの三階などに陳べられているので、さまで珍しくも無いであろうが、白足袋を穿《は》いて草履《ぞうり》で歩く足付が野蛮に見えるらしい。自分は芝居へ行くか、特別な人を訪問する時かの外はなるべく洋服を着るようにしている。しかしまだコルセに慣れないので、洋服を着る事が一つの苦痛である。でも大きな帽子を着ることのできるのは自分が久しい間の望みが達した様に嬉しい気がする。髪を何時でも剥き出しにする習慣がどれだけ日本の女をみすぼらしくしているか知れない。……自分は今帽を着る楽しみが七分で窮屈なコルセをして洋服を着ていると言ってよい[58]。

帽子のエレガンスへの愛着の深さが伝わってくるが、晶子のファッション体験はほかにも多くのことを教えてくれる。まず「サダヤッコ」である。グラン・ブールヴァールに貞奴の名をつけた店があったという事実は、日本ブームの大きさを物語っている。夫の川上音二郎に率いられて世界の舞台で日本舞踊を披露した貞奴は、ロンドン公演の折にアメリカの女性舞踏家ロイ・フラーに見出され、翌年のパリ万博に出演、ロイ・フラーの舞踏に負けず観客を熱狂させた。彼女の美しい着物姿はポワレをはじめ当時のクチュリエたちに大きなインスピレーションをあたえ、身体を拘束する西欧の衣裳のコンセプトを揺るがした。身体を締め付けずに包むキモノは、コルセットの拘束を捨てるデザインを生み出したのである。

実際晶子の文章は、袖や襟にキモノのゆるみを採りいれたデザインのドレスがデパートにまで出まわっていた様子を伝えている。アール・ヌーヴォーからキモノに至るまでジャポニスムたけなわの時代だったのだ。先に女学生の「クロディーヌもの」の大流行をみたが、クロディーヌ・ブームとサダヤッコ・ブームはほぼ時期が重なっている。いずれの二つも、表情こそちがえ、クラシックな「女らしさ」の拘束からの身体の解放をめざす同じ流れを汲んでいる。確かにパリには新世紀の風が吹き抜けていたのだ。

そうしたパリの流れとはちょうど逆に、着物を脱いで洋服へとチェンジした晶子はさぞかしコルセットの拘束を窮屈に感じたことだろう。「帽を着る楽しみ」に促されて洋装をするというのは偽らざる感情だったにちがいない。

もう一つ注目すべきことは、晶子がそれほど帽子に愛着をよせる理由である。晶子は、丸髷や島田に結い上げるでもなく、これといった装飾もない日本の束髪を「みすぼらしい」と語っている。さすがは『みだれ髪』の作者というべきか。晶子のまなざしは身体のどの部分にもまして「髪」にむけられる。

『巴里より』には「欧州婦人の髪」と題されたエッセイがあり、冒頭からこう始まっている。「自分は外国へ来て初めて日本婦人の頭髪のおしなべて美しいことを思う者である。あの房やかな長い髪を本国の人はそれほど誇りとも思っていないであろう。もちろん自分もそう思っていた(59)」。渡仏前の晶子は、写真で見る外国婦人の波打つウェーブや豊かなボリュームに憧れを抱いていたのである。ところがパリで月日を過ごすうち、パリジェンヌの髪の真相を知ってゆく。美容院に行った晶子は、彼女たちの髪のふくらみが実は付髷のおかげで実際の髪のボリュームは貧弱であることを知った。しかもそれをコテで縮らせるから髪質も痛む。それにひきかえ、日本の女たちの「房やかな長い髪」の美しさ。先に日本女性の髪の「みすぼらしさ」を記してからほぼ二月後に書かれた文章だから、帽子のエレガンスはともかく、こと髪に関しては意見を変えたのであろう。そういえば、パリに渡る前に詠んだ一首を思い出す。

わがこころ下司《げす》になりぬと君《きみ》なくて香油《かうゆ》を塗《ぬ》らぬ髪《かみ》に思《おも》ひぬ　『夏より秋へ』

『みだれ髪』の作者にとって、髪こそは「恋する身体」の表徴である。晶子の眼はパリの女たちの肌や瞳の色にではなく、髪に注がれ、日本の女の房やかな黒髪を誇りに思う。事実、衣裳以前に身体こそは「第一のファッション」であり、この真実は、肌の色や瞳の色にもまして、はるかに変化を加えやすい髪についてこそ言える。明治の女学生の結流しやクロディーヌの三つ編み、そしてやがて現れてくる断髪といい、髪型は女の表徴に大きなウエイトを占める。だからこそ帽子も見逃せないアイテムなのである。華やかな帽子を愛したのは、『みだれ髪』の作者にいかにもふさわしい身ぶりではないだろうか。

## 最後の「みだれ髪」

帽子を被る楽しみにもひかれて晶子はパリで洋服を誂えた。その体験を彼女は詩にうたっている。当時のモード事情についても考えさせられる詩なので、長いけれど引用しよう。タイトルは「エトワアルの広場」。

土から俄かに
孵化して出た蛾のやうに、
わたしは突然、
地下電車《メトロ》から地上へ匐《は》ひ上がる。
大きな凱旋門がまんなかに立つてゐる。

それを巡《めぐ》つて
マロニエの並木が明るい緑を盛上げ、
そして人間と、自動車と、乗合馬車と、
乗合自動車との點と塊《マツス》が
命ある物の
整然とした混乱と、
自主獨立の進行とを、
断間《たえま》無しに
八方の街から繰出し、
此處を縦横《じゆうわう》に縫つて、
断間無しに
八方の街へ繰込んでゐる。

おお、ここは偉大なエトワアルの廣場……
わたしは思はずじつと立ち竦む(60)。

メトロを上がると、凱旋門が威容を誇るエトワール広場の光景は今も変わらない。車がひっきりなしに往来する繁華な活気も現在のまま。さぞかし晶子はモダンな大都会の喧騒にのまれ、信号のないストリートを横断するすべもなく立ち竦んだのであろう。原詩は長大で、この後も長い三節が続く。晶子がシャンゼリゼに来たのはその日が二度目で、先回も大通りを横切ろうとしたのだが、車の往来に怯えて果たせなかったのだ。

だがその日は「用意」があった。バルザック街にある仕立屋にできあがった服を受け取りに来たのである。バルザック街はシャンゼリゼ大通を横断してすぐ。それはわかっていても、頻繁な交通に心は定まらない……。逡巡を語る長詩は、最後に一転して凛とした歩みで終わる。

この時、わたしに、突然、
何とも言ひやうのない
叡智と威力とが内から湧いて、
わたしの全身を生きた鉄鋼の人にした。
そして日傘《パラソル》と嚢《サック》とを提げたわたしは、
決然として馬車、自動車、
乗合馬車、乗合自動車の渦の中を真直に横ぎり、
あわてず、走らず、
逡巡せずに進んだ。

それは仏蘭西《フランス》の男女の歩るくが如くに歩るいたのであつた。
そして、わたしは、
わたしが斯うして悠然と歩るけば、
速度の疾いいろんな怖ろしい車が
却つて、わたしの左右に
わたしを愛して停まるものであることを知つた。

わたしは新しい喜悦に胸を跳らせながら、
斜めにバルザツク街へ入つて行つた。
そして裁縫師《タイユウル》の家では
午後二時の約束通り、
わたしの繻子のロオブの假縫を終つて
若い主人夫妻がわたしを待つてゐた。(61)

決然とした歩みは、パリの女たちの「活動性」を自らのものにした悦びでもあっただろう。普通のパリジャンと同じように通りを渡った「新しい喜悦」は、渡仏によって得た自信のメタファーともいえようか。旅の後半は日本に残してきた子どもたちを想ってホームシックにかかり予定を切り上げて帰国の途についた晶子ではあったものの、確かに渡欧は彼女の眼を世界にむけて開いたのである。

それにしても晶子が洋服を誂えた洋裁店はいったいどんな店だったのだろう。バルザック通りはシャンゼリゼを北西に横切ってすぐ。真っ直ぐに進むとサン゠トノレ通りにつきあたる。サン゠トノレ通りは今でこそ一流のブチックが軒をならべる世界のブランド通りだが、一九世紀までシャンゼリゼはパリの外れで、社交人士がブーローニュの森に行く通り道でしかなかった。その新開地のシャンゼリゼ一帯をファッション街にしたのはポール・ポワレである。それまでオートクチュールのメゾンはすべてオペラ座に近いラ・ペ通りに集中していたものを、ポワレは土地に余裕のあるこの新開地に広大な庭つきのメゾンを建てようと思い立つ。そうして彼の店がオープンしたのはまさに晶子が渡仏した一九一二年のこと。入口はサン゠トノレ通りに面した広大な館《メゾン》の庭で繰り広げた豪華なパーティやファッション・ショーの数々はモード史を飾る伝説になっているが、ポワレに続いてクチュリエたちは続々と西にメゾンを移してゆく。オートクチュールだけでなく、ルイ・ヴィトンや香水店ゲランもまたこの新興地に店を構えた。二〇世紀はシャンゼリゼの黄金時代でもあったのである。

ところで晶子が服を誂えた洋裁店だが、費用の面から考えても、「若い主人夫妻」の経営になる店のたたずまいから考えても、当然いま問題にしているような一流メゾンではない。おそらく、たとえば晶子のようにオートクチュールで誂えるほど金のない中流階級を相手にした小規模な店がここシャンゼリゼ付近に集まりはじめていたのだろう。ベルエポックはモード雑誌のベルエポックでもあったから、最新流行の情報はメディアが教えてくれる。先に晶子が語っていたとおり、そこから型見本をとって使えばよいのである。

実を言えば、こうしたモード事情を教えてくれるのは鉄幹なのだ。先に引いた『マタン』紙のファッション記事のくだりを鉄幹はこう結んでいる。「いずれ四月の各雑誌に流行服の写真が幾種も公にせられ、それを見て米国の贅沢女が電報で注文し、仮縫を身に合せかたがた巴里《パリイ》見物に続々やって来るという段取である」(62)。ファッション記事をこれだけ読みこなす事情通ぶりは、日本人の身でよくぞここまでと感心するほどで、よほど宿の女たちに教えられたのであろう。

というのも事実は彼が伝えているとおりであって、当時オートクチュールの顧客はまさに「米国の贅沢女」が多数を占めはじめていた。やがてシャネルがデビューを果たす『ヴォーグ』の全盛期、読者であったアメリカの富裕階級は観光をかねてパリに衣裳を誂えにやってきた。晶子が渡仏した一九一二年はあの豪華客船タイタニックが沈没した年でもある。豪華客船は一等室にパリ・モードを着るような富裕階級を乗せ、三等室にボヘミアン生活に憧れる芸術家の卵たちを乗せて大西洋を横断したのである。

事実、二〇世紀はアメリカがパリ・ファッションの一大マーケットになってゆく時代であり、「シャネル・ナンバー5」の売上げナンバーワンはアメリカである。その贅沢なアメリカ人がいちばん好んだ場所が新興スポットのシャンゼリゼなのだ。決然と大通りを渡って小さな洋裁店に入っていった晶子はもちろんそんな事情に通じているはずもない。ましてココ・シャネルなど、その名さえ知らなかったことだろう。

とまれ晶子は憧れのパリで服を誂え、優雅な飾りをつけた帽子をかぶるうれしさに洋装をした。後年その思い出を詩にうたっている。

蟲干しの日に現れたる
女の帽のかずかず、
欧羅巴《ヨオロツパ》の旅にて
わが被《き》たりしもの。
おお一千九百十二年の巴里《パリイ》の流行《モオド》。
リボンと、花と、
羽飾りとは褪せたれど、
思出は古酒の如く甘し。(63)

渡仏から八年後の一九二〇（大正九）年。晶子は往時のパリを、その華やかなモードの思い出を懐かしむ。ところが彼女は、記憶の眼が愛しんでやまないその巴里モードが一瞬にして褪せたセピアの衣裳と化す体験をする。そのシーンを伝えているのは深尾須磨子である。深尾の晶子論『与謝野晶子――才華不滅』は、「美しいもの」を愛しむ晶子の思い出を綴りつつ、パリ・ファッションの変貌を語っている。深尾須磨子が初めて渡仏したのは一九二四（大正一三）年。第一次大戦を経たパリは、一二年前に晶子が見たパリとはすっかり面変わりをとげていた。

そこにはすでに、花園みたいなボンネットや、すそを引いたローブも見られず、女の服装も驚くばかり活動的であり、ミニとまではゆかなかったが、スカートもおそろしく短く、髪もほとんどが断髪、帽子もきわめて小型なものだった。……厳しい戦争の経験が、パリ女の姿をも、より能動的なものにとりかえはしたようだが、それでも持前の魅力は失われていなかった。こんな傾向は、わたしの滞在中もますます加わるばかりだった。

一九二七年、わたしが帰国して晶子を訪ねると、わたしのスポーティーなスーツ姿をしさいにながめ〝フランスふうでなくて、アメリカふうですね〟と、あまりごきげんがよくなかった。彼女の大せつなフランスのイメージを、台なしにした心なさがわびしく、わたしはせめて、明るい色のローブでも着ていけばよかったと悔いられた。思えばそんなこともあったのだ。(64)

明らかにここで晶子の記憶の眼は、リボンや花や羽飾りのついたあの華やかな帽子姿を探し求めている。だが、一〇年あまりの歳月はそれを時の彼方の失われた衣裳に変えてしまった。大戦をはさんでポワレの流行は終わり、いまやさらに活動的なモダンガールの時代が到来していたのである。

時は大正末期、日本の最新流行でさえかつての高踏的なフランス風からスピーディなアメリカ風へと変貌しようとしていた。安藤更生の銀座論は語っている。「昨日までの銀座は、フランス文化の下にあった。今日では銀座に君臨するものはアメリカである[65]」。明治の銀座はカフェから資生堂にいたるまでフランス趣味が流行り、「最もハイカラな洋服はパリスタイルといわれた[66]」。ところが、いまやフランス風は過去のものになり、アメリカ好みのジャズやハリウッド・スターの名が銀座にあふれている。

だが、事態は銀座に限られず、実は本場フランスでも同じようなモードの大衆化が始まっていたのだ。ほかでもない、シャネルという名のクチュリエの台頭とともに……。深尾須磨子はフランスのモードの変化を知りこそすれ、晶子の夢を色褪せさせた新しいクチュリエの名など夢にも知らない。もちろん晶子そのひとも。

だが、事態は明瞭である。「フランスよりむしろアメリカ」を思わせる「スポーティなスーツ姿」――このモードを流行らせたのはシャネル以外に誰がいるだろう。シャネルは晶子の愛したベルエポックの果て、二〇世紀の太陽の輝く海辺に立ち現れる。自転車で風を切って進むあの花咲く乙女たちのように。

事実、先にふれたとおりシャネルは海辺の避暑地ドーヴィルでリゾート・ウェアをつくりだすことからキャリアを始めた。彼女がつくる帽子は派手な飾りのないシンプルな実用性が際立っていた。「わたしが競馬場で見かけた女たちは頭に巨大なタルトをのっけていた。果物やら冠羽やらで飾りたてた羽根飾りのモニュメントね。何より我慢ならなかったのは、その帽子がまともに頭に入らなかったこと――わたしのつくった帽子はきちんと耳まで頭が入るようになっていた[67]」。

けれども、シャネルがやった仕事はたんに帽子をシンプルにして実用的にすることだけではない。この「皆殺しの天使」は女のイメージをラディカルに覆す業をやってのけた。そう、シャネルは華やかな帽子を脱いで長い髪を断ち切ったのである。そのシャネルをモランはこう評している。「復讐の精神から、シャネルはコルセットの紐のあたりまで垂れた美しい長い髪をばっさりと断ち切り、失われた楽園の夢のすべてを虐殺した[68]」。

それまで女の表徴として讃えられ、マジカルな力を持つとさえいわれた女の長い髪、水の流れに漂いながら優美なアール・ヌーヴォーの曲線を描いた黒髪。それをココはばっさりと断ち切った。

一九一七年、わたしはふさふさした長い髪に鋏を入れた。はじめは少しずつ短くしていたけれど、最後はきっぱりとショートにした。

「なぜ髪を切ったりなさったの？」

「邪魔だからよ[69]」

シャネルとともに、ふさふさと波打つ長い髪は女の表徴であることをやめる。晶子がかくも愛し、誇りにした「房やかな黒髪」、恋のために香油を塗り重ねた長い髪。その女の髪は、シャネルの登場とともに歳月の彼方に沈み、失われた表徴と化してしまった。

あけそめた二〇世紀、みだれ髪は、恋する女の最後のイコノグラフィーとなったのである。

# 第三章　はたらく女

# 1　モード革命——性からの解放

## 皆殺しの天使

新しい歴史の空の下に、新しい女性像がたち起こってゆく——世紀の変わり目に生まれあわせたシャネルはこの新しいスタイルのシンボルである。

事実、シャネルが切り捨てたのは長い髪ばかりではなかった。長い髪を一つのシンボルとする「神秘的な女性像」、それこそ彼女が破壊の標的としたものである。たとえば長いスカート。女性の脚を秘め、そこに見えない秘密を想像させるロングドレスは秘めやかな女の表徴である。シャネルはそれを破壊した。衣擦れの音うるわしいドレスにとって代えるに、彼女は機能的なジャージーをもってした。

ほかのクチュリエたちの憤激をよそに、私はスカートを短くした。ジャージーはそれまで下着にしか使われなかったのに、私はあえて表地に使って栄光を授けた(1)。

ジャージーはそれまでモードの舞台に一度として登場したことのない貧しい素材である。シャネルは絹やレースの豪奢を否定して、この貧しい——しかし伸縮性ゆえに「実用的な」——素材を愛した。「私は豪華な布地を抹殺した。ギリシア神話のリュクールゴスのようにばっさりと」(2)。ここにあるのは金ピカの豪奢にたいする怒りであり、過剰装飾にたいする拒絶の意思である。過剰装飾。それこそ彼女のあの「確かな嫌悪感」が標的にしたものだった。
帽子によくそれが表れている。シャネル以前の帽子は、晶子が愛した大きな帽子のように、花や果物や羽根で飾りたてられて華美を極めていた。シャネルの狙いは、帽子といわずドレスといわず、女の装いすべてにわたってこの装飾性を剥ぎ取ることであった。

一九一四年以前の競馬場といったら！　そこへ行くたびに思ったわ、私はいま一つの時代の終わり、贅沢さの最期、一九世紀の喪に立ち会っているのだ、と。豪華な時代だったけれど、退廃的で、バロック様式の最後の輝きのなかで装飾が女のラインを殺していた。まるでジャングルの寄生植物が樹木を窒息させるみたいに、ゴテゴテした装飾が身体を押しつぶしていた(3)。

過剰なのはたんに装飾性だけではない。コルセットで締めつけられたフェミナンなシルエットは、長い髪がそうであったのと同様に、濃密な「性」の表徴であった。二〇世紀の日常を生きる《私》からほど遠い神話的イメージ……。髪を切り、スカートを短くしたシャネルは、一九世紀的な豪奢を否定するとともに、過剰にフェミナンな旧来の女性像そのものを葬り去ったのである。
作家のポール・モランはこのシャネルを「皆殺しの天使」と呼んだ。「シャネルは、ただ登場するだけで、戦前のものをすべて枯れさせてしまった。ワースもパキャンも色褪せた(4)」。この皆殺しの天使のつくりだしたスタイルは、まさしく「革命」の名にふさわしい。シャネルとともに、ながく裳裾をひく夜会服や宝石などの豪華な装飾品は「時代遅れ」の衣裳と化した。

モランをはじめ、幾多の同時代人がシャネルのこのモード革命を語りついでいる。セシル・ビートンの回想を引く。「一九一四年の大戦の後には女らしさの概念の完全な革新が行われた。この革命は平面的でストレートなラインをもたらし、胸や全体の輪郭《シルエット》を平らにしてしまった」「それは歴史上のいかなるスタイルにも回帰しないまったき革新だった。荘厳さと華麗なるエレガンスの時代はアン女王と同様、とっくに死に絶えていた。……シャネルは華美に見せないことがスマートなことなのだと顧客に気づかせた最初のデザイナーだった(5)」。

華美に見せないこと、シンプルであること。言葉をかえればそれは、過剰にたいするある種の「欠乏」である。シャネルは「欠乏」をもって未聞のスタイルをつくりだした。たとえばジャージーという素材。みすぼらしい素材として省みられなかったそれを、彼女は「あえて王座に就かせた」。ジャージーの伸縮性は身体を拘束から解き放つからである。「ジャージーという素材の発見をとおして私は身体を解放し、ウエストを締めつけないことにした。自分自身が着て、新しいシルエットをうちだした(6)」。

シャネルがファッションに求めていたもの、それは今日からすれば実にあたりまえの平凡なこと、すなわち着やすさという「実用性」である。過剰な装飾が否定されねばならないのはそれが実用性の対極にあるからなのだ。すでに帽子について彼女は言っていた、「いちばん嫌なこと、それは帽子がちゃんと頭に入らないことだった」。帽子がきちんと頭に入ること、ポケットは飾りでなくちゃんと手が入ること。現代のわたしたちからすれば信じられないようなことだが、シャネルの出現を待って初めてこうした実用性がハイ・ファッションの舞台に登場するのである。モーリス・サックスの回想録はこのモード革命を的確な言葉で書きとどめている。

「実用的」というこの言葉が、彼女に成功をもたらした。戦前のあのごてごてした裾飾りのかわりに、シンプルな衣裳が、いわば強引に出現したのだ。しかし、ごてごてを脱ぎ捨てるために、勝利のときを待っていたというのも事実だ。シャネルの天才は、窮乏ないし不自由としてしか受け入れられなかったものを、エレガンスに変えてしまった点にある。彼女は、高価な安物、豊かな悲惨さ、魅力的な貧しさを「創出」したのだ。モードの領域では、それはかなりな革命であり、風俗的にもそうだった。なぜなら、女性がしかるべき形で誘惑するのに絶対に必要なあの神秘を女性から奪ったのは、まさに「実用的なもの」だったからだ。(7)

実用性から出発してシンプリシティーという一つの「美」を創りだすこと。そして、シンプルなそのスタイルをもって、女の「性」にまつわる濃密な物語《イデオロギー》を一掃してしまうこと――それがシャネルのやってのけたモードのモダン革命であった。

## 越境者

この革命が可能だったのは、それが時代の動きを先取りしていたからである。新しい世紀、女たちは自分自身の意思で外へ出ようとしはじめていた。家の外へ、ストリートへ、そして制度の外へと。恋愛結婚とともに離婚が増え、はたらく女が出現しはじめたこの時代、「女性の神秘」は空語と化しつつあったのだ。シャネル自身がその筆頭である「活動的な女」たちは、自分たちにふさわしいスタイルを待ち望んでいた。シャネルのスタイルは、世紀の風とともに、「勝利のときをまっていた」のである。

私はこの新しい世紀に属していた。だからこそ、それを服装に表現する仕事が私にまかされたのよ。シンプリシティー、着やすさ、清潔さといったものが求められていた。私は気づかぬうちにそれを全部提供していた。真の成功は運命的なのね(8)。

着やすさ、動きやすさ、清潔さ。外に出はじめた女たちは、女が男の「飾りもの」であった時代のファッションとは逆のものを求めていた。「私は、新しい社会のために仕事をした。それまでは、何もやることがなくて暇のある人たち、侍女に靴下をはかせてもらうような女たちが服を作らせていたわ。だけどわたしの客になった女たちは活動的な人達だった。活動的な女には着心地のいい楽な服が必要なのよ。袖をまくりあげられるようでなきゃ駄目[9]」。

「侍女に靴下をはかせてもらうような女たち」というシャネルの言葉は有閑階級を毒ある言葉で批評して小気味よい。一方、「袖をまくりあげられるようでなきゃ駄目」というきっぱりした断言は、スポーツであれ仕事であれきびきびと活動する「新しい社会」の新しい身体を語って胸がすくようである。

ところで、ここに言われる「新しい社会」とは、すぐれて第一次大戦後の社会であった。「恋愛のアンシャン・レジーム」は一九〇〇年に終わったとはいえ、新しい女たちの台頭は、二〇世紀当初からではなく、大戦から始まったからである。

晶子たちが滞在した一九一二年を思いだせば十分だろう。当時シャネルはいまだ新米のクチュリエにすぎず、モード界はポール・ポワレの全盛期だった。第一、「コルセットからの解放」をなしとげたのはシャネルでなくポワレである。といってもポワレは胸こそ解放したものの、ロシア・バレエにインスピレーションを受けたオリエンタルなホブル・スカートを流行らせて脚を束縛した。その自伝でポワレは語っている。「そう、わたしはコルセットをはずし、胸部を解放したが、逆に足元のほうは束縛した。……彼女たちは反抗してやめただろうか？　単なる不平や苦情がモードの動きを止めただろうか？　いや逆に流行をあおったようなものだった。誰も彼もが狭苦しいスカートをはいた[10]」。ポワレの帝王ぶりが目に見えるようだが、そのポワレ帝国に影を投げたのは大戦である。まずポワレ自身が軍の調達品を命じられてモードの世界から遠ざかることを余儀なくされた。

対照的に、戦争はシャネルに味方をした。というのも戦争は「欠乏」と手を携えてやってくるからである。ほどなく服の布地が払拭してきた。そのときシャネルはジャージーと出会ったのだ。一九一六年、生地業者ロディエ社からシャネルは大量のジャージーを買い取る。男性用下着に仕入れたものの厚地で使えないと思っていた社の意向をよそに、シャネルはこの生地を女性のファッションに使おうと思いたった。贅沢ではなく、「欠乏」が発明をうながすのである。すでにシャネル自身、ジャージーのウェアを着ていた。だからその着心地をよく知っていた。

戦争はまた別の意味でもシャネルに味方していた。大戦の知らせとともに上流階級の夫人たちが大勢パリを逃れて避暑地ドーヴィルに疎開してきたからである。ドーヴィルにシャネルが店を出したのはきっかり一九一四年、大戦の年。パリを遠く離れた海辺のリゾート地で、カジュアルなシャネルの帽子やウェアは人気を呼んだ。着飾ることが難しかった戦時、女たちは実用的な服の着心地に目覚め、その「新しさ」に眼をひらかれたのである。「欠乏」を一つの価値へと高めたシンプリシティーの美学は『ハーパーズ・バザー』や『ヴォーグ』といったメディアをとおして確実に世に広まった。先に引いたサックスの回想記の続き。「彼女によってはじめられたこれらの流行は、あらゆる面に広がった。しかも全世界がそれらの流行を追うのに夢中になったといっても過言ではなく、これほど大きな影響をあたえたと自負できる女性がほかにいるかどうか、ぼくにはわからない」(11)。

一方、ポワレはこうして広がりつつあった「皆殺しの天使」の仕業を気に留めようともしなかった。大戦終結後モード界に復帰した彼は相変わらずオリエンタル・モードをやめようとしなかったのである。日本のキモノ以上にパリを熱狂させたロシア・バレエの極彩色の衣裳に魅了された彼は、シンプル革命が進行しつつあった時の流れにさからって自分好みの衣装をつくり続けた。ジャネット・フラナーが『ニューヨーカー』に連載した「パリ便り」は、この「モードの帝王」の帝王ぶりを見事に描きだしている。「しかしこうしたファッションの変化にポワレはまったく無関心だった。年がら年じゅう、彼の顧客は緋や黒のドレスに豪勢な房飾りや金糸を使い、まるでアジアの王族かタタールの僧侶のようだった[12]」。このポワレを指して「自動車が発明されたあとも、飾りたてた豪勢な六頭立四輪馬車を作り続ける馬車作りさながら[13]」とは、実にポワレの晩年を言い得て妙である。この彼がシャネルにたいして「貧乏主義」という侮蔑の言葉を投げつけたのは当然すぎるほどに当然だったことだろう。

けれども、時代はシャネルの「貧乏主義」の方へと向かっていた。ごてごてした装飾も、歩けないようなスカートも、はや時代遅れになろうとしていた。そして、同じことが服のデザインだけでなく、「色」についても言えた。ベージュという土の色は、ジャージーと同じく男性の下着にしか使われず、決してモードの舞台に登場したことのないカラーである。シャネルはこれを女性の色にした初のクチュリエである。そしてベージュ以上にシャネルが愛した色、それは黒だった。それまで喪服にしか使われたことのなかった黒を、シャネルは女性モードの王座にすえた。シャネルが黒を愛したのは、それもまた「欠如」の色だからである。

欠如の黒といえば想起されるのはボードレールである。近代の男たちの黒服をヒロイズムの「喪」の衣服と呼んだ詩人は、その匿名の黒にそなわる「現代的な美」を讃えた。シャネルはボードレールのこの「黒の美学」を女性モードとして実現した初のクチュリエである。一九世紀近代の入り口で男性の服装に起こったモダン革命がいまや女性にも広がろうとしていた。女もまた男に交ざって都市の群衆の一人になる時代が来ようとしていたのである。

その時の流れを予見したシャネルはこう言った。「女はありとあらゆる色を思い浮かべるが、色の不在のことだけは考えつかない。私は黒がすべてに勝つと言った。白もそう。この二つの色には絶対的な美しさがある(14)」。目立たないこと、匿名の群衆のなかの一つの黒となること、それがシックなのである。ポワレを批評したシャネルの言葉は彼女の色彩哲学をあますところなく伝えている。「ポール・ポワレは実に創意に富んだクチュリエだが、女たちに舞台衣装のような格好をさせた。……そんな衣装は素晴らしい、だけど容易《イージー》よ。（シェヘラザードの衣装をつけるのはとても簡単だけど、黒いドレスはたいへん難しい(15)）」。

きらびやかな色彩を否定して、「黒」をメインにすえること。それは、女性のモードを男性のモードに近づけることでもある。シャネルの衣装哲学がボードレールのそれに通じあうのは偶然ではない。事実、ジャージーという素材に始まって、黒とベージュというカラーに至るまで、シャネルの発明はすべてメンズ・モードの領域にあるものをレディズに「盗用」することから成っている。つまり、シャネルとはひとりの越境者なのである。それまで女性に禁じられていた領域を侵犯して、それをモダンな女性モードにしてしまう……。きちんと頭の入る帽子、手の入るポケット、金ボタン、黒とベージュ、そして、後にシャネル・モードの代名詞ともなってゆくスーツに至るまで、すべてがメンズからの盗用である。

もちろんシャネルはそれを自覚していた。後に彼女はカペルの恋人だった若い頃をふりかえってこう語っている。「私はとにかく贅沢なものは自分に似合わないとわかっていた。ヤギのなめし革のコートと質素な上着ばかり着ていた。『それほど気にいっているんだったら、いつも着てるやつをイギリスの仕立屋でもっと《伊達《エレガント》》に仕立て直してあげるよ』。カペルが私にそう言った。それこそ、カンボン通りの店のすべての出発点だった(16)」。

## ギャルソンヌ

男性の領域にあるものをそっくり女性のものにすること。この「越境」の最もラディカルな達成は、帽子やカラーといった個々のファッションよりむしろそれらが一体となってつくりだす女性像である。この「皆殺しの天使」は一九世紀までの「女らしさ」を根底から覆したのだ。黒によって、ジャージーによって、スーツによって、シャネルは「性からの解放」をやってのけた。

その解放の端的なあらわれ、それが、ほかでもないショートカットである。繰り返しになるが、シャネルとは「髪を切る女」である。この意味で確かに彼女は「みだれ髪」の果て、その向こう側に姿を現すあの少女たちの一人なのだ。セーラー服のクロディーヌから始まった系譜の最も新しいところにシャネルがいる。そういえば、晶子ら新詩社同人の娘たちを指して佐藤春夫が言った、「アプレゲール」という言葉を思い出す。晶子が日清戦争のアプレゲールであったすれば、シャネルはまさに第一次大戦のアプレゲールなのである。

このアプレゲールたちは髪を切った。晶子がその奔放な「みだれ髪」で世の顰蹙を買ったのと同様に、彼女らは断髪によって自分たちの新しさを世に誇示した。パリのこのアプレゲールたちは、一種独特なネーミングで文化史に名を刻んでいる。ギャルソンヌ――それが彼女たちの呼び名だった。

始まりは一冊の小説である。作者はヴィクトール・マルグリット。レジオン・ドヌール勲章を受けた歴とした作家だが、彼の名を歴史に残したのは唯一作、『ラ・ギャルソンヌ』と題されたこの風俗小説である。サックスの回想録を開いてみよう。一九二二年の一節。「ブルジョワジーは『ラ・ギャルソンヌ』の刊行にひどく衝撃を受けている(17)」。同じく同年暮れ。「『ラ・ギャルソンヌ』が一〇万部売れた。レジオン・ドヌール受章者のリストから、ヴィクトール・マルグリットの名前を抹殺すべきだなどという声があがっている(18)」。この小説がそれほど世間を騒がせたのは、ヒロインが自由恋愛をつらぬいて生きる「新しい女」だったからである。実業家の娘モニックは、結婚前にフィアンセと愛しあう。愛と性を自分の意思で選ぶ良家の娘の出現は、ブルジョワジーの性規範をゆるがす大スキャンダルであった。しかも、そうして自由結婚を選んだヒロインは、相手の男に幻滅したあげく、離婚をして職業的自立を果たす……。二〇世紀に出現し、やがて定着してゆく

「自立した女」は、当時にあってはそれほど衝撃的だった。

けれどもこの作品がベストセラーになったのは、女たちの未来を先取りしたその先駆性もさることながら、それ以上に雄弁なタイトルのおかげだろう。ギャルソンヌ。すなわち「男の子のような少女」。旧世紀の「女らしさ」の規範に拘束されず、男性の領域に踏みこんで両性の境界をくぐりぬけてゆく越境者。モニックの生きる世界はもはや家庭の中だけではない。コレットのあの「クロディーヌ」の大ヒットから二〇年、二〇世紀とともに誕生した「少女」たちの群れは、大戦をへて「自由な女」へと成長を遂げたのである。

クロディーヌの制服や三つ編みがそうであったと同じように、二〇年代のこのギャルソンヌもまた優れて身体の表徴革命であった。ギャルソンヌはその自由を服装に表現する。動きやすいローヒール、背広のようなスーツ、手にはシガレット、そして何より短く切った髪……もはや小説のヒロインとは無関係に、ギャルソンヌ・ルックは自立した風俗現象となり、人びとのなかでギャルソンヌとシャネルのイメージが結びついてゆく。確かにシャネルこそ先駆的なギャルソンヌそのものであった。シャルル＝ルーは語っている。

モードは、カールもピンも長い髪も廃止して、ナイトウェアはそれまで男性専用だったウェアすなわちパジャマにとって代わられた。下着は無きに等しくなる。要するに、女性と男性の区別はしだいになくなってゆき、以後、女性は男性と対等な存在、仕事のパートナーと見なされるようになってゆく。モードは胸のふくらみを無くし、史上初めて、すべて女性の髪にルドルフ・ヴァレンチノのような黒さと艶が求められた。髪油と「ギャルソンヌ」カットが不可欠になった。シャネルにとって、このモードには何の修正も必要なかった。このモードはつまり彼女だった。シャネルはその先駆者であったのだ(19)。

過剰な女性性を廃した、ユニセックスなスタイル。仕事へ、スポーツへ、家の「外」へと踏み出したギャルソンヌたちは、シャネルとともに性の越境者となり、広い領野へと歩みを進めてゆく。皆殺しの天使とともに、裳裾をひくロングドレスは失われた衣裳と化したのである。

## 2　パリは踊る——「明星舞踏会」まで

### 舞踏する身体

ギャルソンヌは「スポーツ娘」である。けれどもスポーツにもまして彼女たちが熱中したものがあった。ダンスである。一九二〇年代、パリはかつてないダンス熱に浮きたっていた。スポーツ娘の系譜は「踊る女」たちの系譜とクロスしている。はるかに日本の『明星』にまで届いてゆくその系譜をたどってみよう。シャネルと晶子がねじれながらリンクする日仏コレスポンダンスを見届けるために。

初めにあったのはステージだった。ほかでもない、あの貞奴がそうである。美しいキモノの舞踊で彼女が喝采を浴びた一九〇〇年万博と前後して、世界の踊り手がパリを熱狂させる。何より筆頭にあげるべきは、この貞奴をパリ万博の舞台に上らせた当の舞踏家ロイ・フラーであろう。彼女こそはまぎれもない一九〇〇年万博の華であった。

アメリカからパリに渡り、世紀末にミュージック・ホール「フォリー・ベルジェール」でデビューしたフラーは、一躍センセーションを巻き起こす。パリっ子たちを熱狂させたのは、布と照明を使った彼女の前代未見のパフォーマンスだった。フラーは、身長の何倍もある薄布を蝶の羽根のようにひらひらと躍らせながら、目も綾に変化する電気イリュミネーションを背後にして踊った。それは、生きた光のショーであり、波のようにうねりながら変幻する布の美はまさしく生きたアール・ヌーヴォーそのものだった。電気万博であり、アール・ヌーヴォー万博であった一九〇〇年万博にこれほどふさわしい舞台もなかっただろう。アール・ヌーヴォー様式で建てられたフラーの劇場は連日満席。電気照明と踊る肉体、メカと衣装が一つになった彼女のダンスはパリっ子たちに「現代のショー」の興奮を味わわせたのである。

とはいえ、コルセットから解放された自由な身体というわたしたちの関心からすれば、ロイ・フラー以上に絶大なインパクトをあたえたのはイサドラ・ダンカンである。彼女もまたアメリカからヨーロッパに渡来し、ロシア、ベルリン、パリと各地で独自の舞踏で見る者の眼を奪った。

イサドラの舞踏で何より特徴的なのはその半裸の衣装である。ジャネット・フラナーの「パリ便り」はこの不世出の舞踏家に多くの頁を費やしている。「パリのある婦人服デザイナーが語ったところによると、現代の女性が服装において自由になったのは大いにイサドラのおかげであるようだ。彼女はからだを帯で締めつけることなく、裸足で、のびのびとしたスタイルで登場した最初の芸術家であった。彼女は女性が慎み深くコルセットをつけていた時代に華麗に飛び跳ねるミネルヴァのごとく登場したのである[20]」。

ロイ・フラーが文字どおり大衆的な人気を集めたのにたいし、イサドラの舞踏は、ロシア・バレエに影響をあたえたのはもちろんのこと、彫刻家から服飾デザイナーに至るまで肉体の美に敏感な芸術家たちを魅了した。引用したフラナーの「便り」にある「婦人服デザイナー」とはおそらくポール・ポワレにちがいない。ポワレはイサドラが纏った古代ギリシャの衣装トーガにインスピレーションを受けたのである。日本のキモノと同じく、身体を締めつけずにゆったり覆うギリシャ・スタイルは西欧の造形的スタイルを解体するインパクトがあった。ポワレの果たした「コルセットからの解放」は多くをイサドラに負っていると言っても過言ではない。事実イサドラとポワレのあいだには親交があった。

だがそれ以上にイサドラ・ダンカンの舞踏は芸術家たちの魂を奪った。フラナーの「便り」の続き。「イサドラと同時代の三人の偉大な彫刻家は、その頃の彼女の肉体は永遠のモデルであり、自分たちの作品に影響を与えるものと考えていた……マイヨールはベートーヴェンの第七に合わせて踊るイサドラのデッサンをひとりで五百枚以上描いた。ロダンは彼女の後についてヨーロッパ中を回り、実際に数千枚のデッサンを描いた。その多くは今でもパリのロダン美術館に収められている」[21]。ロダンといえば想起されるのは晶子と鉄幹だが、もしかして晶子はロダンからイサドラのことを聞かされたのかもしれない。晶子のエッセイにイサドラの名が出てくるからである。小文のタイトルは「婦人の服装」。これだけでもイサドラが舞踏を超えてモードにつながる存在であることがわかるが、このエッセイを収めた評論集『雑記帳』の刊行は一九一五（大正四）年。パリ滞在によって得られた晶子の見識が盛られているので冒頭から引用しよう。

婦人の服装について自分の希望を言えば衣服の中に肉体の線を隠してしまう日本服を、反対に肉体の美に衣服を調和させ衣服を透して肉体の美――むしろ全人格の美を発露することを主とする仏蘭西風の服装に改めたいと思います。動作の不活発と言うことも今後の時代では醜の一種ですから、その点についても日本の女の服装は文明と伴わない気が致します[22]。

ここで晶子もまた「動作の活発」を求めているのが興味深い。シャネルとおなじく「はたらく女」である晶子は、シャネルの語彙でいえば活動的《アクティブ》でありたいと願っているのである。いや、願っているというより、それがこれからの日本婦人の進むべき方向だと言う啓蒙性の強い言葉である。服装から言語表現にいたるまできわめてアクティブなパリジェンヌの姿に勇を得た発言というべきだろう。

面白いのは、晶子がきっぱりと「洋装」を志向していることである。あちらパリでは、洋服という「肉体の拘束」を解体すべくキモノがインスピレーション源になっていた時代に、晶子の方はその着物よりも「肉体の美に衣服を調和させる」洋服の方が動きやすいという……とはいえ、パリのジャポニスムは「帯」を視野にいれていないから、どちらの意見にも理があるというべきだろう。あの海老茶式部の「女学生」が帯の拘束を解き放つべく袴を見出したように、帯は身体を拘束する。鹿鳴館時代とちがって大正期の日本の洋服にはコルセットが採用されなかったから、やはり大きく言って洋装の方が軽快であったにちがいない。身体と精神の活発さを求める晶子はその軽快さとモダニズムに惹かれたのであろう。

事実、一九二一（大正一〇）年から鉄幹とともに文化学院で教えることになった晶子はすすんで洋装をした。パリでは裳裾をひくロングドレスや装飾のある大きな帽子など、世紀末的な盛装を愛した彼女が、教師という実際の仕事の場では「活発さ」を評価しているのをみると、シャネルと晶子が断絶しつつ連続している様にもみえて興味深い。いずれにしても当時の日本において洋装は明らかにモダニティの表現であった。「洋行」はまちがいなく晶子の知的財産となったのである。

話がイサドラ・ダンカンからそれたが、先の引用の後すぐに晶子はイサドラの個性表現に説き及ぶ。「いったいに創意の快いことを知らずに他律的なことに盲従し慣れた日本の女は、服装についても自分独特の新しい見識で自分を表示する楽しさに気づかず、従って何の努力もその方面に払わないようですけれど、そのうちに古代希臘《ぎりしや》の服装を巴里《ぱりい》の真中で実現しているイサドラ・ダンカン夫妻や、未来派の踊と共にその服装を意匠して近頃同じく巴里で公演した詩人サン・ポワン女史の様な大胆な実行者が現れて来るだろうと思います(23)」。

前半は手厳しい日本女性批判だが、後半は驚くほどパリの動向に精通した内容である。パリ滞在中の見聞か、あるいは留学中の平野萬里など新詩社社友からの情報であろう。イサドラ・ダンカンの舞踏が古代ギリシャの衣装と一体になってセンセーションを巻き起こしたさまがよく伝わってくる。ちなみに、サン゠ポワンは未来派の舞踏家。エリック・サティが彼女のために作曲したことで知られている。ロイ・フラーやイサドラがアメリカ出身であるのに比して、ヴァランティーヌ・ド・サン゠ポワンはフランスの舞踏家だが、フランス人と言えば忘れてならないのはコレットだろう。あの『クロディーヌ』の作者である。新世紀の身体感覚をもって登場したコレットは、独自のダンスを編み出し、ミュージックホールの舞台にも立った。若々しい「スポーツ娘」の系譜は「踊る女」とクロスしてゆくのである。

そして、そのダンス熱はやがて日本にまで及ぶ。晶子の周囲でダンス熱に憑かれた文人といえば、何といっても平野萬里をあげねばならない。彼が新詩社を巻きこんで舞踏会をひらいた次第は後にふれるが、その平野を舞踏に開眼させたのもどうやらイサドラ・ダンカンのようである。第二次『明星』の一九二二年二号に長文のイサドラ・ダンカン論が掲載されている。少し長くなるが冒頭部から。

踊りはもちろん古くからあるものであるが芸術として近代人の意識に登ったのはイサドラ・ダンカン以後のことであろう。……イサドラが古希臘の浮彫や瓶の模様を深く学んでこれを自己の溌剌たる感情と生きた律動《リトム》に統一し再現した厳粛なしかも流動するプラスチイクの美の前に立って驚いてしまった。例えばロダンはこう言っている。「イサドラ・ダンカンはその感情の充満したプラスチイクの芸術に自己の力によって到達した。自然は彼の女にその力を与えた、その力は才能ではなく、天才というものである」。……またフゴオ・フォン・ホフマンスタアルは彼の女の印象をこう書いている、「踊り手は短い着物を着ていた、髪は紐でくくられていた、腕も脚も頚筋も裸だった、そうして彼の女はあるいは自らの若さに酔うパンを、あるいはあこがれに心の悩む若い神を、あるいは森の物音に気づかう少女を装った。波の様に彼女は一つの形から他の形に転じた、そうしてその溶けてしまいそうな形も、身を滑らせる時も、聴き耳を立てたり、逃れたり、身を屈めたり、憤然として怒ったりまたは身を固くしたりする時の様に美しかった(24)」。

見る者の魂を奪うイサドラの踊りが目に浮かんでくるようである。二〇世紀のモダンダンスは彼女に始まったと言っても過言ではないだろう。

であってみれば、このイサドラが影響をあたえたロシア・バレエがパリを熱狂の嵐に巻きこんだのは想像に難くない。ニジンスキーの舞踏は、音楽、文学、美術、モードの広域にわたって爆発的なセンセーションを呼んだ。ディアギレフの率いる公演は、その意味でオペラに匹敵する影響力をあたえたのである。二〇年代パリの一大現象であったこのロシア・バレエについても、『明星』の「フランス便り」は詳しい紹介を載せている。とはいえ、そのディアギレフのメセナとして資金援助をしたのがシャネルだとは当然『明星』の知るところではなかっただろう。フランス人でさえ当時は知らなかったのだから、パリ留学中の画家たちが知ろうはずもない。

## ダンシング・エイジ

こうしてシャネルと晶子のあいだはつねに「視えざる」コレスポンダンスに終始するのだが、それにしても第二次『明星』は一九二〇年代のパリ風俗に連動している。というのも、今度はステージではなく、街頭風俗としてダンスが一大流行をみたからである。

まずはパリ。セシル・ビートンは第一次大戦後のパリをこう語っている。「ダンス熱が吹き荒れてきた。ティー・パーティを兼ねた舞踏会《テ・ダンサン》が社会的行事となり、違法な恋愛遊戯の温床になった(25)」。かつての閉鎖的な貴族的社交界に代わってパーティという社交形式が盛んになり、そこにダンス・タイムをはさむのが流行りはじめた。だがそれ以上に人びとは街のダンスホールに踊りに行った。サックスの回想記から。「ダンシングについていえば、これこそぼくたちの風俗にもたらされたもっとも強烈かつ大胆な新機軸といわなければならない……。それは一九二一年にはじまった。狂気、贅沢、浪費、混乱、国際主義の最初の年である。人々はそれまで、公然と歓びをあらわすのを、とにかく恐れていた。その埋め合わせをしたのだ(26)」。サックスは、回想記の全編をとおし、「ダンシングに行った」「今夜もダンシングに行った」といった調子でこの二〇年代パリの狂騒を伝えている。いや、伝えているといっては語弊があろう。実はこの『屋根の上の牡牛の時代』は回想記の形式をとったフィクションで、狂乱の「日々」を語るスタイルとして故意に編年体で書かれた手の凝んだ作品だからである。その編年体が最も活きているのが、「今夜もダンシング」のような一行書きで、事実以上に事実性の印象をあたえている。確かに若者たちは連夜ダンスを楽しんだのだ。恋愛のアンシャン・レジームはすでに遠く、放恣な快楽が時代の気分になっていた。スカートと髪を短くした女たちは、外出の自由を享受しつつダンスに興じたのである。

この輝かしい日々、シャネルは時代の寵児にのぼりつめ、もうひとりの寵児ジャン・コクトーと親しくつきあっていた。サックスは心酔するこの詩人の肖像を生き生きと描いている。「コクトーの得意の時代だった。彼は若く、人々を魅了し、まばゆいばかりで、恋をしており、各人から最大限のものを引き出す点にかけては、誰よりもよく、その術を知っていた。『いろいろなこと』をやった」[27]。事実、マルチタレントであったコクトーは小説も戯曲も書き、それ以上に、独特のプロデュース能力で大勢の芸術家を周囲にひきつけ、自分たちの溜まり場となるべきバー「屋根の上の牡牛」までプロデュースした。何というきらびやかな才能がそこに集ったことだろう。文学はラディゲにポール・モラン、マックス・ジャコブ。音楽は、エリック・サティにプーランク、画家はピカソ、マリー・ローランサン、そして言うまでもなくココ・シャネル……。

とはいえ、かれらはこの狂騒の時代の大衆というにはあまりに才溢れる有名人である。ダンスに浮かれた普通の人びとに話をもどそう。男も女も、ダンスホールでは知らない相手をパートナーにして踊った。ただし、相手の名前や素性は決して聞かないという了解のもとに。ダンスホールは不特定多数の男女が出会う現代的娯楽の始まりだったのである。快楽のアンシャン・レジームではスキャンダルであったことが先端的な流行になったのだ。ギャルソンヌはこうした時代の風をうけて生誕した新しい女である。

ダンシング・エイジともいうべきこの時代はコスモポリットな時代だった。舞踏一つとってもロシア・バレエがそうであり、ロイ・フラー、イサドラ・ダンカンに続いてパリを熱狂させた黒人ダンサー、ジョセフィン・ベーカーのように、アメリカがこれほどパリを沸かせた時代もなかった。アメリカといえば、この時代にアメリカ文化を世界に広めたメディアに『ヴォーグ』があるが、このモード雑誌が世界に広めた流行風俗をあげてみると、口紅、マニキュア、そして女性の喫煙がある(28)。シャネルは化粧が好きだっただけでなく、小粋にシガレットを吸った。マン・レイはじめ錚々たる写真家に撮らせたポートレイトの中のシャネルはいつもシガレットを手にしている。いや、マン・レイの写真ではくわえ煙草。くわえ煙草がこれほどダンディにきまる女はシャネル以外にないだろう。まさに彼女は「ギャルソンヌそのもの」である。さらに『ヴォーグ』が広めたのは化粧だけではない。日焼けした肌を流行させたのもその一つ。そして、ここでもまたスポーツ娘のシャネルが先駆者だった。貴婦人たちの宝石を軽蔑したシャネルは言ったものだ。「日焼けした耳たぶに真っ白なイヤリング、こういうのが素敵なのよ(29)」。

だが、化粧以上にアメリカ文化を世界に広めたのは、何といっても映画である。ハリウッド・スターがモードのモデルになり始めるのもこの時代からだが、ハリウッド・スターと言えば想起されるのがメアリー・ピックフォードだろう。谷崎潤一郎の風俗小説『痴人の愛』のナオミはピックフォードに似た娘として描かれている。『痴人の愛』の刊行は一九二三（大正一二）年。文豪の映画好きは良く知られているが、谷崎といい、パリ風俗といい、二〇年代はまさしくアメリカ文化が世界に普及した時代だった。大正の幕開けとともに銀座文化がフランス趣味からアメリカ趣味に変貌したことは先にふれたが、パリもまたアメリカ風のジャズやカクテルや映画スターが流行していた。「アメリカナイズ」は日本とフランスに共通していたのである。

確かに新世紀とともに世界は狭くなり、流行風俗の伝播は急速に早まっていた。アメリカで流行ったダンスは、パリでも流行り、そして日本でも流行る。実際、日本の一九二〇年代もまた「ダンスホールの黄金時代」だった。『痴人の愛』のナオミはダンスに夢中になる。稀代の浪費家であるナオミが、ダンスホールに通うための着物を譲治とともにあれこれと選ぶシーンは実に印象的だが、彼女が「洋服」でなく着物でダンスホールに通ったように、大正時代のダンスはいまだ着物が主流であったらしい。

ところが、晶子たちの「明星舞踏会」ではどうやら洋装が主流だったようである。舞踏会の舞台は文化学院。時はまさに二〇年代。晶子と鉄幹が西村伊作の志をうけて文化学院の学監職に就いたのが一九二一年、『痴人の愛』刊行の二年前のことである。同年、パリ留学から帰国した平野萬里の尽力もあって、第二次『明星』が創刊されることになるが、平野はパリで開眼したダンスを文化学院にもちこんだ。そういう運びになったのも、日本にダンスを定着させた玉置眞吉が、縁あって文化学院の幹事を務めたからだが、その間の事情を永井良和が語っている。

わが国における社交ダンスの黎明を、第二次『明星』の時代に重ねることができる。……この年の夏、平野萬里がフランスから帰ってきた。パテー社のレコードとポータブル蓄音機がいっしょだ。……得意の平野は、文化学院の講堂でダンスの講習会を開く。手ほどきを受けたのは、与謝野晶子、与謝野寛、石井柏亭、中原綾子、深尾須磨子、荻野綾子の面々だったという。学院には、ダンスを受け入れる気風があった。時間割のうえでも、「体操」ではなく山田耕筰が担当する「舞踏」の時間をおいている。そして、生徒たちだけでなく教職員も踊った。「与謝野先生夫妻の発起で」ダンスの会が催されることになる。毎週金曜日のダンスの夕は「明星舞踏会」と命名された。(30)

永井良和はまた、玉置眞吉の証言をとおして、平野萬理がパリから持ちかえったダンスとアメリカから伝わったそれとが違っていたことを指摘し、「パリからの風は、アメリカからの風とはちがう。玉置は、平野や山田をとおして世界にさまざまにダンスの文化があることを知った」と述べているが(31)、先にひいた『明星』一九二二年二号の平野萬理の言葉とぴったり一致している。平野は

「今の巴里は実にタンゴオの世の中である」(32)とパリのタンゴ熱を報告しているからだ。当然、彼が「明星舞踏会」で指南を買ってでたのもタンゴであったであろう。

タンゴを踊る晶子――永井は、「与謝野夫妻」の踊りについて、鉄幹はまったく駄目だったが、晶子は上手かったという証言を伝えている。しかも晶子は花飾りのついた大きな帽子の洋装で踊ったという(33)。もともと雅やかな社交の美学に造詣深い晶子であってみれば、教養として嗜みとしてダンスを楽しんだとしても不思議はなく、ステップの一つ一つに、あの甘美なパリの殷賑の面影がよぎったことだろう。

だが、それも束の間、関東大震災とともに「明星舞踏会」ははかなく終わりを告げる。震災の被害は、もはやダンスどころではなく、まして晶子は学院にあずけた源氏物語の訳稿一千枚を焼失してしまう……。

そうして消えたはかない舞踏会ではあったけれど、与謝野夫妻まで巻き込んで世界はダンスに浮かれたのである。何より、若い娘たちが浮かれた。パリでは「ギャルソンヌ」、アメリカでは「フラッパー」、そして日本では「モダンガール」と呼ばれた新世紀の娘たちは、旧い規範を一蹴してその外へと浮かれ出た。

けれども、そのなかに、一人だけ浮かれていないギャルソンヌがいた。ココ・シャネルである。アメリカ、パリ、日本をあげて消費文化が花咲きはじめた二〇年代、まさにその時代のスターとしてときめきながら、シャネルは決して浮かれることなく仕事にはげんだ。この「はたらく女」は、だからこそ一時の流行に終わらないキャリア・ウーマンのスタイルを創出したのである。シャネルのその様式に立ち入ってみなければならない。

## 3　シャネルの様式——黒の越境

### 「無からの創造」

シャネルのスタイル、それは暮らしの「必要」に根ざしたファッションである。すでに述べたように、シャネルが登場するまで、女性のファッションはこうした実用性の観点から考えられたことがなかった。だからシャネルは、二重の意味で「必要にかられて」自分自身のモードを創造せざるをえなかった。モランにむかって彼女は語っている。

私は、自転車に乗った若い女性を見ている。ショルダーバッグを下げ、片方の手で、上下に動く膝を押さえ、胸にもおなかにも服地がぴったりと貼りついている。スピードをあげると、風で服の裾がまいあがる。この若い女性は必要にかられて自分自身のモードを創りだしているのだ。まるでロビンソン・クルーソーがひとり孤島で自分の小屋を作りあげたみたいに。何と素敵な女だろう。私は彼女から眼がはなせない。(34)

「自転車に乗る若い女性」はもちろんシャネル自身の分身である。自転車に乗るのだから、ハンドバッグに手を取られるわけにはゆかない。だからこそバッグはショルダーバッグなのである。こうしてシャネルは働く自分自身に似合うファッションを創りだしてゆく。それにしても彼女がその創造の営みを「ロビンソン・クルーソー」にたとえているのは、これ以上はないというほどふさわしい比喩ではなかろうか。シャルル＝ルーは語っている。

シャネルが創造したスタイルは、いかなる文化も学識もかかわりがなく、いかなる歴史的記憶も無い。

彼女はひとりの創造主であった。(35)

まさしくシャネルは「無」からの創造をやってのけたのである。ロビンソン・クルーソーそのままに。しかも彼女にはいかなるフライデーもいなかった。彼女が頼みにしたのはひたすら自分自身のみ。自分の生活こそ発明の母だった。

一九二〇何年かのある日、ヴェネチアのリドで、熱い砂の上を裸足で歩くのが嫌になった。革のサンダルが足の裏を焼くのよね。そこで私はザッテレの靴屋に頼んで靴底の型どおりにコルクを切ってもらい、二本の紐をつけさせた。一〇年後、ニューヨークの商店街のショーウィンドーはコルク底のサンダルでいっぱいだった。
一九三〇年のある日には、ハンドバッグを手に持って失くしやしないかと気にするのがいやになり、紐をかけてショルダーバッグにすることにした。それ以来というものは、もう……。[36]

夏には海辺で肌を焼き、「外」で働く生活、それがシャネルの創造の起源である。自分以外のいかなるクチュリエの作品も伝統も流派も彼女にはかかわりがなかった。シャルル＝ルーの言葉を続けよう。

彼女がつくりだしたさまざまなスタイルは、誰に合図をするでもなく、どんな暗示も受けず、彼女がつくったものそのものだった。というのもシャネルは日常性を無視した既存のスタイルすべて、昔からの農民の遺産と結びついてない指導原理の一切を拒否したからだ。……こうして彼女は、それまでは貧しくて使えないと思われてきたものだけを扱った。つまり彼女は労働や仕事や運動のための服しかつくらなかった。彼女のこの創造行為は破壊行為であった。[37]

シャルル＝ルーが述べているのと同じことを、ポール・モランはこんな言い方で語っている。「マリヴォーは『われわれの世紀には羊飼いの復讐があるという予言がある。警告しておくが、かれらは危険だ』と言った。シャネルはこの羊飼いの種族に属している」[38]。確かに、二〇世紀の到来とともに、「召使に靴下をはかせてもらうような」貴婦人の時代は終わった。人形のように飾り立てられた女から装飾を剥ぎ取って、女を野に放つこと、それがシャネルのモード革命だった。
　こうしてシャネルが「無からの創造」をなしとげたということの重要性は二つある。
　一つは、シャネルが女性のクチュリエとして女性ファッションをつくったということだ。女が女の服をつくる。そのことによって彼女は、男のつくりあげた女性像《ファンタスム》を破壊したのである。むろんこれはシャネルが初めてではない。マドレーヌ・ヴィオネをはじめ、ジャンヌ・ランバンなど、当時女性のクチュリエはさほど珍しくない存在であった。けれども、二〇世紀に始まって二一世紀に至る女のライフスタイルをモードにもたらしたのは他のどのクチュリエにもましてシャネルである。彼女は語っている。

　客船でも、サロンでも、レストランでも、本当にそれにふさわしいものが創られたことがないのはなぜだかわかる？　一度も嵐にあったことのない設計士、社交界に一度も出入りしたことのない建築家、家族と食事して夜の九時には寝てしまうようなインテリア・デザイナー、そういう人たちが創っているからよ。……だけど私は自分自身が現代生活を送った。(39)

　自分自身が「装う」当事者であること。こと女性のモードにかんするかぎり、男性のクチュリエにたいして女性のクチュリエはその点で圧倒的な強みをもっている。自分の生活そのものがそのまま「スタイル」になるからだ。しかもシャネルは、みずから自負するとおり、「誰より先に、二〇世紀の生活をした」(40)。だからこそ彼女は無から出発しながら、二〇世紀の女の生き方を装いにもたらしたのである。

## マスの力

「無からの創造」はさらにもう一つの重要な意味をもっている。それは、シャネルがモードにあって全くの「しろうと」であったということだ。まさに晶子が短歌のしろうとであったのと同様に。事実シャネルは、それ以前の「いかなるクチュリエの作品、伝統、流派」ともかかわりのないファッションのしろうとである。たとえばポワレは若くして先達のドゥーセのメゾンで修業し、後にオートクチュールの始祖ワースのメゾンに移る。その後独立して自分のメゾンを構えるのだが、パリ・コレのような「一流クチュリエへの道」がいまだなかった当時、たいていのクチュリエはポワレのような道をとるのが常道だった。けれどもシャネルは、孤児院で裁縫を身につけた以外、いかなるクチュールの世界ともかかわりのない「しろうと」である。

そして、シャネルが二〇世紀を生きる女たちの心をつかんだのは、晶子とまったく同じく、まさに彼女がそうして流派とかかわることなく《私》の表現に徹したからである。この意味でシャネルと晶子は二〇世紀が生み出した「同族」なのだ。シャネルにあっても晶子にあっても、「生きる」ことと「表現する」ことが一つに結びあっている。ひとりはファッション、ひとりは歌というスタイルで、それぞれ現在を生きる自己の身体感覚を表現にもたらした。晶子は「私の恋」をうたって「女の身体」の近代を切りひらき、性の近代の比類ない表現者となった。同じようにシャネルは「私の生活」をファッションという形にもたらして性の解放者となった。

けれども、その上でシャネルのモード革命と晶子の恋歌の刷新は、大きくちがっている。なぜなら晶子には鉄幹という師がいたからだ。いかにしろうとはいえ、晶子には鉄幹という絶対的な師がいた。ところがシャネルはいかなる鉄幹もなしにモード革命をなしとげた。別の言い方をするなら、シャネルは一人で鉄幹と晶子を兼ね備えているのである。

第一章で述べた、鉄幹の「詩歌の革命」を想起されたい。宮廷という狭き門を打ち破って短歌の大衆化をはかること、それが鉄幹の起こした『明星』発刊の壮挙であった。宮廷の仕着せの表現形式から《私》の表現へ——それが、鉄幹のめざした表現革命である。詩歌とモードという領域こそちがえ、シャネルが同じ革命の流れを汲んでいるのは興味深い。

しかし、ここでもまたシャネルはファースト・ランナーではない。宮廷から大衆へというモードの近代を初めて体現したのはまたしてもポール・ポワレである。その自伝でポワレは第一次大戦後にオートクチュールの祖ワースの店から要請を受けた時の様子を次のように語っている。当時ワースはすでに二代目に入って息子二人が経営していたが、その一人がポワレにむかって言った。

「お若いあなたもご存知と思うが、ウォルト店は常に、世界中の宮廷の衣服をこしらえてきました。そして最高の身分をもつお金持ちのお客をつかんできました。しかし、今日ではそうしたお客様も豪華なドレスをいつもお召しになるというわけではなく、王女様でも自分でもバスに乗り、歩いておられます。兄のジャンは簡素で実用的なドレスを作ることをいつも断ってきました。兄はその種のドレスに興味を覚えないのですが、にもかかわらず要望があるのです。我々はちょうどトリュフ以外のものは出そうとしないレストランの老舗と同じような状況にあります。今や当店でもフライド・ポテトをメニューに加える必要があるのです」

わたしは、この有名店の揚げ物用コックになることの重要性を悟り、彼が申し出たポストを即座に承諾した(41)。

一九世紀中葉、ナポレオン三世の皇后ウジェニーの御用商人として名誉あるクチュリエの座についたオートクチュールの創始者ワース店の主流は、圧倒的に旧態依然たる宮廷衣裳であった。その「古さ」を尊重しつつも新しい時代の風を感じていたポワレは決してワース店の空気に染まろうとしなかった。次のエピソードはよくそれを語っている。「ある日、店に真紅のビロードが大量に入荷してきた。皆この《クリムゾン色》のことしか話題にしなかった。それはイギリス宮廷の華麗なマントの色だった。近々行われるエドワード七世の戴冠式の噂が流れた。……ウォルト氏は世界中に儀礼服の大傑作を示し、大喜びだった。彼にとっては精一杯の美の表現だったのだ。しかし、わたしには全くそれが理解できなかった(42)」。

ポワレはシャネルより先にモードを「宮廷」の権威から遠いところ、ストリートに近いところでとらえていた。戴冠式の装束よりも、マスの欲する「フライドポテト」の方がはるかにクリエイティブで重要だということがわかっていたのである。けれども、そのポワレにしてさえ、シャネルに比べたら何と「オートクチュール」の匂いを残していることだろう。ポワレにとって衣服は宮廷の衣冠装束ではなかったものの、芸術的なオリジナリティに富んだ創造であった。ところがシャネルは徹底的に「フライドポテト」に徹したのだ。

二人の差は、コピーを許容するか否かに明瞭に現れている。シャネルに言わせれば、フライドポテトは誰が揚げても同じフライドポテトであって、そのオリジナリティなど問題ではない。けれどもポワレはちがった。彼は、自分たちの作品が無断で模倣され、安物としてコピーが出回ることに断固反対した。もっともそれはポワレ一人に限ったことでなく、オートクチュール協会に入った全クチュリエが同意見だったが。ただひとりココ・シャネルだけがコピーを容認した。

シャネルはコピーを否定しなかったのは、「マス」の力をよく理解していたからである。マスだけが宮廷の権威を空無化しうる力であることを彼女ほどわかっていたクチュリエはいない。なぜだろうか。それはシャネルが徹頭徹尾「しろうと」だったからである。だからこそ彼女は「しろうと」のパワーを見抜けたのだ。シャネルという《私》は、普通に現代のパリに生きるひとりの女として、ストリートの表現者となった。彼女自身の言葉をひこう。

クチュリエの役目なんてたいしたものではなくて、時代にただよっているものを素早くキャッチするアートだとしたら、いつか他人も同じようなことをするでしょうね。わたしが、パリの街に漂って散らばっているものにインスピレーションを受けたのと同じことよ。

別の人間がわたしの真似をして同じようなことをしたとしても当たり前だと思わない？……そうですとも、いったん見出されてしまえば、創造なんて無名のなかに消えてゆくものよ。……こう思っているからこそ、ずっとわたしは他のクチュリエたちから孤立している。あの人たちにとってコピーされるという大問題は、わたしには最初から無い問題なのだから(43)。

シャネルに言わせれば、誰からも模倣されないような服は魅力のない服なのである。模倣され、コピーされ、街行く皆が同じようになってしまう装い、それこそシャネルのめざした「マスのモード」だった。「よくできた服は誰にでも似合う服である(44)」とは、このシャネルにして言いうる衣装哲学である。

こうしてコピーを肯定し、奨励しさえしたシャネルの思想を、こういう風にいえるかもしれない。シャネルは、偽物（コピー）が本物（オリジナル）を価値化するということをよくわかっていたのだ、と。

## 「カラットではなく」

誰も真似したがらないような服は魅力がない。模倣されて広くコピーが出回るということは、その商品に魅力があることの証しである。偽物が現れてこそ、本物は本物としての実を示す。たとえば「フライドポテト」を蔑視してやまなかったワースを「本物主義」と呼ぶとすれば、シャネルのコンセプトは「偽物主義」と呼びうるだろう。シャネルはあらゆる意味で偽物を愛した偽者主義者であった。

なかでも最も名高いのは、宝石の偽物、すなわちイミテーション・ジュエリーである。晶子のところですでにふれたが、シャネルは「本物」の貴金属の魅力を否定してやまなかった。ダイヤモンドでも真珠でも、それが尊ばれるのは、美しいかどうかではなく、「カラットの力」によってでしかない。けれどもシャネルに言わせれば、アクセサリーで問われるべきは美しさであって、金の問題ではないはずである。

シャネルはそれを「皆殺しの天使」らしい、エスプリあふれるやり方で実践に移した。偽物のパールのネックレスをじゃらじゃらとつけ、しかもそれを、本物の真珠のネックレスと混ぜて身につけたのだ。あたかも、本物の鈍重さを愚弄するかのように。実際、シャネルのやりかたはセンセーションを巻き起こし、貴金属を流行遅れにしてしまうことによって本物を愚弄した。

つまりシャネルは、アクセサリーを生まれや財産といった起源《オリジン》＝由緒から引き離して、ひろくストリートに広げたのである。今やアクセサリーは生まれや財産とかかわりなく装いのチャームポイントとして女の身を飾るものになった。こうしてシャネルはみごとに「羊飼いの復讐」をとげたのである。シャネルがいかにそれに意識的であったかは、晩年の発言にありありと表れている。晩年のテレビ・インタビューで、シャネルはジュエリー革命のことを聞かれてこう答えている。「わたしがイミテーション・ジュエリーをつくったのは、宝石を廃絶するためよ(45)」。

「廃絶」という語は、核兵器廃絶というときに使われるほどの強い言葉である。世界から本物の宝石を廃絶するために、偽物の幻惑の力をもってすること。それによって、一部特権階級のものでしかなかったモードを、モードをストリートに広げるために。まさしくシャネルは特権階級のためだけのファッションを抹殺し、モードをマスに広げてゆくため時代が遣わしたテロリストであった。鉄幹が詩歌において成そうとしたことを、はるかにドラスティックにやってのけたのである。

## 4　「はたらく女」シャネル――勤労のスーツ

### モードのマーケット

一章でもふれたように、シャネルと鉄幹には――後に鉄幹より晶子が主力となるが――同じ関心《インタレスト》があった。詩歌とモードを革新しつつ、それを広く大衆にむけて「売る」という「商人」のインタレストである。鉄幹と晶子は文を、シャネルは服を、それぞれの時代のマーケットのなかで売ろうとしたマーチャントである。

新詩社社主の鉄幹が『明星』をいかに商業誌として成立させようとしたかははじめに見たとおり。

後には鉄幹に代わって晶子の方が一家の家計を支えるための売文業に腐心する。晶子のその「労働」については次章にみるとして、シャネルのビジネスが本節の主題である。

というのもシャネルにとってモードとは何よりビジネスだったのだから。何度も彼女はそれを繰り返している。「モードは芸術ではない、それは仕事《メチエ》である[46]」。「繰り返して言いたい、クチュールとはテクニックであり仕事であり、商売なのだ」と[47]。ここでもそうだが、こうしてモードは商売であるとシャネルが言うとき、モードを「芸術」と対比させていることが多い。たとえばポール・ポワレはたいそう芸術家気質に富んだクチュリエだった。彼を意識してかどうか、シャネルは明敏にモードと芸術を峻別している。「一枚の衣装は悲劇でもなければ絵画でもない。それは、魅力的な束の間の創造であって、不滅の芸術などでありはしない。モードは死滅しなければならない。それも、できるだけ早く死ぬほうが商売にはありがたい[48]」。

モードをストリートに広げるということ、それは、ある服装を「流行」にのせるということである。誰もが競ってそのスタイルをし、遂には皆が同じスタイルになってしまうまで流行らせること。そのとき、流行は終わり、また次の流行が始まる。こうしてたえざる現在性を提供しつつ、それを商品化するのがモードという仕事であってみれば、確かにそれは「不滅」の芸術からもっとも遠い。「できるだけ早く死ぬほうがありがたい」のである。

シャネルがコピーを容認したということは、こうして成立するファッション・ビジネスの論理をしっかりと把握していたということだ。ひとつのデザインは、模倣され、コピー商品が出回ればでまわるほど、モードとして成功したデザインなのである。今日では常識でもあるモード産業のロジックだが、当時のオートクチュール協会のなかでは唯一シャネルだけコピーに反対せずに孤立していたという事実はシャネルの先駆性を雄弁に物語っている。その先駆性は、アメリカという「マスの国」に対する態度にも明らかだ。

## ネームというバリュー

「わたしはアメリカが好きよ。私はあの国で財産を築いた」。大多数のフランス人とは対照的にシャネルはそう語っている。確かにアメリカはシャネル・ファッションの最大のマーケットであった。「シャネル・ナンバー5」が爆発的に売れたのも、シャネル・スーツを真っ先に支持して買ったのもアメリカであり、そして、シャネルの偽物が大量生産されたのもまたアメリカである。そうして大量生産される偽物の既製服がモードというビジネスを成立させることをシャネルはよく心得ていた。

時まさに二〇年代、アメリカは自動車立国のさなか、未曾有のドルの高騰に沸きかえっていた。フォードはその大量生産システムによって世界初の大衆車を世に送り出している。シャネルはその大量生産を否定せず、模倣品を許容した初のデザイナーである。けれども、シャネルのすごさは、その先である。シャネルはこうして模倣を奨励しさえしたが、だからといって決して自分のつくったものを「安物」にしなかった。ちょうど、イミテーション・ジュエリーを制作しても決してそれを安くは売らなかったのと同様に。貴金属でもないそのアクセサリーをシャネルは貴金属と同じくらい高い価格で売りつけた。いかなる理由で？　ほかでもない、シャネルがデザインしたという無形の価値によって。いってみればシャネルは自分の名をダイヤモンドのように高価なものにしたてあげたのである。シャネルは、時代にときめく自分の「名」を売った。自分の名が大衆の夢のオーラにつつまれていることをよく承知して。

モードはできるだけ多数に売れなければならない。しかしそれは安物であってはならない――一言で言ってシャネルは「ブランド」というもののパラドクスを見事に解決させた。偽物が大量に出まわるほど、「本物」のオーラがましてその価値がせりあがる。マルセル・ヘードリッヒの『ココ・シャネルの秘密』は、アメリカでのシャネルの成功の秘密を次のようにまとめている。「それはまず、量産でカットの機械にかけられるようになっていたこと、それから香水、特にシャネル五番から生まれたシャネルの伝説が、流れ作業で出てくるそれらのコスチュームに気品をあたえてくれたということがある(49)」。

こうしてシャネルは服を売っただけでなく、自分の名を売った。ココ・シャネルという名を憧れの名にしたてあげて、高価格で世界に売りつけた。実際、シャネルは二〇年代の世界的スターだった。三〇年代に入って斜陽をむかえたハリウッドが映画産業の持ち直しをはかるためシャネルをアメリカに迎えて映画の衣装デザインをさせるべく、百万ドルという破格の契約を申し出たのは有名な話である。まさにシャネルは百万ドルの名前だった。ネーム・バリューということにこれほど敏感だったデザイナーもおそらくシャネルがはじめてであろう。マルセル・ヘードリッヒ『ココ・シャネルの秘密』は語っている。「すべて彼女から引き出されるものは、値段がはね上がった。……シャネルと名のつくものは、どんなわずかなかけらでも、巨額の商売になる、と彼女は考えていた。そしてそれはまちがっていなかった。実際、お金、彼女のお金は、彼女の勢力を、メゾン・シャネルの力を計るモノサシとなるのだった(50)」。

まさしくシャネルは、「名」が商品になることを心得ていた。そして、その名の力をつくりだすのはメディアだということも。シャネル以前、商品に夢のオーラをあたえていたのは、たとえばルイ・ヴィトンがそうであるように、皇室御用達のお墨付きであった。皇室という顧客の権威がヴィトンのトランクに無形の信用を授けていたのである。起源にあるのはいわば王の権威だった。これに比べシャネルの新しさは他の誰からも権威を借りることなく自分自身をスターにしたことにある。いまや権威のオーラは皇室でも貴族の血統でもなく、日々消費されてゆくメディアによってつくられることを彼女は見抜いていた。力があるのはもはや一部の特権階級ではなくマスだということを。ヘードリッヒの伝えるシャネルの言葉はそれをよく表している。一九三五年、シャネルはホテル・リッツに居を構えて絶頂期にあった。百万部近い大部数でスタートした『マリ・クレール』誌に、シャネルはこう答えたという。

シャネルのお客は、ヴォーグとかハーパーズ・バザーとかいったデラックスなモード雑誌を見ているでしょ。だから、そういった雑誌がわたしたちの宣伝をしてくれているのよ。発行部数の多い、ポピュラーな雑誌なら、なおのこといいじゃないの。そういった雑誌がわれわれの伝説を作ってくれるのだから、お客がうちの店にやってくるとき、彼女たちは魔法の場所の敷居をまたぐように思いたいのよ。これはちょっと通俗的な満足かもしれないけれど、それでも彼女たちはすっかり大よろこびなの。この伝説の中に自分も参加する特権を持つということでね。それは彼女たちにとって、スーツを一着注文するということ以上のよろこびなんだから(51)。

きたるべきメディア社会を前に、シャネルは有名性が商品にフェティッシュな価値を授与することを心得ていた。今や権威は「血統」という起源を離れ、「有名性」というメディア的価値に場を譲る。オートクチュールが王侯貴族の衣裳作りであることをやめて百万人の大衆相手の「フライドポテト」と化した時代、シャネルは大衆の夢が何であるかをわかっていたのである。

こうしてシャネルはメディアに自分の服を売り、それ以上に自分のイメージを売った。シャネルは自身を神話化したのである。よく指摘されることだが、どのモデルよりもデザイナーの方が有名になったのはシャネルが初めてである。先にふれたインタビューにも、そのことを彷彿とさせる印象的なシーンがある。インタビュアーが聞く、「ショートカットが流行りましたね」と。「あなたが髪をショートにすると、みな真似して髪を切りました……」。するとシャネルはこう答える。

ショートカットが流行ったのじゃないわ、私が流行ったのよ。(52)

このときシャネル八五歳——死の二年前である。不死鳥のごときカムバックを果たし、押しも押されぬモード界の女王として、無から成りあがった生涯をふりかえって言った言葉である。確かにシャネルはそう言えるだけの実績があるとはいえ、いちど聞くと忘れがたい言葉ではないだろうか。しかしその言葉はまことに真実であって、ギャルソンヌであったシャネルは自分が二〇世紀の大衆の憧れのモデルとなって時代をリードした。

シャネル以外のいったい誰がこのような科白をはけるだろう。

## 勤労のスタイル——スーツ

そして、シャネルが流行らせたのはショートカットだけではなかった。シャネルが世に広めたのは、結婚だけを目的とせずに、経済的自立をしつつ働いて生きる女のライフスタイルそのものであった。

シャネルは晩年にいわゆるシャネル・スーツを完成させ、シャネルといえばスーツ、スーツといえばシャネルと思わせるほどにスーツを定着させるが、もともとスーツは近代の男性の勤労の制服である。シャネルはそれを女性の領域にもってきて「はたらく女」の制服にした。まさに、シャネルは「ロビンソン・クルーソーのように必要にかられて」、働きやすい衣装を創案したのである。

実際、シャネル・スーツは「実用的」にできている。きちんと手が入るポケットがついており、上着の裾裏には、動いても型くずれしにくいようにチェーンがついている。そして、その上着を脱げば、下に絹のブラウスがあわせてあって、あわただしく帰宅して着替えをしなくても華やかなアフタヌーンの雰囲気がでるようにデザインされている。わざわざ着替えのために召使と時間をとるような有閑階級のための衣装をこそ、シャネルは「廃絶」したのだから。

このシャネルの、有閑階級への嫌悪感はまぎれもない。彼女はあの毒ある表現でかれら貴族たちをこう評している。「社交界人士が祖先から受け継いだのは、商業において最低まもられるべき清廉さについて全く無知であるということだけだ」。シャネルがこんな悪口を言っているのは、宝石のデザインを手がけるようになって、いわゆる名門貴族の一人にアドバイザー役を依頼したあげく相手が契約違反をした一件がきっかけになっているが、労働を蔑視して「閑暇」を旨として生きた社交人士一般に抱いていた感覚にちがいない。「あの人たちは、毎日が日曜日、誰もがみな日曜紳士。事業などしてくれなければ、社交界にかぎった話だからそれでもいいけど、何たることか、今ではかれらも事業に手をだしてくるのよね(53)」。

辛辣を極める「羊飼いの復讐」の言葉である。

シャネルはしかし、そう語るに値するだけ働いた。八七歳で生涯を終える前日までシャネルは現役で働き通した。晩年の彼女の日曜嫌いは有名である。日曜はみなが働くのをやめる日、孤独なシャネルはその日曜日が過ぎるのをじっと待った。そして、勤勉な人生を象徴するかのように、日曜日に死んだ。

シャネルの生涯はまさに労働のそれである。女が男に依存せずにひとりで生きるということを初めて実践してみせたのがココ・シャネルであり、そのためのスタイルがスーツなのである。めざましい成功と名声のオーラに隠れてシャネルの「労働」はあまり語られてはいないけれど、シャネルは現代的なキャリア・ウーマンの偉大な先駆者である。自身に語らせよう。

　成功しようとすれば、働かなければならない。天からマナが降ってくるなんてことはありえない。私は、自活するために、自分で自分のパンを稼いだ。友達は、「ココが触れると、すべてが金に変わってしまう」と言う。私の成功の秘密、それは猛烈に働いたということだ。私は五〇年間、どこの誰よりもよく働いた。肩書きでも、運でも、チャンスでもなく、労働の成果なのだ。(54)

事実、シャネルは五〇年間にわたる労働者であった。休むということが彼女にはなかった。半世紀にわたって、彼女は「生産者」の側にたって生き続けたのである。あたかも、晶子が生涯にわたって働き続けたのと同じように。晶子もまた、キャリア・ウーマンの偉大な先駆者である。同時に晶子は一一人の子どもを産んだ母でもあったが、晶子とシャネルの二人の人生は、どちらがどうと比較ができないほど共に労働に満ちている。

だが、そうして二人が残した仕事のスタイルはある意味では対照的である。晶子は労働のあとを残さぬ恋の歌をつくりつづけ、シャネルはストレートに労働そのものをスーツという形にしたからだ。さきにふれた、パリ帰りの深尾須磨子が晶子に対面した情景をもういちど想起しよう。シャネルが流行らせたにちがいないスーツ姿の深尾須磨子を見て、晶子は「フランスというよりアメリカですね」と評した。まさしくシャネルはアメリカ的なのだから。シャネルが抹殺した有閑階級の衣装を愛した晶子の美意識は、その意味ではアンチ・シャネルなのである。

## 「文のマーケット」再論

けれども、生涯にわたる勤労という生き方がこれほど似通った女は世界に二人といない。この意味では、晶子もまたシャネルに勝るとも劣らぬ痛烈な有閑階級の批判者であった。堺の商家に生まれ、店番をしながら娘時代を過ごした晶子には商人の血が流れているのだ。一九一〇（明治四三）年に書かれたエッセイに、シャネルを思わせる痛烈な華族批判があるので紹介しよう。華族女学校で教育に携わっていたらしい木村貞子という女性教育者が、「一円」と「十銭」の貨幣価値のわからぬ華族の令嬢のことを、「銭勘定ご承知の無い大様《おほやう》なところがあって御上品である」と誉めた文を挙げて、晶子は次のように語っている。

銭勘定を知らぬという事は愚かな事である。そういう愚かな事を上品だとか結構だとか考えたのは前代の事である。また大名華族の令嬢がすでに多い少ないを言われる以上全く銭勘定を知られないのではなく、唯数の位取の名が円と十と転倒しているだけの事である。そうして円と十とを間違えるなどという事は白痴の質《しつ》ではないでしょうか。私はそのような愚かな姫君が今の大名華族にあろうとは想わない。これは木村貞子さんが富貴に媚びるさもしい性情を示された拙《つたな》いお世辞だろうと思いました。

銭勘定を知らないで賢母良妻になれ。銭勘定を知らないで勤倹貯蓄をせよ。知名の教育家が言うところは常にこういう滑稽が多い(55)。

実に手厳しい、毒ある批判ではないだろうか。銭勘定を知らぬという事は愚かな事である——こう断言する晶子には、商家に生まれ育ったブルジョワの誇りと、有閑階級にたいする怒りがある。晶子にも、シャネルと同じく、「毎日が日曜日」である女たちにたいする侮蔑の念がある。

いや、生まれ育ちの問題だけではない。晶子もまた、シャネルと同じく、半世紀にわたって与謝野家の家計を支えるべく働き続けた「はたらく女」であったからだ。晶子にとって「労働」は人生の伴侶であった。しかも、その労働はある意味ではシャネルよりずっと厳しい。というのもシャネルは服を売ったが、晶子が売らなければならないのは「文」なのだから。売文業は割の良くない、苦労の多い労働である。「時が欲しい」と題されたエッセイは売文業の労苦を正直に語っている。読書するための時間が欲しいのに、その時間がない、と晶子は嘆く。

私には十余人の子供があり、良人と二人でそれを扶養し教育するには莫大な労働が要ります。一日といえども労働に由って物質的報酬を得るための関心と実行とを怠ることができません。序に言いますが、わたしたちのように文筆に携わる労働を、かの肉体労働に比べて一概に苦労の少ないものだと考える人々があったら大間違いです。もちろん書きたい時に書き、歌いたい時に歌うのなら文筆の労働も楽しみですが、今日の文筆は経済的関心を離れた自由行為でなく、社会の事情が文筆までを経済的収入の資料たらしめているのですから、市場の注文に由って書く場合が多く、輪転機印刷の速度に応じて筆を動かさねばならぬ事になって、自然、積極的に書きたいと思う欲求の発生していない事をも書き、半生未熟の思想を無難な文字に託して間に合わせるという結果にもなります(56)。

ときに晶子四七歳。四半世紀以上にわたって文筆家業に勤しんできた者ならではの苦労がにじみでている。「売文業」に意識的であったボードレールの言葉を思い出す。この詩人は「若い文学者たちへの助言」にこう書いた。「一戸の家がどんなに美しかろうと、それは、何よりも前に、——その美しさが証明される前に、——縦が何メートル、横が何メートルかの広さである。同様に、最も評価しがたい題材であるところの文学も、——何よりもまず、欄を埋めることである。文学の建築家は、その名だけですでに儲けが約束されているわけではないから、どんな値でも売らねばならない(57)」。詩人たちが王侯をパトロンにして宮廷に召し抱えられた時代は終わり、近代の詩人は文の市場のなかで生計をたててゆかねばならない。幸い晶子には、「名前だけですでに儲けが約束されている」ほどの名声を確立していた時期もあった。朝日新聞の連載小説や、晩年の温泉地への講演招待などその好例であろう。それにしても、一家の大黒柱として晶子の筆にかかる負担は重かった。しかも、その筆が得意としたのは、字数を稼げる小説ではなく短歌であった……。

先のエッセイの続きで晶子はその苦しさを正直に語っている。「私は主として歌を作りますが、歌は量に乏しいために、いかに質が独創味に富んでいても、小説などに比べて物質的に酬いられるところが非常に少ないのです(58)」。確かにこの文のマーケットにあっては、内容の「美しさ」よりも、「欄を埋める」行数の方が稼ぎになる。美しさが問題となる前に、「縦が何メートル、横が何メートルかの広さ」が要る建築と同様に……。全集にして七巻にのぼる晶子の評論文のうちには、稼ぐために書いたとおぼしき文章が散見される。この恋愛歌人は銭勘定で苦労したのだ。書くことは彼女の生涯にわたる「労働」であった。

実際、晶子はシャネルに勝るとも劣らぬ「はたらく女」の先駆者である。恋をして、母となり、そして一生働き続けた。男性への経済的依存は晶子の人生の辞書にない言葉である。女の経済的自立は晶子の生涯をつらぬく実践であり主張であった。労働なしに女の解放はありえないことだった。

晶子のこの信念をありありと表している詩がある。長い詩だが、あまり知られていないので引用しよう。全集にして七頁、六節からなる長大な詩だが、タイトルがすでに雄弁である。「女は略奪者」。時は大正六年、巷にモダンガールという名の「消費する女」たちが姿を現しはじめた時代。

晶子はうたう。

大百貨店の賣出しは
どの女の心をも誘惑《そそ》る、
祭よりも祝よりも誘惑る。
……
凡《おほよ》そ何處にあらう、
三越《みつこし》と白木屋《しろきや》の賣出しと聞いて、
胸を跳《をど》らさない女が、
俄かに誇大妄想家とならない女が。……
その刹那、女は皆、
（たとへ半反のモスリンを買ふため、
躊躇して、見切場に
半日を費やす身分の女とても、）
その気分は貴女である、
人の中の孔雀である。
わたしは此の華やかな気分を好く。

早く神を撥無したわたしも、
美の前には、つつましい
永遠の信者である。

けれども、近頃、
わたしに大きな不安と
深い恐怖とが感ぜられる。
わたしの興奮は直ぐに覚め、
わたしの狂熱は直ぐに冷えて行く。
一瞬の後《のち》に、わたしは屹度《きつと》、
「馬鹿な亜弗利加《アフリカ》の僭主よ」
かう云つて、わたし自身を叱り、
さうして赤面し、
はげしく良心的に苦む。

大百貨店の閾《しきゐ》を跨ぐ女に
略奪者でない女があらうか。

略奪者、この名は恐ろしい、
しかし、この名に値する生活を
実行して愧ぢぬ者は、
ああ世界無数の女ではないか。
(その女の一人にわたしがゐる)
女は父の、兄の、弟の、
良人《をっと》の、あらゆる男子の、
知識と情熱と血と汗とを集めた
労働の結果である財力を奪つて
我物の如くに振舞つてゐる。
一掛《ひとかけ》の廉半襟を買ふ金とても
女自身の正当な所有では無い。
女が呉服店へ、化粧品屋へ、
貴金属商へ支拂ふ
あの莫大な額の金は
すべて男子から搾取するのである。

女よ、
（その女の一人にわたしがゐる、）
無智、無能、無反省なお前に
男子からそんな法外な報酬を受ける
立派な理由が何處にあるか。(59)

働かざる者、消費するべからず――晶子の労働主義はリゴリズムとさえ言いうるだろう。けれども、男に依存しないということは彼女の人生の誇りであり、そう主張するに値するだけの労働を彼女は生涯にわたり自分に強いてきた。まさに晶子は百年早いキャリア・ウーマンであった。けれども、この早すぎた「はたらく女」は時代の中でなんと孤立していたことだろう。まだしもシャネルにはモダンガールやギャルソンヌといった同族があった。彼女はそのトップ・ランナーであったのだ。シャネルの幸運は、ファッションという事業が成功したばかりでなく、結婚せずに働いて生きるそのライフスタイルそのものがスター的な憧れをかりたてたことである。同時代の女たちから「理解」以上のものを勝ち得たのだ。それにたいし晶子はまったく同時代に理解されることがない孤独なランナーだった。

それでも晶子は孤立を恐れず、「女も働くべきだ」と主張しつづけた。それなくして女の解放はありえない、と。貞操は道徳以上の趣味だとして他に押しつけようとしなかった晶子だが、こと労働にかけては一歩も譲らず正義を賭けて闘った。

にもかかわらず、この孤独なランナーの戦いは、当時はおろか現在にいたるまで理解されているとはいいがたい。その闘いに「母性保護論争」という名称が冠せられることによって、争点が見えなくなってしまったからである。

その事の次第を見届けておかねばならない。

## 5 「はたらく女」晶子――〈母性保護論争〉を糾す

### 〈母性保護論争〉

晶子が平塚らいてうや山川菊栄たちとの間で交わした「母性保護論争」は女性史研究上よく知られている。

口火を切ったのは、大正五（一九一六）年、『太陽』誌上に載った晶子の評論「母性偏重を排す」。スウェーデンの女性解放論者エレン・ケイに拠った平塚らいてうの「母性中心説」にたいして晶子は異を唱えた。「女が世の中に生きて行くのに、なぜ母となることばかりを中心要素とせねばならないか」と。(60) これをうけて平塚らいてうが反論を著し、さらに山田わか、青山菊栄が加わって展開された論争は三年以上にわたった。この間、晶子は出産をへて一〇人の母となり、らいてうは奥村博史と事実婚ののち一児を出産、青山菊栄は山川均と結婚して山川菊栄となっている。

それぞれの人生の歩みのなかで戦わされたこの論争は、初めにふれたとおり「母性保護論争」という名称で現代に伝えられているが、晶子の立場に立つわたしたちからみれば、論争の真の係争点は「母性保護」でもなければ「母性」でもないのである。ここで失われたミッシング・リングともいうべきもの、それこそ晶子が生涯にわたって実践し、思想としてきた「労働」にほかならない。

実のところ、このことを指摘するのは本書が初めてではない。田川建三の卓抜な晶子論「与謝野晶子――町人の自立と女性の自立」は、ラディカルな視点でこの「論争」に斬りこんだ出色の「母性保護論争」論である。本節の導きの糸でもある田川の論の紹介を果たせばここでの目的は半ば達せられると言っても過言ではない。

田川建三の指摘のなかで最も鋭くわたしたちを撃つもの、それはこの論争の名称の誤りを指摘する冒頭部である。引用しよう。

本論にはいる前に、名称の問題を指摘しておく。この論争は伝統的に「母性保護論争」と呼ばれ続けてきたけれども、それは平塚らいてうの問題意識にそった名づけ方であって、与謝野晶子にとっては「母性保護」ではなく、女性の経済的・職業的自立が議論の焦点であった。彼女が「母性保護」にも言及したのは、平塚の主張する母性保護が女性の職業的自立を真っ向から否定するものであったからにほかならない。伝統的な固有名詞は変えるとわかりにくくなるから、今更敢えて変えるべきだとは言わないが、あの論争を「母性保護論争」と呼びつづけている限り、与謝野晶子の言いたかったことの焦点が正確にとらえられずにとどまるだろう(61)。

まさしくそのとおりというほかないのであって、むしろこれは「女性の自立」論争とも「女性解放論争」とも呼ぶべき論争なのである。なぜだろうか？「晶子の言いたかったことの焦点」に問題を移そう。

田川は問題の根本に、晶子と平塚・山川二人の論者の出身階層の相違があることを鋭く指摘している。「平塚も青山も士族の娘」であって、「父親の多大な収入（そのかなりな部分は不労所得）で、妻も娘も働かずに十分に贅沢な生活ができた。他方、与謝野晶子といえば、言わずと知れた典型的な町人である(62)」。晶子のうちに確固とある「町人階級の誇り」。そこに論争の鍵が存在するのであって、そのことを考えることは、「どうしてほかならぬ与謝野晶子が近代史上はじめて女性の職業的自立を徹底して説いた偉大な先駆者となったのか、という理由を問うことにもなる(63)」。

田川の指摘のとおり、この論争での晶子は、実績ある文筆家といったエリートの地位からはるか遠い地平から言葉を発している。働くことを尊しとする晶子の言葉は、つまりは歴史に生きてきた一人の大衆の声なのだ。ところが、士族の娘に生まれた平塚や山川の耳にはその大衆の声が届かない。田川論文から長文を引く。

……与謝野晶子はもともと町民の出であった。彼女の中の、人間が自分の生きていく食いぶちを自分で稼ぐのは当り前、さもなければ人間としての自立を、従って人間としての尊厳を失ってしまう、という感覚は、自ら働くことによって生きてきた町人（や農民）の当然の生活感覚なのである。それはまた、自らの労働によって生きることをしない上層階級や狭義の中産階級に対して、彼らが持っていた大きな誇りであったのだ。

専業主婦となって経済的にまったく男に依存するのは、この誇りを奪われることである。その意味で、「母性保護論争」こと女性の自立をめぐる論争は、その誇りを奪われてはならないという町人の意気込みが生み出した「論争」だったと言えようか。ただし、残念ながら、論争相手の平塚や山川（後の山川菊栄はともかく、当時の彼女）は、その焦点をそもそもつかんでいなかった。論争の全体を通して読んでいて、実にいらいらさせられるのは、後二者がこの焦点にまるで気がついていず、それに対して与謝野晶子がくり返し、問題の焦点はここなんだよ、と指摘するにもかかわらず、ついに論争の最後まで彼女たちはその焦点を見なかった。食うために働くことをしない中産階級のお嬢さんには、そのことがついに見えなかった、ということであろう(64)。

言われるとおり、晶子の主張はただ一点、職業的自立なくして女の自立はなく、それなくして女の解放はないということにつきている。晶子の側に立つ限り、論争のポイントは「母性」などでありはしないのだ。田川が指摘するとおり、晶子はここでいつになく「きつく」かつ「執拗」にそれを説き続けている。晶子にとって、国家であれ親であれ夫であれ、およそ他人の労働に生活を依存することは人間としての尊厳にもとることであったからだ。

## 問題を矮小化するもの

そう、ことは女性の、人としての尊厳にかかわることである。

このことに関連して、田川建三は山川菊栄が〈母性保護論争〉（以下、〈〉つきで呼ぶ）で果たした「過大」な役割についても痛快な批判を寄せている。

晶子の投げかけた最初の論から二年半後の大正七年九月、山川菊栄が『婦人公論』に寄稿した「母性保護と経済的独立――与謝野、平塚二氏の論争」は、この論争の「整理」役を果たしたものとして積極的に評価されることが多い。山川は、晶子の主張を「女権運動」の系譜に、平塚のそれを「母権運動」の系譜に位置づけたあと、二者の対立を次のように「整理」してみせた。すなわち、「二氏の根本的相違は育児期にある婦人が職業に従事することの不可能か論に出発し、一は可能とするが故に国家の保護を無用またはかえって有害視し、一は不可能なるが故にそれを必要とするにある(65)」。

育児か職業か――こうした図式化は一見問題を「整理」するかに見えて、実は「問い」そのものを皮相にしかとらえていない。つまりそれは問題の矮小化にほかならないのである。だからこそ晶子は執拗に自説を語らずにはおれなかったのだ。

実際、「育児か職業」かといった図式では、晶子がもっとも語りたかった、「労働の尊厳」という事実が見失われてしまう。これは平塚にとっても同じであったはずで、彼女にとっても事はそのような二者択一より深いものであったはずだ。田川建三の言葉を借りるなら、「平塚は単に母性保護を主張したのではなく、女性の本質として母たることに固執した。彼女の『母性保護』は女性の本質たる母性を尊べ、という主張なのである(66)」。

そうであってみれば、二者の論争に割って入って問題を「整理」したかに見える山川の意見は、思想性のない、浅薄な見解であり、それればかりか、〈母性保護論争〉理解に長く害を及ぼしたといってよい。たとえばの一例だが、「育児か職業か」というこの図式を現代に当てはめて「大正時代のアグネス論争」などと呼びかえたりすることは、皮相な図式化を踏襲する結果に終わってしまう(67)。そのようなチャートは〈母性保護論争〉の存立を問い直すラディカリズムからわたしたちを遠ざけてゆくのである。

ちなみに、従来の〈母性保護論争〉論にあってしばしば積極的評価を受けてきた「育児の社会化」発言についても、田川は実に的を射た批判を展開しているのでぜひついてみられたい。氏の痛快な山川評はそればかりではないが、もう一つだけ、平塚らいてうとの対質にも繋がる論点にふれておこう。山川菊栄の「語り口」を氏はこう評している。「この論争全体を通じて、はじめ与謝野と平塚が論争をはじめたのに対し、山川はあたかも自分だけが社会主義を知っている学者で、それを知らずに方向を定まらない素人の二人に対してものを教えてやる、というような横柄な姿勢を貫いている(68)」。氏の言うその「横柄さ」が端的に表れている山川の文章をここに引く。ただしここでの山川の主張は直接に〈母性保護論争〉にかかわるものではなく、晶子の社会主義理解の「無知」を糾そうというもので、山川が初めて晶子に宛てた論である。タイトルは、「与謝野晶子氏に与ふ」。

先に晶子が「男女の本質的平等について」と題した論で男女の対等性を述べつつ筆が社会主義にふれ、「世に極端過激な前期の社会主義者の様に、誤って財産平等の悪平等を盛んに唱えるものがあるから……」云々と述べた、その言葉尻をとらえた山川は、晶子の「軽率な断言」が「私共の主義にたいする暴慢なる侮辱」であると断言する(69)。そう前置きした後、山川は、人類の「平等」について、「貧富の差別」について、社会主義談義を長々と披露したあと、最後をこう結んでいる。「以上に於て私共の主義にたいする貴方の無謀なる突撃、無責任なる放言の価値如何は略お分かりになった事と思います。私はこれを機として貴方に自己の知らず解せぬ問題の前には一切緘黙を守るだけの聡明と謙抑とを学ばれんことを切望致します(70)」。

驚くべく高飛車な、頭の高さではないだろうか。先に引いたタイトルが端的にそれを表している。いわく「与謝野晶子氏に与ふ」。このとき与謝野晶子は三八歳、歌人としても文筆家としても押しも押されぬ大家である。対するに山川（当時青山菊栄）は弱冠二六歳、山川均に才能を見出されて『新社会』に一論を載せたばかりの駆け出しの身だ。それにしては何と非常識なタイトルではなかろうか。もっとも同年これに先立ち『青鞜』に載せた論のタイトルもまた「伊藤野枝氏に与ふ」であるから、そもそも山川は「与ふ」という語の用法について無知なのだというべきかもしれないが(71)。

## イデオロギーの「威」を借りるもの

とにかく山川菊栄の頭の高さは異様なまでに際立っている。そしてそれを言うなら平塚らいてうもまた同様であって、彼女の反論のタイトルも劣らずすごい。いわく、「母性の主張に就いて与謝野晶子氏に与ふ」。らいてうも山川も晶子にたいして分不相応に態度が大きいのである。

いったい何が彼女たちをそうさせるのか？　答えは一つ、二人ともイデオロギーの「威」を借りているのである。あるいは、同じことだが横文字の「外来思想」の笥をかざしている。晶子が素手で向かっている、その足元をみて……。

山川菊栄において事は明白である。当時輸入されたマルキシズムは世界の悲惨を救う唯一の真理であり、山川はその「真理の代理人」の任を自負しつつ晶子を折伏しているのだ。そのいわゆる「真理」が潰え去った二一世紀から見ると、彼女の振りかざした空語の数々は空疎を通り越して滑稽でしかない……。

そして、同じような外来思想崇拝が平塚らいてうについても言える。それがいちばん良く表れているのは、晶子の「母性偏重を排す」にたいする最初の反論、「母性の主張に就いて与謝野晶子氏に与ふ」であろう。というのも平塚はそこで、エレン・ケイの思想にたいする晶子の無知・誤読を糾すことに紙幅のすべてを費やしているからだ。山川菊栄の論の最後と比較しやすいようにこれも結びの文を引く。

最後に、私はケイの著書を読むものの一人として、またその紹介者たらんとするものの一人として、さらに進んで、彼女の思想及び主張の中に私自身ならびに日本婦人の今後の生活方針を見出すうえに参考となるべきものの多くを含むことを信ずるものとして、あなたが彼女の著書の一部なりとも、否々その一頁なりとも忠実にお読み下さることを、そして正しく理解してくださることを、なおそのうえ改めてケイに対する批評を私たちにおきかせ下さることをお願いいたします。先輩に対していろいろ失礼なことを申し上げたかもしれませんが、この一文の目的とするところは実はこの願いで尽きているのでございます。どうぞお許し下さい(72)。

「マルキシズムを知らぬお前は物を言うな」という山川菊栄の居丈高な言葉に比べると、まだしも平塚には常識がそなわっていると感じられる文章だが、みられるとおり、平塚にあってもすべてはエレン・ケイという外来思想をめぐっている。思想もモノも文学も、「あちらのもの」には箔があった時代なのだ。その「箔」をバックに語っている平塚や山川は要するに「インテリ」なのである。山川は女子英学塾(現津田塾大学)卒、平塚は日本女子大学校卒、いずれもずば抜けた才媛である。

その二人を相手どった晶子はしかし、少しもその舶来思想の「威」になど動じていない。「マルキシズム知らず」「エレン・ケイ知らず」に非をならして「教えよう」とする二人にたいする晶子の返答はむしろ慇懃無礼でさえある。なぜなら晶子はその人生で十分に教えられてきたからだ。働くことの尊さ、当然さを。三年以上にわたる論争のなかで晶子が「執拗に」語りつづけた「女の職業的自立」論は数知れないほど多くにのぼる。香内信子編『資料母性保護論争』にそのなかの主だった論――ただし、多くが「抄」――が収められているが、それについては田川建三が補足して、「ここでは、そこに採用されていない文章でも、この時期の与謝野晶子は同趣旨のことを繰り返し強く主張していた、という事実だけを指摘しておこう」と述べ、さらに「本発表の一つの趣旨はそれを克明に列挙する点にあったのだが、紙幅の関係で省略する」と述べている(73)。

確かにこの時期、大正五（一九一六）年から大正九（一九二〇）年にかけ晶子が発表した職業的自立論・労働論の数の多さ、執拗さは列挙したい誘惑にかられるが、わたしたちもまた紙幅に限りがあるので、主だった論のタイトルだけ列挙するにとどめたいと思う。以下、全集から、ほぼ執筆順に。

「婦人改造と高等教育」「母性偏重を排す」「婦人自ら反省せよ」「男女の本質的平等観」「女の物質的奢侈」「女子と自由」「男女の本質的平等観（再び）」「平塚明子様」「婦人の独立」「何よりも婦人の実力」「改造されない家庭」「『女らしく』に就て問ふ」「婦人と台所」「青山菊栄氏に答ふ」――以上第一五巻（『人及び女として』大正五年、『我等何を求むるか』大正六年）

「自己の要求を徹底せよ」「婦人と自尊」「女子と高等教育」「家政に対する私の解釈」「新時代の勇婦」「婦人の経済的独立」「女子の職業的独立を原則とせよ」「女子の徹底した独立」「家庭改

良の要求」――以上第一六巻(『愛、理性及び勇気』大正六年、『若き友へ』大正七年)
「未来の婦人となれ」「女子の偏見を反省す」「先づ個人的に目覚めよ」「婦人と経済的自覚」「新しい職業婦人」「経済結婚を排す」「平塚さんと私の論争」「平塚・山川・山田三女史に答ふ」「労働と婦人」「婦人改造の基礎的考察」「私達労働婦人の理想」「資本と労働」「女子の智力を高めよ」「女子の活動する領域」「一切の人間が働く社会」「むしろ父性を保護せよ」「工場婦人の覚醒」「新婦人協会の嘆願運動」「女子を持つ親達に」「女中を解放せよ」「女子の多方面的活動」――以上、第一七巻(『心頭雑草』大正八年、『激動の中を行く』大正八年、『女人創造』大正九年)

すでにこの大正九(一九二〇)年頃には、晶子の主張は理解されないまま「論争」はほぼ終わっているのだが、その後も晶子は執拗に、機をとらえては女性の職業的自立を説いてやまない。たとえば大正一〇年の『人間礼拝』にも、「自己に生きる婦人」「女子と職業」「男女分業思想の崩壊」など、相変わらずラディカルな発言が続いている。晶子にとって女の職業的自立がいかにゆるがぬ信念であったか、こうして論を列挙してみるだけでも伝わってくる。この恋愛歌人は生まれながらの――しかも他人より百年早い――「はたらく女」であった。

## 「汎労働主義」――晶子のいる場所

事実、田川建三の言葉どおり、晶子には堺の商家の血が流れている。家族、親族、奉公人、男女を問わず全員が当たり前のように働いていた幼時の原風景と、さらにはるかに歴史を遡る町民の血が、晶子の経済的自立論の根幹に流れている。

先に『資料母性保護論争』が多くは「抄」であって省略が少なくないことに読者の注意をうながしておいたが、まさに今ふれた論点が省略されている箇所があるので、ここで紹介しておきたいと思う。外来思想の威を借りない晶子がいったいどこから語っているのか、晶子のいる場所をありありと伝えている箇所だからである。

晶子とらいてうの対立もおおよそ鮮明になった論争末期の大正八年、晶子は最後にあたって自説をここに明記しておくという姿勢で『改造』に長文の論を寄せている。題して「婦人改造の基礎的考察」。

右記の『資料母性保護論争』にも収録されているが、いま述べたように残念ながら「抄」なので、山田わかに対する反論の部分だけ（『全集』で一六頁にわたる論のうち三頁ほど）が採られているだけで、前後の核心的な部分が脱落してしまっている。山田わか対与謝野晶子という論者の対質に重点をおいた編集のせいであろうが、晶子の思想の核心にふれたいわたしたちからすれば実に惜しまれる省略である。

ちなみにこの『資料母性保護論争』編者の香内信子は近刊なった『与謝野晶子評論著作集』の編

者でもあり、論争を収めた巻の解説でこの括弧つきの〈母性保護論争〉にふれ、「晶子の主張の元である『経済的独立』が落ち、「夫婦相互の責任」が落ち、「母性保護」が前面に出たこの論争」(74)と、的確な論争の総括をしているだけに、なおさら『資料』の省略が惜しまれる。以下、全文を引用すると長大なので、省略された部分を主にして「婦人改造の基礎的考察」のポイントをとりだしておきたい。

ここで晶子は、女がいかなる変革の道を採るべきか、「改造の基礎」を五つの主義に立って総括している。一は「自我発展主義」。両性の差異に拘束されない個性の発展である。「私は実にこの新理想的見地から、旧式な良妻賢母主義にも、新しい良妻賢母主義——即ち母性中心主義——にも賛成しない者です(75)」と述べる晶子は、母として子どものために自己を犠牲にする心性をきっぱりと斥けている。与謝野晶子は『みだれ髪』の時代から変わることのない「われ」の思想家なのだ。

第二は「文化主義」。「文化」の概念を晶子は阿部次郎訳になるリップスの倫理学に啓発されたと述べているが、母としての営みも芸術の営みも、「文化的価値実現の生活」に寄与してはじめて意味を持つ。いのちや芸術の営みは社会的意味を獲得してはじめて普遍的価値を勝ち得る。これを晶子は文化主義と呼ぶ。

第三、第四の骨子は長くなくコメントの要もないので冒頭の数行を引用しておく。

次に私は「男女平等主義」と「人類無階級的連帯責任主義」とを、改造の基礎条件の第三第四とする者です。前者に就いては、これまでからたびたび私の感想を述べましたから、今は簡単に、男女の性別が人格の優劣の差別とはならず、人間が文化生活に参加する権利と義務の上に差別的待遇を受ける理由とはならないものであると言うだけに止めておきます。
　後者は自我発展主義と、文化主義と、男女平等主義とに促されて起る必然の思想であって、文化生活を創造するには、すべての人間が連帯の責任を持っています。私達女子も公平にそれを分担することを要求します。貴族と軍閥と資産階級とがこれについて階級的の特権を持つことが不法であるように、文化生活が従来のように男子本位に偏することは、文化的価値実現のためにする女子の自我発展を男子の利己主義と階級思想とに由って拒むことにほかならないのです(76)。

　このあと最後の第五に晶子が挙げるもの、これこそ彼女が執拗に説いてきた「労働」である。この第五点は長文にわたっているが、要所要所を引用してゆきたい。晶子が何に拠って語ってきたのかを最もよく明かしているからである。先にみたように、平塚がエレン・ケイに、山川がマルキシズムに拠っていたように、晶子もまたここで自説の拠ってきた起源を明示的に語っている。まずその冒頭。

　最後に私は「汎労働主義」を以って改造の基礎条件の第五とする者です。これに就いても私は、最近に公にした種類の感想文に於てかなり多く述べていますから、ここには唯その補充として少しばかり書いておきます。

私は労働階級の家に生まれて、初等教育を受けつつあった年頃から、家業を助けてあらゆる労働に服したために「人間は働くべきものだ」ということが、私に於いては早くから確定の真理になっていました。私は自分の家の雇人の中に多くの勤勉な人間を見ました。また私の生れた市街の場末には農村の村があって、私は幼年の時から其処に耕作と紡績とに勤勉な沢山の男女を見ました。私はそういう人達の労働的精神を尊敬するあまりに、人間の中にその精神から遠ざかっている人達のあるのを見て、その怠惰を憎悪せずには居られませんでした。私はすべての人間が一様に働く日が来なければならない。働かない人達があるために他の人達が余計に働き過ぎている。その働かない人達の分までをその働き過ぎる人達が負担させられていると思うのでした。これは私の家庭で、私と或一二の忠実な雇人とが余りに多く働きつつあった実感から推して直感したのでした。

以前から私の主張している汎労働主義は、実にこの直感から出発して、私の半生の生活が絶えず労働の過程であるために、これがますます私の内部的要求となったのですが、私のこの要求にたいして学問的基礎あたえてくれた第一の恩人はトルストイです[77]。

晶子が拠っているもの、それは民衆の生きてきたはるかな歴史の記憶である。堺の商家に育った娘は小さい時から働く母親の姿を見て育ち、幼い頃から自分もまた家業を助け、年頃になっては店番を務めた。そんな娘の周囲には耕作に勤しみ紡績に働く大勢の生活者がいた。かれらの姿は晶子にとっていわば人が生きる営みの原風景であったことだろう。その確かさあればこそ、彼女はインテリの振りかざす外来思想の「威」などに脅かされたりしないのである。

〈母性保護論争〉のなかにあっては孤立無援の「孤独なランナー」であった晶子は、その記憶の風景のなかに多くの働く男女を棲まわせていた。その姿に支えられて晶子は執拗に語り続けたにちがいない。働くことの厳しさと尊さを。人が働いて食べてゆくという厳然たる事実の前には、母であることも子であることも、階級差も性別も存在しない。だから晶子は語るのである。「私はこの汎労働主義の立場から、女子にもあらゆる労働と職業とを要求し、またそれの準備として女子の高等教育をも要求します。私が女子の学問と経済的独立について今日までしばしば意見を述べているのは、実にこの要求を貫徹したいためです(78)」。

こうして晶子が語っている地点は、ちょうど女の歴史が新しい頁をめくろうとする直前に当たっている。時は大正一〇年代。大量の労働力が農村から都市へと流れこんで新中間層を形成しようとしていた。農業であれ商業であれ婚家の家業を助ける「嫁」の場に代わって、もっぱら家事に従事する「妻」という新しい場が生まれ、「主婦の誕生」を迎えつつある時代である。大正六（一九一七）年に創刊された『主婦之友』がこの新時代の幕開けを象徴している(79)。晶子があの「消費する女」を断罪する長大な詩「女は略奪者」を書いたのはまさにこの年のことだ。生涯にいちども専業主婦であったことのない晶子が「主婦」（専業）の否定者だったのは当然のことだろう。先の章でふれた「経済結婚を排す」にもそれは明らかだが、別の場所でも「男女の平等な協力」と題してきっぱりと明言している。

「私は以前から、家庭は男女の協力の中に出来上がるべきもので、従来のように主として女任せにして置くべきものでは無いと考えています。従って『主婦』というような言葉をも好きません。女子が家庭に必ずこびりついていねばならぬとする考えに至っては私の最も同感しがたいところです(80)」。働いて生活を稼ぐことを自明のこととして生きてきた晶子にとっては、結婚も出産も働かないことの理由にはならない。だからこそ晶子は反対論のすべてに抗して執拗に「女子の職業的自立」を説き続けたのだ。

興味深いのは、この論の最後で晶子がそれらの反対論者を名指しで批判していることである。外来思想の「威」などものともせず、相手の足元を見ているのは実は晶子の方なのだ。引用しよう。

平塚らいてう、山田わか両女史はその御自身の経験を基礎として、第一の反対説を唱える人達ですが、両女史が母体の経済的独立が不可能だとされるのは、何か両女史御自身の上に、及び両女史の境遇に、それを不可能にする欠陥がありはしませんか。農民や漁民階級の労働婦人が立派に妻及び母の経済的労働を実証している事実を両女史は何と見られるのでしょうか。甚だ露骨な事を言うようですが、両女史は経済的労働を必要とする家庭にお育ちにならず、従ってそういう労働の習慣をお持ちにならないのではないのですか(81)。

ここで語っているのは、骨の髄まで「はたらく」女である晶子、「銭勘定を知らぬは愚かなことである」と言い放って華族の令嬢を貶めるあの晶子である。現代的な言葉を使うなら、晶子は根っからのパラサイト批判者なのだ。論争が始まってからほぼ一〇年後の一九二五年、街にはモダンガールたちが姿をみせはじめた頃、「女子の現代的覚悟」と題したエッセイで晶子は痛烈な言葉を投げかけている。

家の財産に拠り掛り、親に拠り掛って、太平楽を言い、奢侈を行い、勝手な仕事をするという少数の人々には、経済的保障から離れている我我大多数の人間の苦痛は到底解らないことでしょう。私はそういう人々を「いい気な者だ」と思います。そうしてその言説、その行動、その製作が私達から見ると全人類のために概して迂闊、空疎、軽浮であるのを感じる場合が多いのです。
私達の得たいと思う経済的保障は自分自身の勤労の報酬そのものである事です。その「勤労」が自分に適した、自分の好きな、自分の一生をそれに終始して遺憾なきものであれば最も理想的ですが、現代の事情ではそうは行かないようです。とにかく不本意な勤労にせよ、それを忍んで精勤し、その勤労にたいする正しい報酬に由って衣食し、引いて衣食以上の精神生活をも基礎づけるという事は省みて疚しく無く、何人に向かっても気兼が無くて生きられると思います。(82)

家の財産に寄り掛かって浪費に明け暮れる富裕階級を、晶子は「いい気な者だ」と言う。シャネルを思いだす。社交界の上流人士を皮肉ってシャネルは言ってのけたものだ、「あの人たちは、皆さま誰もが日曜紳士」と。そういえばシャネルが『ヴォーグ』でデビューするのは、晶子のこのエッセイから一年後のことである。シャネルの時代――「はたらく女」の時代――が到来していたのだ。時まさに一九二〇年代。パリで、日本で、世界で、女たちは家の外に出て働き始めていた。一九二〇年に書かれたエッセイで晶子ははっきりと断言している。「女子が男子と同じように家庭外の職業に就くことは世界の大勢であって、我国にも日を追うてこの傾向が盛んになって」いると(83)。

それからおよそ一世紀。晶子の言葉どおり、女たちが家庭の外に出て働くのはごく普通の生活風景になった。「国家による母性保護」や「育児の社会化」といった主張が過去の遺物と化したのにひきかえ、晶子の主張はいまや論争の余地なき現実である。

といって、晶子が百年も時代を先取りした天才であったと考えるのは間違いだろう。来るべき「主婦の時代」の直前に生まれあわせた晶子は、家事労働に専念する「主婦」を自明視する感覚に染まっていなかったのである。彼女の内に流れる商人の血は、むしろ家業のために働くことを自明視していた。農民も共有していたこの生活感が、近代化とともに加速度的に薄れゆき、「女は家庭に」という観念が誕生し、そして定着したのが二〇世紀なのである。

その二〇世紀が過ぎ去った現在から振り返ってみれば、むしろ過ぎたその百年こそが、女を家庭と育児に特化する特殊な「女の近代」だったと言うべきであって、今や女のライフスタイルをそのように限定する観念も事実も解体をきたして久しい。晶子の身につけていたライフスタイルとその生活感覚が百年を経てふたたび主流となったとも言える。シャネルがそうであるように、晶子もまた時代の神に選ばれて遣わされた表現者だったというべきだろう。

## シャネルのいる場所

それにしても晶子は何と「孤独なランナー」だったことか。晶子の思想が由ってきた場所を考えることなく、文筆家としての活躍だけを見て「エリート主義」というレッテルを貼るものが大勢を占めていたのは想像に難くない。一一人もの子どもを産みつつ筆一本で与謝野家の家計を支えた晶子の超人的ともいえる活動が、おそらく世の人の耳を塞いでいたのである。

仮定でしかないけれど、同時代でただひとり、晶子の孤独をよく理解できたにちがいないと思われる女がいる。ほかでもないココ・シャネルである。彼女もまた晶子に劣らず超人的な働き者で、晶子以上に孤独なトップランナーだった。

何よりまずシャネルはオートクチュールという同業者たちの中で孤立無援だった。ファッションが模倣現象であることを理解してデザインのコピーを許容したシャネルは、コピーに反対するオートクチュール界に理解されず、終始孤立を続けて遂にはオートクチュール協会を脱会している。プレタポルテ時代の到来を先取りし、ファッションをストリートへと考えたシャネルの大衆性はまったく理解されなかった。少なくともフランス本国においては。むしろシャネル・モードの大衆性を歓迎したのは大衆《マス》の国アメリカであった。だからこそシャネルもモランにむかって「私はアメリカが好き」と語ったのであろう。シャネルはこうしてコピーを許容しなかったパリ・オートクチュール界を指して、「フランスにはマスのセンスが欠けている」と言ったが、まさにその通りで、パリ・モード界がマスのセンスに目覚めるのはようやく一九六〇年代以降でしかない。この意味でもシャネルは孤独なトップランナーであった。

けれども、シャネルの孤独はもっと根の深いところに由ってきている。晶子が「汎労働主義」を語るのに拠って立った場所をシャネルのそれと比較するとき、わたしたちは何ともいえぬ感慨に襲われずにはいない。晶子がそれをバックに論敵と闘った場所は「町人階級」であり、孤独な彼女を支え続けたのは商家の娘として生まれた血の誇りであった。ところがシャネルは自分の生い育ちを誇るどころか、ひた隠しにし続けたのは先に述べたとおり。

どこの誰ともしれない父親に遺棄された孤児という生い立ちは、確かに誇りたいものではなかったであろう。シャネルはその惨めな生まれに逆らって、たったひとりで人生に立ち向かった。男に依存するのでなければ、働く外に人生を打開する道は残されていなかった。

事実そうしてシャネルは働いた。八七歳で人生を閉じる、その前日まで――彼女のその辛抱強い「労働」を支えたもの、それこそ彼女のなかに流れる、町民ならぬ「農民」の血である。彼女の出身がオーベルニュ地方の田舎かどうか、彼女自身が嘘をついて隠蔽するので定かではないが、確かなことは、どこの田舎で生まれたにしろ、シャネルのなかにはがむしゃらに働く農民の血が流れているということだ。シャルル＝ルーが言うあの「百姓魂」が。シャネルがその固い沈黙の喪章に包んで決して人にのぞかせようとしなかった秘密の場所、それこそシャネルの人生をその深いところで支え続けたものである。その強靭な農民の「血」があればこそ、生粋の都会に生まれたパリジェンヌなら到底なしえない闘いをシャネルは戦いぬいたのだ。

ことにその闘いが苛烈を極めたのは、香水「シャネル・ナンバー5」をめぐるそれであった。一九二一年に発売された香水の爆発的人気を見届けたシャネルは一九二四年に香水会社を設立させ、その経営権をヴェルメール兄弟に委託した。爆発的ヒットを続けた香水は会社に莫大な利益を与えた。けれども、カンボン通りの本店で扱う以外のすべての「ナンバー5」の販売権と製造権を譲渡したこの契約では、シャネルのもとに返ってくる利益は数パーセントあるのみ。自分が大きな損をしていると感じたシャネルは、ヴェルメール兄弟を相手どって訴訟を起こし、以後何十年にわたる闘いを決して諦めようとしなかった。そのシャネルの粘り強さについにシャッポを脱いだ兄弟が、後にシャネルのカムバックに際して資金援助を申し出たのは有名な話である。兄弟は退歩することを知らないシャネルの不屈の闘争心に心底敬服の念を抱いたのだ。彼らは言った、「あなたには才能がある」と。まさしくシャネルの「百姓魂」は、闘い続け、働き続けて倦むことを知らない。確かに彼女の中には農民の血が流れているのである。

事実、シャネルは、時のスターとして煌いたあの「狂乱の二〇年代」にあってさえ夜更かしせずに朝早く起きた。「あなたが夜の十時には寝るだなんて世の誰が信じるだろう」とは、同時代人ジャン・コクトーの科白である。モランにむかってシャネルは言った、「私こそ、オーベルニュのあの消えることのない火山の噴火口よ」[84]――オーベルニュが本当の出身地かどうか真偽はともかく、彼女の言葉はその精神においてまったき真実を語っている。果たしてシャネルは火山の噴火にも似た奇跡のカムバックを果たした。ときにシャネル七〇歳。もっと安楽な老後をおくることもできただろうに、彼女のうちに在る「百姓魂」は最後まで働くことを選んだのである。

カムバック後のシャネルがいかに働き者であったか、いかに日曜日をきらって労働日の月曜日が来るのを待ち焦がれたか、数々の評伝が語り明かしている。シャネルこそは、一世紀早い「はたらく女」であり、結婚せずにシングルで生涯働き続けたキャリア・ウーマンの先達である。しかもシャネルは自分の経済的自立を果たしただけではない。いかに多くの芸術家たちが彼女の経済援助をうけたことだろう。ディアギレフ、ジャン・コクトー、ストラビンスキー……、綺羅星のごとき芸術家たちにシャネルは惜しみないメセナとして振る舞った。ヴェネチアで死んだディアギレフの葬儀代を払ったのもシャネルである。そんな彼女から見れば、平塚らいてうのようなインテリの「お嬢様」的な「女の解放」などまったくものの数でもなかっただろう。

その創造したモードにおいて「性」からの解放をなしとげたシャネルは生涯いかなる意味でも性を売ることなく、男性に依存することなく、自立以上の人生をおくった。晶子とシャネル、この一世紀早い二人の「はたらく女」は、まことに魂の姉妹ではなかっただろうか。

# 終章　赤と黒

## 赤の恋歌

シャネルは「はたらく女」のためのモードを創りだした。そのファッションを、いったい晶子はどうみていたのだろうか――というのも、シャネルが日本のことを知る機会がなかったのは当然だとして、日本の芸術家たちはパリの芸術や文化に熱い憧憬を抱き、その動静に絶えず関心を寄せていたからである。もちろん晶子も例外でない。

現に晶子は文化学院に勤めるようになってからは殊に洋装を好み、洋装の現代性を讃える文章を残している。そうしたエッセイの一つ、「建築と衣服」はたいそう興味深い。まさに晶子が「はたらく女」のための装いを推奨しているからである。「一度座れば身体が畳に膠着して軽快敏活な動作を為しがたい日本家屋は決して労働本位の住宅と称することができません」と日本住宅を批判したのに続いて、晶子は和服にも同じ欠点があると指摘している。

日本の衣服はこういう不労遊惰な貴族的気分の家屋と調和するように出来上がっているだらけた様式の衣服です。殊に男子に寄食して労働を回避する習慣の中に永い年月を経て来た日本婦人の服装が活発な労働に適していないのみならず、その反対の優柔、怠惰、鈍重な方式にのみ偏依して発達してしまったのは、やむをえなかった事だとはいえ、まことに気恥かしい事だと思いま

す。(1)

「男子に寄食して労働を回避する」女にたいして厳しい晶子らしい言葉だが、つまり晶子は「遊惰な様式《スタイル》」を批判して「はたらく女」のための洋装を讃えているのである。つまりはシャネルの創造したスタイルを。

衣服だけではない。この『みだれ髪』の作者は、断髪をも肯定している。シャネルがパリにはやらせたあのショートカットだ。一九二六（大正一五）年、まさにシャネルがモードの女王として君臨しはじめた二〇年代、パリ・モードについて晶子は次のような感想を寄せている。「巴里から近く届いた流行雑誌を見ると女が皆断髪している。断髪は世界大戦の時からの流行ながら、最近には断髪の先を縮らせたり膨らませたりする風が廃れて、ぴったりと頭に付ける形が流行し、従って帽も鍔広の物は影を消してしまい、細く深く被る形の物ばかりが流行しているらしい。裳より初めて細くなった女の形が、この断髪と帽とで全部細長い感じのものになってしまった(2)」。

晶子が見た巴里の「流行雑誌」はいったい何だったのだろうか。おそらく『ヴォーグ』ではなかったかと思われるが、いずれにしても晶子の観察は正確である。ちょうど一年前の一九二五年は、パリで国際装飾美術展《アール・デコ》が開催された年。すべてにスリムなラインが流行していた。断髪《ボブ》カットにすらりとした姿態で細身のシルエットの流行をいやがうえにも煽ったのは黒人ダンサーのジョセフィン・ベーカー、そして「お痩せのココ」と言われたココ・シャネル。シャネルの名もベーカーの名も晶子の記述には見当たらないけれど、晶子の美意識はこの細身のシルエットのモダンな美をよく感じとり、「女子の姿が細長くなるには一つの美がある」と語っている。ただし、このフランス・モードは当時の日本にあって、「モダンガール」という特殊な風俗を生み出していた。晶子はモダンガールの流行を「浅薄、軽佻、脆弱」といって斥ける。けれども、その同じ晶子が「断髪」を賛美しているのは面白い。断髪はアンチ「遊惰」の労働のスタイルだからである。

しかし私はこの断髪の風だけはある程度まで善い事だと考える。すなわちこの事がどれだけ女子の心持を快活にするか知れず、また女子の行動を軽捷にするか知れず、また結髪に時間を費やすことが減じる点で経済的であり、常に髪を洗う事ができる点で衛生的である。少女の断髪のためにリボンの需要が無くなっただけでも経済的である。趣味好尚は回帰するにしてもこの断髪だけは永久に続くであろう(3)。

晶子が見通しているとおり、着物であれ洋服であれ、ショートカットという髪型は以後「永久に続く」勢いがあった。それこそ、モードの近代の始まりなのだから。近代風俗の波頭を切ったあの「海老茶式部」こと女学生の流行が束髪から始まったのは偶然ではない。ショートカットは世界的に「女の近代」の表徴だったのである。シャネルはデザイナーとして——しかしあくまで《私》の表現者として――そのトップを切り、晶子はそこに現代性をみて、その美と効用を肯定している。晶子とシャネルは徹頭徹尾「はたらく女」なのだ。

そのうえで、しかしあの「みだれ髪」の歌人与謝野晶子が断髪を礼賛しようとは――こういう想いが胸をよぎるのはわたしたちだけであろうか。あのベルエポックのパリで、遊惰に裳裾をひくドレスの優雅に酔い、花飾りのついた鍔広の帽子を愛してやまなかったあの耽美派歌人はいったいどこへいってしまったのか。新しく帰朝した深尾須磨子のスーツ姿に不満の意を表したあの晶子はどうなったのか……。

時を経て晶子が変わってしまったわけではない。誤解を恐れずに言うなら、いわば「二人の晶子」がいるのである。一人は「はたらく女」として、花飾りのある帽子より活動的なショートカットを良しとし、裳裾を引く遊惰を排してきびきびと活動的なモードを肯定し必要とした晶子。

そして、もう一人は、あの花飾りの帽子を愛し、王朝の美を愛した歌人の晶子。生涯にわたって相聞の恋歌を詠み続けた恋愛歌人の与謝野晶子である。「労働」にふさわしいから断髪と洋装を良しとする晶子がいるからといって、あの「愛欲の歌人」が不在なわけではないのである。この頃の歌集、一九二五年刊行の『瑠璃光』から二首をひこう。

くれなゐの形の外の目に見えぬ愛欲の火の昇るひなげし

雛罌粟はたけなはに燃ゆあはれなり時もところも人も忘れて

恋人である鉄幹を追ってひとり海を渡り、フランスの野をあかく染める雛罌粟《コクリコ》に胸ときめかせて「君も雛罌粟われも雛罌粟」と歌った晶子は、十数年を経た今もなお変わらず恋をうたう。愛欲の赤に燃えるひなげしは、この「はたらく女」の魂のなかでなお燃えさかる。鉄幹はいまも天地にひとりの「君」であり、恋人であることをやめたわけではない……。短歌の世界のなかでは、晶子はかわることなき恋愛歌人なのである。

断髪を良しとする「はたらく女」晶子と華やかな帽を愛する相聞歌人の晶子——この二重性を、彼女は現実「にもかかわらず」恋歌を詠みつづけたと考えるべきであろうか。たとえば晶子は一九三五（昭和一〇）年、鉄幹の亡くなった年に「半分以上」と題したこんな詩を残している。

私は詩を描いてゐたからね、
生活のおよそ半分を、
詩で塗つて来ましたよ。
この期に臨んでも、
私は抱いてゐます詩を、
詩を半分以上。(4)

老いにさしかかってゆく身になお生活苦は厳しくのしかかってはいたけれど、それでもなお晶子は相聞の歌を詠み、恋をうたって、散文的な現実の半分をその「虚構」の美でもって塗ってきた——この詩をそう解するべきだろうか。わたしたちの答えは、ウイでありノンでもある。ウイというのは、確かに現実は仕事に苦闘する日々の連続であって、赤く燃えるひなげしのように「愛欲に時もところも人も忘れて」おれないのが晶子の日常であっただろうからだ。

けれども、それでは歌は反‐現実であり虚構であったのかと言うと、それにもまたわたしたちはノンと言わざるをえない。一章で詳しくみたように、言語表現にたずさわる歌人にとって、短歌という虚構（空想）は、まぎれもない「実感」でもあるのだから。表現が先か現実が先か、表現の外に生の真実があるのかどうか——相聞論にみたとおり、表現と現実とのこの相関関係は歳月を経ても変わるわけではない。この意味で晶子は最期にいたるまで相聞の歌人であり、「はたらく女」晶子は終始かわらぬ「耽美派」でもあった。

## 戦争と女たち

そうだとすれば、歌人の晶子とシャネルとは同族でありつつ対立者でもあったのだろうか——この問いを考える前に、これまでふれる機会のなかった論点を一つ述べておきたい。ひいてはそれがいま問題にしている晶子とシャネルの対比にも繋がってゆくからである。

それは、戦争と彼女たちとの関係である。二〇世紀的な女の生き方の先駆者である晶子とシャネルは、それぞれの人生に劇的な戦争の跡を残している。二〇世紀が世界戦争の時代であってみれば、それも当然であったにちがいない。

第一次世界大戦がシャネルにチャンスをもたらしたことはすでに詳しくみた。男たちが戦場に出てからは、従来男性の領域であった仕事に女も携わらざるをえなくなって、この情勢は「性の越境者」シャネルに有利にはたらいた。彼女はこんな言葉を残している。「戦争のおかげよ。非常事態の中で人は才能を現すものだわ。一九一九年、わたしは突然有名になっていた(5)」。一九一九年、シャネルはパリのカンボン通りに店を出す。疎開地となった海辺の避暑地ドーヴィルやビアリッツと同様、ここパリの店にも客が押し寄せた。以来シャネルはパリ・モードの革命児となってその名を馳せてゆく。

一方、晶子と戦争と言えば、誰しも思い浮かべるのはあの名高い詩「君死にたまふことなかれ」である。日露戦争の戦場に赴いた弟を案じてうたったこの詩は、『みだれ髪』の歌人の名をふたたび世に高からしめた。「ああ、弟よ、君を泣く、君死にたまふことなかれ」——命の尊さをうたいあげた詩は与謝野晶子の名を不滅のものとして現在に伝えている。まさしく晶子もまた「非常事態の中で」その「才能を現し」たのだ。

これにくらべ、第二次大戦は殊にシャネルの生涯に消しがたい汚点を残した。孤独なトップランナーであった彼女の孤独が幾重にも厳しいものになったのは、この蹉跌に負うところが実に大きい。ヨーロッパの戦況は厳しかった。モードという贅沢が繁盛するような時ではなかった。一九三九年、第二次大戦勃発とともにシャネルはカンボン通りの店を閉鎖してしまう。お針子をはじめ数千人の数にのぼるシャネル社の雇用人は全員解雇された。休みなく働き続けてきた女は、戦争というかたちで、突然人生の休日をむかえたのである。

が、実はそれを「人生の休日」と呼ぶにはためらいがある。どのシャネル伝も、この謎めいた休日の歳月については詳しくふれていない……。一つ確かだと思われること、それは人生で初めて迎えたこの「仕事なき日々」でシャネルは一三歳年下の美貌のドイツ人と恋におちたということである。シャネルは五六歳、相手は四三歳。突然訪れたこの「休日」の恋についてはいまなお謎が多い。シャルル＝ルーの評伝は簡潔に記している。戦時下のパリ、「恐怖がつのりゆく世界のなか、彼とガブリエルは幸福だったから、人目につかずに三年近くの歳月を過ごした(6)」。閉鎖された店の二階は恋人たちの密事の場になった。「ガブリエルとスパッツはこうして、ナチスの制服を着た客の群れがひしめく店の上で暮らしていた(7)」。

こうしてナチス占領下のパリでドイツ人と恋仲になった事実はシャネルの生涯に消しがたい汚点を残した。しかも、「スパッツ」こと美貌のフォン・Dにはスパイの容疑があった……。もちろんシャネルは知らなかっただろうが。ともあれ、この恋はシャネルにとって高くついた。第二次大戦後、一〇年間以上の長きにわたって彼女がスイスに隠遁したのは事実上の亡命に等しい。

そして亡命といえば、シャネルの評伝を書いた外交官作家ポール・モランもまた対独協力の罪で国外追放になり、スイスに隠遁した身の上。モランはドイツ占領時代の親独政権ヴィシーの外交官として政務についていたのである。シャネルはスイス隠棲中に彼モランをサンモリッツのホテルに招待している。ともども二〇年代のパリのスターであった二人が交わした話は多々あったにちがいない。モランも最後はパリに復帰して名誉ある作家の地位を回復するが、そのときサンモリッツのホテルでシャネルが語った言葉を聞き書き風に書きとめていたものを本にしたのが『シャネルのアリュール』なのである。

その評伝の序でモランはシャネルを「皆殺しの天使」と名づけた。この皆殺しの天使は、およそ一五年間にわたるブランクを破ってパリにカムバックを果たす。その一五年間のことは多くがなお謎のままである。確かなことは、すべてにかかわらずシャネルがパリ・モードの舞台に復帰したこと、そして一年間の苦しい忍耐の時を経て、みごとモード界の第一線に返り咲きを果たしたということだ。アメリカのメディアがシャネルの復帰をよろこんで支持したのである。ときにシャネル七〇歳。一七年後にホテル・リッツの部屋で亡くなるまで、シャネルは最期まで「はたらく女」であり続けた。

## 黒の孤独

シャネルがひとり息をひきとったリッツの部屋は、寝るためだけの簡素な部屋だった。四方の壁は白。装飾らしいものはほとんど何もない。

ひとはその死にざまによって生涯の秘密を明かすものである。シャネルの死の光景は何とシャネルらしいことだろう。修道院のようにシンプルで無駄がなく、修道院のように孤独。

そう、シャネルの孤独について語らなければならない。結婚せずに七〇歳であること、すでにそれだけで女は十分に孤独である。しかも幸か不幸かシャネルは有名人だった。相手にしてくれる者がいるという意味で、彼女の有名性はその孤独を和らげはしただろう。けれども、いかに美貌のシャネルといえど、当時の七〇歳は恋をするには老いすぎている。はたらく女をエレガントに見せる服をつくり続けながら、一人の女としてシャネルはいかに孤独であったことか。睡眠薬や注射の常用など多くのシャネル伝がその孤独の証左を伝えているが、そもそも一五年ものブランクを経た後のカムバックそのものが実に孤独な壮挙であったというべきだろう。シャルル＝ルーはシャネルを評して「劇的なまでに孤独」と語っている。まさしくこの皆殺しの天使の生涯は劇的なまでに孤独であった。

といって、シャネルは紛れもなく恋多き女であった。美貌のシャネルは幾多の恋をした。まだ田舎娘だったココを愛した青年バルサン、ココに店を開く知恵と資金を貸した英国の青年実業家アーサー・カペル。「カペルこそ私が愛した唯一の男よ」――モランにむかってシャネルはそう語ったが、そのアーサー・カペルは、一九一九年、予期せぬ自動車事故で帰らぬ人となる。シャネルは三七歳の女盛りだった。黒い孤独を彼女は耐えた。すでに彼女はモードの第一線に躍り出ていた。

それから第二次大戦までの二〇年間、彼女の生涯をかざった恋人は数多い。シャネル自身、こんな言葉を残している。「これだけのことを全部やって、そのうえ恋もいっぱいの人生を送るのにいったい私はどうやってやってこれたのだろう」(8)。まさしくシャネルの人生は恋でいっぱいである。ロシア貴族のデミトリー大公、詩人のルヴェルディ、音楽家のストラビンスキー、さらに、歴代の恋人のなかでも最も交際の長かった英国の大貴族ウェストミンスター公爵。すでに四〇代に届いていたシャネルは公爵との結婚をかなり真剣に考えたといわれているが、ここでもまたシャネルはいかにもそれらしい伝説を残している。結局結婚を選ばなかったシャネルはこう言ったという。「ウェストミンスター公爵夫人は三人もいるけれど、ココ・シャネルは一人しかいない」。真偽のほどは確かでないにしろ、あまりにもシャネルらしい科白ではないだろうか。

といってシャネルは「結婚しない」女であることを選んだのではなかった。大戦前の一九三五年、すでに五二歳になっていたシャネルはついに結婚を決意する。相手はイラストレーターのポール・イリブ。その夏、南仏の別荘でシャネルは婚約者と落ち合うことになっていた。イリブはポワレに抜擢され、アメリカのモード雑誌の黄金時代にも力を貸した才あるイラストレーターである。今度こそシャネルは幸福をつかむ希望にあふれていた。だが、その夏の日、別荘のテニスコートでラケットを握ったままイリブは突然死を遂げる。孤独こそシャネルの運命であることを天が告げるがごとくに……。

まさしくシャネルは絶対的な孤独者である。黒のように絶対的な。

このことは晶子と比較してみればいっそう明らかである。「雛罌粟はたけなはに燃ゆ」と詠んだ翌年、鉄幹が亡くなった。『白桜集』におさめられた晶子の挽歌は切に哀しい。

わが机地下八尺に置かねども雨暗く降り粛《しめ》やかに打つ
わが上に残れる月日一瞬によし替へんとも君生きて来よ
冬の夜の星君なりき一つをば云ふにはあらずことごとく皆

「天地に一人の君」と頼んで生きた鉄幹は逝った。残された晶子の「我」は、衰えゆく命をかみしめながら、むなしくも一人空転するよりほかはない。

行くことの我がいやはてにならばなれ伊香保の坂は悲しきものを
かくてわれ愛憎《あいぞう》も皆失ひて立枯の木に至るべきかな

この恋愛歌人にとって、「君」の不在はどの歌人にとってより致命的なものであったことだろう。相聞にあっては、恋歌をうたう相手がそこにいるということが命である。「君」の死に直面した晶子は覚悟以上に深い喪失感に襲われたことであろう。その喪失感の重みがひたと伝わる挽歌がある。

一人にて負へる宇宙の重さよりにじむ涙のここちこそすれ

鉄幹を亡くした晶子は、生涯にはじめて自分一人で宇宙の重さを支える苦しみを知った。それまでは鉄幹が宇宙の重みを共に支え続けてくれていたのだ……。いや、晶子にとって鉄幹はそれ以上の存在であった。歌も人生もふくめて、晶子の全宇宙はそもそも鉄幹が創りだしたものである。鉄幹がいなかったら、与謝野晶子は存在していなかった。その意味で鉄幹は晶子の全宇宙の創造主ですらある。晶子はその存在のすべて、芸術のすべてを鉄幹に負うている。

わたしたちがそれをひしと感じとるのはそこにシャネルがいるからだ。

あのシャルル＝ルーの名言を思い出す。「シャネルは無からの創造者であった」――そのとおり、シャネルはここで晶子の対極にいる。美貌のシャネルはある意味では晶子より奔放な恋する女であった。その生涯はいま見たとおりドラマチックな恋に彩られている。けれども、シャネルの創造した作品を理解するのに、わたしたちはいかなる恋人の存在も必要としない。確かに乗馬を愛したカペルは彼女にスポーツ・ルックを教え、「メンズ」の盗用という革命的なアイディアにあずかって力あったかもしれない。とはいえカペルなくしてもいつかシャネルは自力でそこに到達したことであろう。実にシャネルはその全宇宙をただ一人自分の力で支え続けたのである。幼くして親に捨てられ、八七歳でひとり生涯を閉じたその日まで。

もういちど繰り返すが、たいする晶子はその全作品を鉄幹の存在に負うている。晶子の短歌を論じることはただちに鉄幹を論じることに繋がるのにくらべ、シャネルのモードを論じるのにいかなる恋人も必要ではない……。

その壮絶な孤独とひきかえにシャネルは現代もなお新しさを失わない永遠のモードを創りだした。ポケット、ショルダーバッグ、ジャケット、セーター、そして貴金属でないアクセサリー。わたしたちが普段何げなく身につけている装いはシャネル以前に決して存在しなかったものである。わたしたちは今なおシャネルがその創造主であったモードの宇宙のなかに住み続けている。

しかもわたしたちは、晶子のように「恋する女」でもあり、「結婚する女」でもある。「母性保護」も「家事の社会化」も死語になった。だが晶子が主張し実践した「はたらく女」は現代のなにげない日常風景となっている。仕事も恋もと、わたしたちは言う。そうするためにもはや誰と論争する要もなく、シャネルのような孤独の代償を払うこともなく。

晶子とシャネル。わたしたちがその娘である「偉大な」二人。そう、「偉大な」という形容詞がこれほどふさわしい女もいないことだろう。わたしたちは、現在もなおこの偉大な二人の血をひきながら、その恩恵を蒙って生きている。

## 注

### 序章

（1）SACHS, *La décade de l'illusion*, Gallimard, 1950, pp. 52-53
（2）*Ibid.*, p.56
（3）『堀口大学全集』第六巻、小澤書店、一九八二年、四〇三―四〇四頁
（4）以下、与謝野晶子の短歌は、原則として『定本与謝野晶子全集』講談社、一九七九―一九八一年、に拠る。
（5）『齋藤茂吉全集』第三五巻、岩波書店、一九五五年、一六六頁
（6）田山花袋『田舎教師』新潮社、一九五二年、四〇頁
（7）同、四二頁
（8）『定本与謝野晶子全集』第一七巻、三八六頁
（9）MORAND, *L'allure de Chanel*, Hermann, 1976, p.43
（10）『定本与謝野晶子全集』第二〇巻、一六五頁

### 第一章

（1）『明星』複製版、第一期、「明星」複製刊行会、臨川書店、一九六四年、以下、第一章における『明星』からの引用はすべてこれに拠る。
（2）佐佐木幸綱『作歌の現場』角川書店、一九八二年、二五一―二五二頁
（3）これについては以下を参照。安森敏隆「『みだれ髪』の世界」上田博・富村俊造編『与謝野晶子を学ぶ人のために』世界思想社、一九九五年

（4） MORAND, *L'allure de Chanel*, Hermann, 1976, p.45
（5） 佐佐木幸綱、前出、三五頁
（6） 『〈日夏耿之介全集第三巻〉明治大正詩史』河出書房新社、一九七五年、一三三頁
（7） 同、二七五頁
（8） 『〈明治文学全集51〉与謝野鉄幹・与謝野晶子集』筑摩書房、一九六八年、二三二頁。以下、与謝野鉄幹の短歌の引用は基本的にこれに拠る。
（9） 新聞連載小説については、以下を参照。山田登世子『メディア都市パリ』筑摩書房、一九九五年
（10） 『萩原朔太郎詩集』新潮社、一九五〇年、二二一—二二頁
（11） 『石川啄木全集』第五巻、筑摩書房、一九七八年、二五九頁
（12） 佐藤春夫『晶子曼荼羅』講談社、一九五五年、九九—一〇〇頁
（13） 同、一一四頁
（14） プルースト『〈失われた時を求めて4〉花咲く乙女たちのかげに』鈴木道彦訳、集英社、一九九七年、一八〇頁
（15） 『木下杢太郎全集』第一五巻、岩波書店、一九八二年、一八一頁
（16） 同、八一—八二頁
（17） 今野寿美『わがふところにさくら来てちる』五柳書院、一九九八年、八七頁
（18） 佐藤春夫、前出、一四一頁
（19） 竹西寛子『山川登美子』講談社、一九八五年、四五—四六頁
（20） 同、一二九頁
（21） 『折口信夫全集』第二七巻、中央公論社、一九七六年、四六八—四六九頁
（22） 『〈ジンメル著作集7〉文化の哲学』円子修平・大久保健治訳、白水社、一九七六年、を参照

(23)『折口信夫全集』第一七巻、前出、四六九頁
(24)『折口信夫全集』第二五巻、中央公論社、一九七六年、三六七―三六八頁
(25)『定本与謝野晶子全集』第一三巻、八頁
(26)同、一一頁
(27)同、一七頁
(28)『〈日夏耿之介全集第三巻〉明治大正詩史』、前出、八一三頁
(29)『与謝野晶子歌集』岩波書店、一九四三年、三六一頁
(30)同、三七八―三七九頁
(31)『石川啄木全集』第五巻、前出、三五七頁
(32)日夏耿之介『明治浪漫文学史』中央公論社、一九五一年、一三三一―一三三三頁
(33)(34)同、一三三一頁
(35)『定本与謝野晶子全集』第一三巻、二六五頁
(36)同、三九一頁
(37)『定本与謝野晶子全集』第九巻、二〇三頁
(38)同、二〇六―二〇八頁
(39)同、一八九―一九〇頁
(40)『定本与謝野晶子全集』第一三巻、一一頁
(41)同、五八頁
(42)MORAND, *op.cit.*, p.138
(43)『定本与謝野晶子全集』第三巻、二六〇頁
(44)『定本与謝野晶子全集』第一〇巻、七三―七四頁

（45）『定本与謝野晶子全集』第一四巻、三頁
（46）『定本与謝野晶子全集』第九巻、二八五頁
（47）（48）佐伯順子「性をめぐる倫理――近代から現代へ」『アステイオン』第六〇号、二〇〇四年三月、一四一―一五〇頁
（49）『定本与謝野晶子全集』第一六巻、九〇頁
（50）同、一四―一五頁
（51）『定本与謝野晶子全集』第一五巻、一六九―一七〇頁
（52）『平塚らいてう著作集』第二巻、大月書店、一九八三年、五七―五八頁
（53）川村邦光『性家族の誕生』筑摩書房、二〇〇四年、二二八―二二九頁
（54）『定本与謝野晶子全集』第一四巻、三七二頁
（55）『平塚らいてう著作集』第二巻、前出、二九―三五頁
（56）『定本与謝野晶子全集』第一四巻、三七二頁
（57）（58）同、三七八頁
（59）（60）『定本与謝野晶子全集』第一五巻、一三八頁
（61）同、一三九頁
（62）『定本与謝野晶子全集』第一五巻、一三五頁
（63）『定本与謝野晶子全集』第一七巻、五三三頁
（64）（65）上野千鶴子『近代家族の成立と終焉』岩波書店、一九九四年、一一四頁
（66）『定本与謝野晶子全集』第一七巻、五三三頁
（67）同、五三一頁
（68）内山秀夫・香内信子編『与謝野晶子評論著作集』第一七巻、龍渓書舎、二〇〇二年、一九七頁

(69)(70) 同、一九九頁

(71)『定本与謝野晶子全集』第一五巻、五四二頁

(72)『定本与謝野晶子全集』第一〇巻、一八八頁

(73) MORAND, *op. cit.*, pp.20-21

(74) CHARLES-ROUX, *L'irrégurière*, Grasset, 1974, p.72

(75) MORAND, *op. cit.*, p.15

(76) *Ibid.*, p.39

(77) 山口昌子『シャネルの真実』人文書院、二〇〇二年、五〇頁

(78) MORAND, *op.cit.*, p.143

(79)(80)(81) HERSHON & GUERRA, *Chanel, Chanel*, RM Arts, 1986

## 第二章

(1) 芳賀徹『みだれ髪の系譜』講談社、一九八八年、二七頁

(2) 同、一五頁

(3) WEBER, *Fin de siècle*, Fayard, 1986, p.11

(4) MORAND, *1900*, Editions de France, 1930, p.II

(5) *Ibid.*, p.118

(6) *Ibid.*, pp.58-59

(7) *Ibid.*, p.63

(8) 夏目漱石『虞美人草』新潮社、一九五一年、一六七頁

(9) 工藤庸子『プルーストからコレットへ』中央公論社、一九九一年、一〇八頁

（10）ビートン『ファッションの鏡』田村隆一訳、文化出版局、一九七九年、七〇—七一頁
（11）MORAND, *L'allure de Chanel*, Hermann, 1976, p.6
（12）*Ibid.*,p.74
（13）*Ibid.*,p.134
（14）小杉天外『魔風恋風』前編、岩波書店、一九五一年
（15）本田和子『女学生の系譜』青土社、一九九〇年、六八頁
（16）同、二二一—二二四頁
（17）同、八八頁
（18）プルースト『〈失われた時を求めて4〉花咲く乙女たちのかげに』鈴木道彦訳、集英社、一九九七年、一八一頁
（19）同、一七七頁
（20）同、一八一頁
（21）（22）SACHS, *Au temps du Bœuf sur le toit*, Grasset,1987, pp.104-105
（23）『定本与謝野晶子全集』第一六巻、二四四頁
（24）上田敏『海潮音』復刻版、近代文学館、一九七〇年、五二頁
（25）『定本与謝野晶子全集』第一〇巻、二二六頁
（26）与謝野寛・与謝野晶子『巴里より』金尾文淵堂、一九一四年、六四—六五頁
（27）（28）同、六六頁
（29）同、三八七—三八八頁
（30）同、二〇六頁
（31）同、二〇七頁

(32) 同、八二頁
(33) パンテオン会、ならびにこの時期の日仏交流については次を参照。「パンテオン会雑誌」研究会編『パリ一九〇〇年・日本人留学生の交遊』ブリュッケ、二〇〇四年。和田博文ほか『パリ・日本人の心象地図』藤原書店、二〇〇四年
(34) 与謝野寛・与謝野晶子、前出、六九頁
(35) 同、六九―七〇頁
(36) 与謝野寛『リラの花』東雲堂書店、一九一八年、八頁
(37)『明星』複製版、第二期、「明星」複製刊行会、臨川書店、一九六四年、一九二三年五号、八頁
(38)『堀口大学全集』第一巻、小澤書店、一九八二年、五三二頁
(39) 同、五二九頁
(40) 与謝野寛・与謝野晶子、前出、一二六―一二七頁
(41)『齋藤茂吉全集』第九巻、岩波書店、一九五四年、二一五頁
(42) 同、二一七頁
(43) 与謝野寛『リラの花』、三二五―三二六頁
(44) 与謝野寛・与謝野晶子、前出、一二二頁
(45) 同、一二三頁
(46)(47) 与謝野寛・与謝野晶子、前出、一二八―一三〇頁
(48)『定本与謝野晶子全集』第一〇巻、一二八―一三〇頁
(49)(50) 与謝野寛・与謝野晶子、前出、一三一頁
(51) 同、一三二頁
(52) 同、一三二―一三三頁

(53) 同、二五六頁
(54) 同、二五八頁
(55) 同、二三九頁
(56) 同、二五七―二五八頁
(57) 『定本与謝野晶子全集』第一〇巻、一九〇頁
(58) 与謝野寛・与謝野晶子、前出、二〇四―二〇六頁
(59) 同、二九四頁
(60) 『定本与謝野晶子全集』第一〇巻、一九一―一九二頁
(61) 同、一九五―一九六頁
(62) 与謝野寛・与謝野晶子、前出、一二三頁
(63) 『定本与謝野晶子全集』第一〇巻、一一四―一一五頁
(64) 深尾須磨子『与謝野晶子――才華不滅』人物往来社、一九六八年、九六―九七頁
(65) 安藤更生『銀座細見』中央公論社、一九七七年、二八頁
(66) 同、二九頁
(67) MORAND, *op. cit.*, p.36
(68) *Ibid.*, pp.6-7
(69) *Ibid.*, p.46

**第三章**

(1)(2) MORAND, *L'allure de Chanel*, Hermann, 1976, p.46
(3) *Ibid.*, p.43

(4) *Ibid.*, p.6
(5) ビートン『ファッションの鏡』田村隆一訳、文化出版局、一九七九年、一四〇頁
(6) MORAND, *op.cit.*, pp.45-46
(7) SACHS, *Au temps du Bœuf sur le toit*, Grasset, 1987, p.116
(8) MORAND, *op.cit.*, p.43
(9) *Ibid.*, pp.70-71
(10) POIRET, *En habillant l'époque*, Grasset, 1930, p.53
(11) SACHS, *op.cit.*, pp.116-117
(12)(13) フラナー『パリ・イエスタデイ』宮脇俊文訳、白水社、一九九七年、一九五頁
(14) MORAND, *op.cit.*, p.148
(15) *Ibid.*, pp.51-52
(16) *Ibid.*, p.38
(17) SACHS, *op.cit.*, p.162
(18) *Ibid.*, p.170
(19) CHARLES-ROUX, *L'irrégurière*, Grasset, 1974, p.388
(20) フラナー、前出、六二頁
(21) 同、六四頁
(22)(23)『定本与謝野晶子全集』第一四巻、四七一頁
(24)『明星』複製版、第二期、「明星」複製刊行会、臨川書店、一九六四年、一九二一年二号、四九―五二頁。
(25) ビートン、前出、八七頁

（26）SACHS, *op.cit.*, p.107
（27）*Ibid.*, 127
（28）これについては次を参照。ハウエル『ヴォーグの六〇年』小沢瑞穂ほか訳、平凡社、一九八〇年
（29）MORAND, *op.cit.*, p.117
（30）永井良和「ダンス史のなかの文化学院——「明星舞踏会」のころ」『鉄幹と晶子』第二号、和泉書院、一九九六年、一〇四—一〇五頁
（31）同、一〇六頁
（32）『明星』複製版、第二期、「明星」複製刊行会、臨川書店、一九六四年、一九二一年二号、六一頁
（33）永井良和、前出、一〇七頁
（34）MORAND, *op.cit.*, pp.138-139
（35）CHARLES-ROUX, *op.cit.*, p.13
（36）MORAND, *op.cit.*, p.143
（37）CHARLES-ROUX, *op.cit.*, p.14
（38）MORAND, *op.cit.*, p.6
（39）（40）*Ibid.*, 138
（41）POIRET, *op.cit.*, pp.45-46
（42）*Ibid.*, pp.47-48
（43）MORAND, *op.cit.*, pp.140-141
（44）*Ibid.*, p.48
（45）HERSHON & GUERRA, *Chanel, Chanel*, RM Arts,1986
（46）MORAND, *op.cit.*, p.140

(47) *Ibid.*, p.112
(48) *Ibid.*, p.137
(49) HAEDRICH, *Coco Chanel secrète,* Laffont, 1971, p.215
(50) *Ibid.*, p.278
(51) *Ibid.*, pp.26-27
(52) HERSHON & GUERRA, *op.cit.*
(53) MORAND, *op.cit.*, p.128
(54) *Ibid.*, p.42
(55) 『定本与謝野晶子全集』第一四巻、一九五―一九六頁
(56) 『定本与謝野晶子全集』第一九巻、三三四頁
(57) 『ボードレール全集』第五巻、阿部良雄訳、筑摩書房、一九八九年、三三一頁
(58) 『定本与謝野晶子全集』第一九巻、三三五頁
(59) 『定本与謝野晶子全集』第一〇巻、二九六―三〇一頁
(60) 『定本与謝野晶子全集』第一五巻、一九五頁
(61) 田川建三「与謝野晶子――町人の自立と女性の自立」『女性学研究』第七号、一九九三年三月、三〇―三一頁
(62) 同、三三一頁
(63) 同、三〇頁
(64) 同、三四―三五頁
(65) 『山川菊栄評論集』岩波書店、一九九〇年、七三頁
(66) 田川建三、前出、三八頁

(67) 次を参照。斎藤美奈子『モダンガール論』マガジンハウス、二〇〇〇年、一六一―一六六頁
(68) 田川建三、前出、四〇頁
(69) 香内信子編『資料母性保護論争』ドメス出版、一九八四年、五五頁
(70) 同、六〇頁
(71) この「与ふ」という語法についても、前出の田川建三論文、三一―三二頁、をみられたい。
(72) 『平塚らいてう著作集』第二巻、大月書店、一九八三年、一五八―一五九頁
(73) 田川建三、前出、三五頁
(74) 内山秀夫・香内信子編『与謝野晶子評論著作集』附巻、龍渓書舎、二〇〇三年、六六頁
(75) 『定本与謝野晶子全集』第一七巻、二〇二頁
(76) 同、二〇九頁
(77) 同、二一一―二一二頁
(78) 同、二一三頁
(79) 次を参照。鹿野政直『婦人・女性・おんな』岩波書店、一九八九年、二五頁
(80) 『定本与謝野晶子全集』第一九巻、二四一頁
(81) 『定本与謝野晶子全集』第一七巻、二一四頁
(82) 『定本与謝野晶子全集』第一九巻、二三九―二四〇頁
(83) 『定本与謝野晶子全集』第一八巻、三八頁
(84) MORAND, *op.cit.*, p.20

**終章**

(1) 『定本与謝野晶子全集』第一七巻、二四九―二五〇頁

（2）『定本与謝野晶子全集』第一九巻、二八一頁
（3）同、二八二頁
（4）『定本与謝野晶子全集』第一〇巻、四八〇頁
（5）HAEDRICH, *Coco Chanel secrète*, Laffont, 1971, p.119
（6）CHARLES-ROUX, *L'irréguriѐre*, Grasset, 1974, p.501
（7）*Ibid.*, 503
（8）HAEDRICH, *op.cit.*, p.104

## 引用・参照文献


『定本与謝野晶子全集』全二〇巻、講談社、一九七九―一九八一年
『与謝野晶子歌集』岩波書店、一九四三年
『与謝野晶子評論著作集』全二二巻、龍渓書舎、二〇〇一―二〇〇三年
『〈新潮日本文学アルバム16〉与謝野晶子』新潮社、一九八五年
『与謝野晶子展』堺市博物館、一九九一年
『〈明治文学全集51〉与謝野鉄幹・与謝野晶子集』筑摩書房、一九六八年
『〈日本の詩歌第4〉与謝野鉄幹／与謝野晶子／若山牧水／吉井勇』中央公論社、一九六八年
『明星』複製版、第一期、第二期、「明星」複製刊行会、臨川書店、一九六四年
与謝野晶子『みだれ髪』新潮社、二〇〇〇年
与謝野寛・与謝野晶子『巴里より』金尾文淵堂、一九一四年
与謝野寛『リラの花』東雲堂書店、一九二八年
山川登美子・増田雅子・与謝野晶子『戀衣』、日本近代文学館、一九八〇年

赤塚行雄『与謝野晶子研究』学芸書房、一九九四年
アレン、フレデリック・ルイス『オンリー・イエスタデイ』藤久ミネ訳、筑摩書房、一九九三年
安藤更生『銀座細見』中央公論社、一九七七年
飯島耕一『日本のベルエポック』立風書房、一九九七年
――『萩原朔太郎』全二巻、みすず書房、二〇〇三年
――『白秋と茂吉』みすず書房、二〇〇三年

石井柏亭『明暗』第三書院、一九三四年
『石川啄木全集』全一巻、筑摩書房、一九七八年
逸見久美『評伝与謝野鉄幹晶子』八木書店、一九七五年
――『小扇全釈』八木書店、一九八八年
――『与謝野鉄幹歌集』短歌新聞社、一九九三年
――『夢の華全釈』八木書店、一九九四年
――『新みだれ髪全釈』八木書店、一九九六年
――『与謝野寛晶子書簡集成』全四巻、八木書店、二〇〇二―二〇〇三年
今橋映子『異都憧憬　日本人のパリ』柏書房、一九九三年
ウィリアムズ、ロザリンド『夢の消費革命』吉田典子・田村真理訳、工作舎、一九九六年
上田博・富村俊造編『与謝野晶子を学ぶ人のために』世界思想社、一九九五年
上田敏『海潮音』復刻版、近代文学館、一九七〇年
上野千鶴子『近代家族の成立と終焉』岩波書店、一九九四年
海野弘『モダンガールの肖像』文化出版局、一九八五年
小木新造・熊倉功夫・上野千鶴子編『〈日本近代思想体系23〉風俗・性』岩波書店、一九九〇年
尾崎紅葉『金色夜叉』新潮社、一九六九年
折口信夫『世々の歌びと』角川書店、一九七四年
『折口信夫全集』第二五巻、第二七巻、中央公論社、一九七六年
金子光晴『ねむれ巴里』中央公論社、一九七六年
鹿野政直『婦人・女性・おんな』岩波書店、一九八九年
――『近代日本思想案内』岩波書店、一九九九年

――『日本の近代思想』岩波書店、二〇〇二年
川村邦光『性家族の誕生』筑摩書房、二〇〇四年
河盛好蔵『藤村のパリ』新潮社、一九九七年
『木下杢太郎全集』第一五巻、岩波書店、一九八二年
工藤美代子『黄昏の詩人――堀口大学とその父のこと』マガジンハウス、二〇〇一年
工藤庸子『プルーストからコレットへ』中央公論社、一九九一年
香内信子編『資料母性保護論争』ドメス出版、一九八四年
小杉天外『魔風恋風』前後編、岩波書店、一九五一年
今野寿美『わがふところにさくら来てちる』五柳書院、一九九八年
斎藤美奈子『モダンガール論』マガジンハウス、二〇〇〇年
『齋藤茂吉全集』第九巻、岩波書店、一九五四年
――第三五巻、岩波書店、一九五五年
佐伯順子『「色」と「愛」の比較文化史』岩波書店、一九九八年
――『恋愛の起源』日本経済新聞社、二〇〇〇年
――「性をめぐる倫理――近代から現代へ」『アステイオン』第六〇号、二〇〇四年三月
佐佐木幸綱『作歌の現場』角川書店、一九八二年
佐藤春夫『晶子曼荼羅』講談社、一九五五年
『佐藤春夫全集』第一〇巻、講談社、一九六六年
『〈ジンメル著作集7〉文化の哲学』円子修平・大久保健治訳、白水社、一九七六年
須永朝彦『鉄幹と晶子』紀伊国屋書店、一九七一年
高階秀爾『日本近代美術史論』講談社、一九九〇年

田川建三「与謝野晶子――町人の自立と女性の自立」『女性学研究』第七号、一九九三年三月
匠秀夫『近代日本の美術と文学』木耳社、一九七九年
竹西寛子『山川登美子』講談社、一九八五年
――『陸は海より悲しきものを』筑摩書房、二〇〇四年
谷崎潤一郎『痴人の愛』新潮社、一九四七年
田山花袋『蒲団』新潮社、一九五二年
――『田舎教師』新潮社、一九五二年
――『東京の三十年』岩波書店、一九八一年
徳冨蘆花『不如帰』岩波書店、一九三八年
永井荷風『ふらんす物語』新潮社、一九五一年
――『珊瑚集』岩波書店、一九九一年
永井良和『社交ダンスと日本人』晶文社、一九九一年
――「ダンス史のなかの文化学院――「明星舞踏会」のころ」『鉄幹と晶子』第二号、和泉書院、一九九六年
永畑道子『夢のかけ橋』新評論、一九八五年
――『華の乱』新評論、一九八七年
――『憂国の詩』新評論、一九八九年
夏目漱石『虞美人草』新潮社、一九五一年
『〈日本近代文学大系15〉藤村詩集』角川書店、一九七一年
『〈日本詩人全集3〉土井晩翠／薄田泣菫／蒲原有明／三木露風』新潮社、一九六八年
ハウエル、ジョージナ『ヴォーグの六〇年』TCG―小沢瑞穂ほか訳、平凡社、一九八〇年

芳賀徹『みだれ髪の系譜』講談社、一九八八年
『萩原朔太郎詩集』新潮社、一九五〇年
「パンテオン会雑誌」研究会編『パリ一九〇〇年・日本人留学生の交遊』ブリュッケ、二〇〇四年
ビートン、セシル『ファッションの鏡』田村隆一訳、文化出版局、一九七九年
日夏耿之介『明治浪漫文学史』中央公論社、一九五一年
『〈日夏耿之介全集第三巻〉明治大正詩史』河出書房新社、一九七五年
平子恭子『年表与謝野晶子』河出書房新社、一九九五年
『平塚らいてう著作集』第一・二・三巻、大月書店、一九八三年
深井晃子『ジャポニスム・イン・ファッション』平凡社、一九九四年
深尾須磨子『君死にたまふことなかれ』改造社、一九四九年
――『与謝野晶子――才華不滅』人物往来社、一九六八年
フラナー、ジャネット『パリ・イエスタデイ』宮脇俊文訳、白水社、一九九七年
プルースト『〈失われた時を求めて4〉花咲く乙女たちのかげに』集英社、一九九七年
『ボードレール全集』第五巻、阿部良雄訳、筑摩書房、一九八九年
堀口大学『月下の一群』講談社、一九九六年
『堀口大学全集』第一巻、第六巻、小澤書店、一九八二年
堀場清子『青鞜の時代』岩波書店、一九八八年
――編『「青鞜」女性解放論集』岩波書店、一九九一年
本田和子『女学生の系譜』青土社、一九九〇年
前田愛『近代読者の成立』岩波書店、二〇〇一年
正岡子規『歌よみに与ふる書』岩波書店、一九五五年

松平盟子『風呂で読む与謝野晶子』世界思想社、一九九九年
――「与謝野晶子 パリの百二十日」『別冊文芸春秋』第二一三号、一九九五年一〇月
森田草平『煤煙』岩波書店、一九三二年
安森敏隆「『みだれ髪』の世界」上田博・富村俊造編『与謝野晶子を学ぶ人のために』世界思想社、一九九五年
柳田国男『明治大正史』中央公論社、二〇〇一年
山内義雄・矢野峰人編『上田敏全訳詩集』岩波書店、一九六二年
『山川菊栄評論集』岩波書店、一九九〇年
『山川登美子全集』上下、光彩社、一九七二年、一九七三年
山口昌子『シャネルの真実』人文書院、二〇〇二年
山田登世子『メディア都市パリ』筑摩書房、一九九五年
――『リゾート世紀末』筑摩書房、一九九八年
――『ブランドの世紀』マガジンハウス、二〇〇〇年
――『モードの帝国』筑摩書房、二〇〇六年
山本藤枝『黄金の釘を打ったひと』講談社、一九八五年
与謝野秀『思い出のヨーロッパ』筑摩書房、一九八一年
与謝野光『晶子と寛の思い出』思文閣出版、一九九一年
与謝野道子『どっきり花嫁の記』主婦の友社、一九六七年
ロゼル、ブリュノ・デュ『二十世紀モード史』西村愛子訳、平凡社、一九九五年
ワイザー、ウィリアム『祝祭と狂乱の日々』岩崎力訳、河出書房新社、一九八六年
和田博文監修・永井良和編『〈モダン都市文化 第四巻〉ダンスホール』ゆまに書房、二〇〇四年

和田博文監修・和田桂子編『〈モダン都市文化 第二巻〉ファッション』ゆまに書房、二〇〇四年
和田博文ほか編『パリ・日本人の心象地図』藤原書店、二〇〇四年

『鉄幹と晶子』上田博編、第二号、和泉書院、一九九六年
——第三号、和泉書院、一九九七年
——第六号、和泉書院、二〇〇一年
『国文学』一九九三年三月号（特集 与謝野晶子——自由な精神）、学燈社
——一九九三年五月臨時増刊号（特集 明治・大正・昭和風俗文化誌）、学燈社
『ユリイカ』二〇〇〇年八月号、（特集 与謝野晶子）、青土社

CHARLES-ROUX Edmonde, *L'irrégurière*, Grasset, 1974〔シャルル＝ルー『シャネル・ザ・ファッション』榊原康三訳、新潮社、一九八〇年〕
——*Le temps Chanel*, Ed. de Chêne, 1979〔シャルル＝ルー『シャネルの生涯とその時代』秦早穂子訳、鎌倉書房、一九九〇年〕
COLETTE, *Œuvres*, t.I, Gallimard, 1984
DODANE Claire, *Yosano Akiko*, Publications Orientalistes de France, 2000
GALANTE Pierre, *Les années Chanel*, Mercure de France, 1972
GUILLEMENT Gilbert & BERNART Philippe, *Les princes des années folles*, Plon, 1970
HAEDRICH Marcel, *Coco Chanel secrète* Laffont, 1971〔ヘードリッヒ『ココ・シャネルの秘密』山中啓子訳、早川書房、一九九五年〕
HERSHON Eila & GUERRA Roberto, *Chanel, Chanel*, RM Arts, 1986

LEBLANT Maurice, *Voici des ailes*, Ollendorf, 1898
MARGUERITTE Victor, *La garçonne*, Flammarion, 1923
MORAND Paul, *1900*, Editions de France, 1930
—— *L'allure de Chanel*, Hermann, 1976
—— *Journal inutile*, 2 vols, Gallimard, 2001
POIRET Paul, *En habillant l'époque*, Grasset, 1930〔ポワレ『ポール・ポワレの革命』熊澤慧子訳、文化出版局、一九八二年〕
SACHS Maurice, *La décade de l'illusion*, Gallimard, 1950
——*Au temps du Bœuf sur le toit*, Grasset, 1987〔サックス『屋根の上の牡牛の時代』岩崎力訳、リブロポート、一九九四年〕
WERBER Eugen, *Fin de siècle*, Fayard, 1986

# あとがき

始まりは一瞬だった。

「晶子を書いてほしい」——長いあいだ友人としてつきあってきた勁草書房編集部の町田民世子さんにそう言われたのは何年前だっただろうか。いつものように、たがいに仕事を忘れたティータイムで雑談を交わしていたときのこと。「日本の作家を書いてみたいと思っているのよ」そんな心境をもらした私に、間髪をいれずに返ってきた言葉だった。

え、与謝野晶子を？　一瞬、驚いた私だったが、何かが心を走った。「それなら、シャネルと与謝野晶子がいいわ。同時代人なのよ」私の返事に、ティータイムは瞬時に編集会議に変わっていた。そうね、シャネルと晶子ってそのままタイトルになっている。いえ、逆ね、晶子とシャネル、そう、「晶子とシャネル」。二人の声がそろった。数分で本のテーマとタイトルが決まっていた。

それから数年あまり、五百枚をはるかに超えて膨れあがってゆく原稿に最後のピリオドを打つまで、覚悟した以上に長い道だった。けれどもそれは日仏の意外なコレスポンダンスを発見する愉悦の旅でもあった。

『明星』創刊が一九〇〇年。その一九〇〇年はパリが花の都として輝いたパリ万博の年である。翌年の一九〇一年、晶子のみだれ髪が「女の近代」の始まりを告げわたる。それからおよそ二〇年、シャネルのショートカットが「モードの近代」をきり拓く――アールヌーヴォーから断髪、女学生スタイル、ダンス、自転車ブーム、そしてギャルソンヌの登場にいたるまで、二〇年にわたる日仏の文化交流は私を夢中にさせた。短い間奏曲のつもりで書き始めた第二章「一九〇〇年　パリ－東京」は予定の枚数を超えて、五〇枚、百枚と膨れ上がってゆく。堀口大学はいつ与謝野門下に入ったのか、なぜその大学が『怪盗ルパン』の訳者なのか、小杉天外の『魔風恋風』はフランスでの自転車ブームを知って書かれたのか？　日仏のコレスポンダンスを訪ねる私の筆はいつ止むともなく、忙しく海を行き来する……。

とはいえ、そうして海を渡る旅が愉しかったのはひとえに旅の始まりのおかげである。膨大なメモと共に与謝野晶子の全集を読了した私は、短歌の初出を調べるべく、数十冊の複製版にまとまった『明星』をひもといた――くめどもつきせぬワンダーの海がそこにひろがった。短歌、翻訳文学、文壇論、文学論、あいだを挟むおしゃれな装画、そして同人の消息欄に編集後記……。いつしか私は二一世紀の現在を忘れ、一九〇〇年代の新詩社にのめりこんでいた。同人たちのひそひそ声が聞こえるようだった。天才歌人晶子の出生の秘密にわけいるように胸ときめかせて頁をめくった。これほどの雑誌を一手にとりしきった仕掛け人、与謝野鉄幹の才能にただひたすら驚嘆した。かつてバルザックやデュマの新聞連載小説を創案したパリの新聞王のことを書いたことがあるが、よくよく私は新聞雑誌といったメディアが好きらしい。この鉄幹の才を声高に伝えたいという想いがたぎった。本書に鉄幹の記述が少なくない所以である。

こうして晶子から『明星』へ、『明星』からシャネルへと跳ぶ旅に規定のルートなどあろうはずもなかった。短歌については全くのしろうとである私は、シャネルを語る本を何冊かだしこそすれ、モードの現場に近いわけでもない。にもかかわらず、晶子もシャネルも圧倒的な存在感で私を魅了しつづけた。晶子の側にシャネルを、シャネルの側に晶子を置けば二人の魅力は倍加してきらめきたつ——「始まりの一瞬」に胸を走った直感が数年を経てようやく書物のかたちをとったいま、一人でも多くの読者の共感を得ることができればと願ってやまない。

与謝野晶子の作品の表記については、短歌と詩に関しては原則として『定本与謝野晶子全集』の表記に従い、それ以外の作品ならびに同時代の文人の諸作品については、読みやすさを考慮して適宜、新字、新仮名遣いにあらためた。フランス語の作品は邦訳のあるものは使用させていただいたが、文脈により一部私訳に代えた部分もある。記して訳者の方々に感謝したい。

始まりの一瞬を共にした編集部の町田民世子さんには、最後の一瞬までひとかたならぬお世話をおかけした。晶子とシャネルを結ぶ糸が最後にきて〈母性保護論争〉を解きほぐすことになったのもあの一瞬の賜物である。

本書には他にもさまざまな方のご助力をいただいた。ゆき悩むとき、適切な言葉でアドバイスくださった喜入冬子さん、心からの御礼を。大部な資料のコピーを快くお引き受けくださった古川義子さん、本当にありがとう。そして、日仏の性愛感覚について高橋たか子が語った言葉をご教唆いただいた大川繁樹さんには御礼の言葉もない。ずいぶん経ったある日、天からの贈り物のように送られてきた本に、どれほど励まされたことだろう。

この晶子とシャネルにふさわしい衣裳を選び、素敵な装丁をしてくださったデザイナーの中島浩さんにもあつく御礼申しあげたい。

二〇〇五年　秋

山田　登世子

＊本書は二〇〇三年度愛知淑徳大学研究助成による研究成果の一部をなす。

**著者略歴**

1946年　福岡県生まれ
1974年　名古屋大学大学院　修了
愛知淑徳大学教授　フランス文学者
主　著　『メディア都市パリ』ちくま学芸文庫、1995年
『ファッションの技法』講談社現代新書、1997年
『リゾート世紀末』筑摩書房、1998年
『ブランドの世紀』マガジンハウス、2000年
『恍惚』(小説)、文藝春秋、2005年
『モードの帝国』ちくま学芸文庫、2006年　ほか



晶子とシャネル

2006年1月20日　第1版第1刷発行

著　者　山《やま》　田《だ》　登世子《とよこ》

発行者　井　村　寿　人

発行所　株式会社　勁《けい》　草《そう》　書　房

112-0005　東京都文京区水道2-1-1　振替　00150-2-175253
(編集)電話　03-3815-5277／FAX 03-3814-6968
(営業)電話　03-3814-6861／FAX 03-3814-6854
本文組版　プログレス・理想社・青木製本





http://www.keisoshobo.co.jp

晶子とシャネル

2016年6月1日　オンデマンド版発行

著　者　山田登世子

発行者　井　村　寿　人

発行所　株式会社　勁《けい》　草《そう》　書　房

112-0005 東京都文京区水道2-1-1　振替　00150-2-175253
（編集）電話03-3815-5277／FAX 03-3814-6968
（営業）電話03-3814-6861／FAX 03-3814-6854

印刷・製本　（株）デジタルパブリッシングサービス http://www.d-pub.co.jp



AJ741

ISBN978-4-326-98263-9　Printed in Japan